TOD IM RHEINTAL

Petra Gabriel wuchs in Stuttgart und am Bodensee auf. Über fünfzehn Jahre lang war sie Redakteurin in der Lokalredaktion des Südkuriers in Bad Säckingen, die meiste Zeit als stellvertretende Leiterin. Seit 1982 lebt sie als Journalistin und Schriftstellerin in Laufenburg, seit 2004 zudem zeitweise in Berlin.
www.petra-gabriel.de

PETRA GABRIEL

TOD IM RHEINTAL

Der Badische Krimi

emons:

Bibliografische Information der Deutschen Nationalbibliothek
Die Deutsche Nationalbibliothek verzeichnet diese Publikation in der Deutschen Nationalbibliografie; detaillierte bibliografische Daten sind im Internet über http://dnb.d-nb.de abrufbar.

FSC
www.fsc.org
MIX
Papier aus verantwortungsvollen Quellen
FSC® C083411

Umschlagmotiv: picture alliance/ZB/euroluftbild
Umschlaggestaltung: Nina Schäfer, nach einem Konzept von Leonardo Magrelli und Nina Schäfer
Umsetzung: Tobias Doetsch
Gestaltung Innenteil: César Satz & Grafik GmbH, Köln
Lektorat: Marit Obsen
Druck und Bindung: CPI – Clausen & Bosse, Leck
Printed in Germany 2018
ISBN 978-3-7408-0409-1
Der Badische Krimi
Originalausgabe

Für die üblichen Verdächtigen

EINS

Iris betrachtete den Golfball zu ihren Füßen, rückte die neue Gleitsichtbrille mit dem poppigen lila Rand zurecht und umklammerte mit beiden Händen das Eisen. So nannte man das Ding, dessen Griff Eddi ihr in die Hände gedrückt hatte. Er stand neben ihr und gab ihr eine Golf-Schnupperstunde auf der Driving Range in Obersäckingen, an einem Montagmorgen um sechs Uhr fünfzehn. Eigentlich war das nicht ihre Aufstehzeit. Doch ausnahmsweise hatte sie sich überwunden. Wäre sie später aufgestanden, hätte eine noch unangenehmere Alternative gedroht: dass andere ebenfalls hierherkamen und sie beim Üben beobachteten.

Iris hoffte inständig, dass es wenigstens mit dem Golfen klappte. Ihre Erfahrungen mit anderen Sportarten waren nicht besonders prickelnd. Egal, was sie auch versucht hatte, meist war schon nach der Schnupperstunde wegen irgendeiner blöden Verletzung Schluss gewesen. Aber einen Versuch machte sie noch. Ein bisschen spazieren gehen, dann den kleinen Ball ins Loch »putten«, wie es im Golfjargon hieß … das müsste doch zu schaffen sein. Eddi jedenfalls hatte Zuversicht signalisiert: »Das kann man in jedem Alter lernen, auch in Ihrem.« Was, bei Licht betrachtet, eine Unverschämtheit war. Mit siebenundvierzig bekamen andere Frauen noch Kinder!

Eigentlich war Eddi kein Golflehrer, sondern Hausmeister und Platzwart. Nicht nur für die Driving Range der Golf- und Freizeitwelt Hochrhein, sondern auch für das benachbarte Wildlife-Museum der Erwin-Himmelseher-Stiftung und die riesige »WildKids«-Halle mit allerlei Indoor-Spielen, weshalb er auch den Beinamen »Herr der Schlüssel« trug. Dazu war er ein langjähriger, jedoch eher entfernter Bekannter von Iris, vielleicht zwei Jahre älter als sie. Sie konnte sich nicht mal mehr daran erinnern, woher sie ihn eigentlich kannte. Seine Stirn war von Falten durchfurcht, was in einem gewissen Widerspruch dazu stand, dass er gern lachte. Vielleicht war diese Form der Faltenbildung ja genetisch bedingt. Jedenfalls gaben die Furchen ihm ein sorgenvoll-überraschtes Aussehen, besonders dann, wenn er die Brauen nach oben zog, was gerade der Fall war. Seine blauen Augen blitzten im Normalfall wach und aufmerksam und waren von Lachfältchen umkränzt, sahen aber heute so verschlafen aus, wie sie sich fühlte, die Lider hingen noch mehr auf halbmast als ihre eigenen. Nun ja, es war wirklich früh, und wer wusste, was Eddi nachts machte.

Iris' Zuversicht war nach den ersten langatmigen Erklärungen bereits leicht ramponiert. Eddi hatte ihr mitgeteilt, wie sie sich hinstellen und Schwung holen sollte, worauf sie sich zu konzentrieren hatte, wie der Schläger zu halten war. Sie begriff langsam, dass sie keine Ahnung hatte, auch nicht davon, wie sie sich all die Anweisungen merken und dann auch noch die notwendige Mischung aus Spannung und Entspannung herstellen sollte. In ihrem Kopf schwirrte es schon jetzt.

Aber es half nun mal nichts. Die Pfunde wucherten weiter, obwohl sie eigentlich fast nichts mehr aß. Sie brauche Bewegung, hatte der Arzt gesagt. Gut, das sagte er seit Langem. Sie hörte kaum noch hin. Doch eine andere, neue Bemerkung hatte ihr einen Riesenschreck eingejagt, nämlich die, dass sie kurz davor stehe, Diabetes zu entwickeln. Vor ihrem inneren Auge hatten die Insulinspritzen Purzelbäume geschlagen, sie sah sich schon nach einer Beinamputation im Krankenhaus halb blind durch die Gegend tappen oder auf offener Straße unterzuckert ins Koma fallen. Man hörte Schreckliches von dieser Krankheit.

Iris hasste Spritzen. Sie hatte eigentlich gegen alles, was mit Krankheiten zu tun hatte, eine ziemliche Aversion, anstatt sich lieber mal an den Umstand zu gewöhnen, dass sie älter wurde und damit auch mehr Zipperlein entwickelte. Leider gingen die mit einer Vielzahl lästiger Dinge einher, wie Krampfadern im Hintern, Kurzatmigkeit, schmerzende Knie beim Treppensteigen. Im Gesicht machte sich das Plissee immer breiter. Und jedes Jahr kam etwas dazu.

Jedes Jahr. Seit Jahren.

Sie zog es vor, zu vergessen, dass sie unaufhaltsam auf die fünfzig zuging. Doch sie war auf dem besten Wege, eine alte Jungfer zu werden. Eine alte, *unverheiratete* Jungfer. Selbst das hatte sie nicht geschafft. Da gab es kein Vertun, auch wenn sie sich noch so oft einzureden versuchte, dass sie gar nicht heiraten wollte, denn Ehen gingen ohnehin meist schief. Dass sie viel lieber allein lebte, Männer waren nervig, man musste immer auf sie Rücksicht nehmen. Aber erstens glaubte sie sich das selbst nicht, und zweitens führte es nicht dazu, dass sie nicht mehr dauernd daran denken musste. Denn dummerweise taten das auch alle anderen und erinnerten sie an diesen Umstand.

Jahrelang hatte sie in den Blicken ihrer Mitmenschen – meist in denen der Frauen, denn Männer machten sich um so etwas anscheinend weniger Gedanken – unausgesprochene Fragen gelesen, wie: Was stimmt nicht mit ihr, dass sie keinen Mann findet? Inzwischen hatten sich die Fragen geändert, wurden offen geäußert und lauteten in etwa so: Ist es nicht schwierig, älter zu werden, wenn man allein lebt? Manche Dinge werden ja immer beschwerlicher. Beschwerlicher. Ha! Als wenn ein Mann daran etwas ändern könnte. Oder: Würdest du denn nicht auch gern etwas Zweisamkeit genießen, wenn du in Rente gehst? Rente! Wer brauchte so was! Das war so überflüssig wie Diabetes.

Und weil sie zumindest den nicht bekommen wollte, hatte sie sich auf ihre Schnupperstunde gut vorbereitet und das gängige Golfvokabular gelernt. Zum Beispiel, dass man den Schläger »Eisen« nannte. Es konnte doch nicht so schwer sein, mit diesem Eisen einen Ball zu treffen. Verflixt noch eins!

»Entspannen Sie sich. Locker in den Knien.«

Iris ging in die Knie und wippte zum Beweis ihrer guten Absichten sogar ein wenig auf und ab.

»Nein, ich meinte nicht, dass Sie so tun sollen, als ob Sie sich setzen.« Eddi Köster stöhnte lautlos.

Iris hörte es trotzdem. Sie streckte ihre Knie wieder durch. Dazwischen war schwierig, die Oberschenkel protestierten.

»Das ist besser«, sagte Eddi. Iris hatte da so ihre Zweifel.

Es begann zu nieseln. Iris hoffte auf ein Zeichen zum Abbruch. Eddi schien von dem Regen jedoch nichts zu bemerken. »Und nun hören Sie auf, den Griff Ihres Golfschlägers zu umklammern, als wären Sie eine Ertrinkende.«

Iris fühlte sich aber wie eine Ertrinkende. Vor allem hatte sie inzwischen den Eindruck, dass Golfbälle ein Eigenleben besaßen – und darüber hinaus einen hinterlistigen Charakter hatten. Wann immer sie mit der Schlagfläche des Golfschlägers in Richtung Ball zielte, rückte dieser kurz vor dem Zusammentreffen gerade so weit zur Seite, dass er beim Abschlag anders lag als beim Schwungholen.

»Trösten Sie sich, alle Anfänger schlagen so oft vorbei. Da bilden Sie keine Ausnahme. So, und nun machen wir noch einmal einen Übungsschwung. Achten Sie nicht auf den Golfball. Konzentrieren Sie sich einfach darauf, möglichst weit auszuholen. Es kommt beim Abschlag nicht auf die Kraft, sondern auf die richtige Technik an. Gut, nun noch etwas mehr seitlich stellen, leicht in die Knie, Konzentration und … STOPP!«

Iris war so auf ihre Ausholbewegung fokussiert, dass sie Eddis »Stopp« nicht hörte. Als der Schläger in Richtung Ball schwang, schloss sie die Augen, und dieses Mal traf das Eisen eindeutig auf Widerstand. Zwar hatte sie im Augenwinkel etwas Dunkles kommen sehen, doch da hatte der Schwung bereits eine solche Eigendynamik entwickelt, dass der Schlag nicht mehr aufzuhalten gewesen war. Nun musste sie wieder einmal feststellen, dass die Augen zu schließen die schlechteste aller Reaktionen war. Aber sie konnte es sich einfach nicht abgewöhnen, in brenzligen Situationen so zu reagieren. Ein stechender Schmerz durchzuckte ihre Schulter und trieb ihr die Tränen in die Augen. Dann hörte sie ein Wimmern und kurz darauf Eddis »Oje, oje«.

Iris öffnete die Lider wieder. Zu ihren Füßen lag – oder besser: kauerte – ein großes graues Fellbündel, ein Hund. Obwohl … Hund? Vielleicht war es doch eher ein Kalb, das sich verzweifelt bemühte, wieder auf die Füße zu kommen, jedoch immer wieder einknickte und dabei winselte. Am Halsband hing eine abgerissene Leine. Das Kalb sah anklagend zu ihr hoch. Wie nebenbei registrierte Iris, dass es ein blaues und ein braunes Auge hatte.

Rinnsteinadel. Das blaue Auge blickte besonders vorwurfsvoll. So kam es ihr zumindest vor.

»Oh«, sagte Iris. Zu mehr war sie im ersten Moment nicht fähig. Dann verdrängte sie den Schmerz in ihrer Schulter und kniete nieder. »Herrje, was ist denn da passiert!«

»Sie haben das Tier halb bewusstlos geschlagen.«

Iris fand Eddis Erklärung unnötig. Dass sie den Hund mit dem Eisen erwischt hatte, sah sie inzwischen selbst. »Und was machen wir nun?«

Der Hund versuchte weiter, auf die Beine zu kommen, den blauen Blick anklagend auf Iris gerichtet. Ihr schlechtes Gewissen wuchs ins Unermessliche, und sie, die sonst nicht zu emotionalen Bekundungen neigte, streichelte den Kopf des Hundes und flüsterte: »Alles gut, mein Kleiner, alles wird gut. Ich passe auf dich auf.«

Der Hund schien ihr zu glauben. Es gelang ihm schließlich, sich hochzukämpfen, und schwer und mit einem Seufzer, der tief aus dem Urgrund seiner Hundeseele zu kommen schien, lehnte er sich an Iris. Die kippte fast um.

»Ganz schöner Oschi. Irischer Wolfshund, glaube ich.«

»Und was machen wir jetzt, Eddi?«

»Ich denke mal, wir suchen den Besitzer.«

»Eddi! Was, wenn ich ihn schwer verletzt habe? Man hört ja so viel über Blutgerinnsel im Hirn und so.« Iris fühlte, wie der Nieselregen langsam durch ihr Sweatshirt drang. Wenigstens kühlte er die schmerzende Schulter.

Eddi Köster wiegte bedächtig den Kopf. »Hm. Vielleicht sollten wir tatsächlich einen Tierarzt rufen. Und während wir warten, suchen wir nach dem Besitzer. Wir könnten den Hund ja hier an die Verstrebungen anbinden. Dann kann er sich so lange erholen. Die Leine ist zwar zerrissen, aber das müsste gehen.« Er griff zu und zerrte den Hund einige Meter weiter an einen Pfeiler der zur Range hin offenen Überdachung. »Platz, mach Platz!« Das Kalb gehorchte sofort. »Gut erzogen ist er ja«, befand Eddi.

»Und wenn er sich wieder losreißt? Ich meine, so wie die

Leine aussieht, hat er das ja schon mal getan. Ich habe ihn einfach nicht gesehen …«

»Jetzt machen Sie sich mal nicht so viele Sorgen. Der Hund sieht ganz okay aus. Und ich denke, ihm ist noch viel zu schwindelig von dem Schlag, um sich erneut loszureißen – ganz schön Power haben Sie, das muss man Ihnen lassen.«

»Machen Sie sich nicht lustig über mich.«

»Mach ich nicht. Was halten Sie von meinem Vorschlag?«

»Sollte nicht wenigstens einer von uns bei ihm bleiben?«

»Wenn wir uns aufteilen, sind wir schneller. Ich suche rund um das Hotel oben auf dem Hügel, Sie sehen sich beim Museum und der Spielhalle für die Kinder um. Rein müssen Sie nicht, da ist ja noch geschlossen. Wahrscheinlich sucht der Besitzer seinen Hund auch schon.«

Das ergab Sinn, fand Iris.

Der Wolfshund fand das nicht. Er sprang auf und zerrte an seiner Leine, als Iris und Eddi sich entfernten, dazu heulte er ihnen zum Steinerweichen hinterher.

Nach ungefähr einer Viertelstunde strebte Iris wieder auf die Driving Range zu. Sie hatte niemanden gefunden, der einen Wolfshund vermisste. Und auch niemanden, der jemanden gesehen hatte, der einen Wolfshund suchte. Ihre Schulter schmerzte inzwischen höllisch.

Als sie sich dem Hund näherte, hörte er auf zu heulen und schaute sie noch anklagender an als zuvor. Falls das überhaupt möglich war. Iris war sich nicht sicher, ob beziehungsweise wie Hunde dachten, aber sein Blick schien zu sagen: »Erst schlägst du mich k.o., dann sagst du, alles wird gut, und dann lässt du mich allein.«

Mitleidig streichelte sie den großen grauen Kopf. Das gefiel dem Hund, er lehnte sich wieder an sie. Erneut fiel sie beinahe um. Sie versteifte sich unwillkürlich, und ihre Schulter quittierte das mit einem üblen Schmerz. »Hast Glück, dass ich so pfundig bin«, meinte sie zu ihm. »Da bin ich standfester. Und was machen wir nun mit dir?«

Der Hund wedelte mit dem Schwanz.

Da kam auch Eddi Köster. Auf Iris' fragenden Blick hin winkte er ab. Kein Besitzer.

»Was machen wir jetzt nur mit dir?«, wiederholte Iris ratlos.

Der Hund wedelte mit dem Schwanz.

»Nein«, sagte Iris entsetzt. »Wenn du glaubst, ich nehme dich mit zu mir, dann hast du dich geschnitten.«

Der Hund rieb seinen Kopf an ihrer Hüfte.

Iris entschlüpfte ein Schmerzenslaut. Sie griff nach ihrer Schulter. »Haben Sie denn keine Ahnung, wer der Besitzer sein könnte? Sie kennen hier doch fast alle.«

Eddi runzelte die Stirn. »Nein, ehrlich gesagt. Ich kenne den Hund nicht. Wüsste auch nicht, wem er gehören könnte. Das Museum und die Halle haben ja noch geschlossen, der Besitzer kann also kein Besucher sein. So, jetzt muss ich aber was tun. Hab viel Arbeit hier, bevor Nufer kommt.«

»Nufer? Dr. Günther Nufer? Der frühere Bad Säckinger Bürgermeister?«

»Genau der. Inzwischen Vorsitzender der Himmelseher-Stiftung und Geschäftsführer der Golf- und Freizeitwelt Hochrhein. Mein Chef.«

»Eddi! Das ist ein vernünftiger Mann, mit dem kann man doch reden. Ich habe ihn mal kennengelernt. Das hier ist ein Notfall, der Hund braucht Betreuung und ich einen Arzt. Sie dürfen mich jetzt nicht allein lassen. Können Sie Dr. Nufer nicht anrufen und ihm die Lage erklären?«

Eddi trat unglücklich von einem Fuß auf den anderen. »Das geht nicht. Der Chef verlässt sich auf mich.«

Iris bekam langsam das Gefühl, dass Eddi sich einfach nicht um den Hund kümmern *wollte*. Da musste sie wohl den Druck etwas erhöhen. »Eddi! Ich habe Schmerzen! Wieso geht das nicht? Wann kommt der Chef denn?«

Eddi antwortete nicht sofort. Iris konnte sehen, wie es in ihm arbeitete. Wahrscheinlich suchte er nach einer neuen Ausrede. »So genau weiß ich das nicht. Er hat keine Zeit genannt. Vielleicht will er wieder einem Gast sein Museum zeigen. Das macht er manchmal.«

»Hat er das gesagt? Soll *ich* vielleicht mit ihm telefonieren?« Iris hatte nicht vor, Eddi so einfach aus der Pflicht zu entlassen. Er war momentan der einzig Greifbare, der ihr helfen konnte.

Eddi wirkte immer unglücklicher. »Nee, hat er nicht.«

»Wie kommen Sie dann darauf?«

Jetzt wirkte Eddi wie einer, der sich im Gespinst seiner eigenen Ausreden verfangen hatte. Seine Miene war angespannt. Ganz so, als versuchte er, ihr etwas zu verschweigen. »Ich mein ja nur. Also, wenn Sie es genau wissen wollen, ich habe eine Hundeallergie.«

»Eddi. Sie erzählen mir hier was vom Pferd. Haben Sie und Dr. Nufer was vor, von dem ich nichts wissen soll?«

Zwischen Eddis Augenbrauen erschien eine steile Falte und kreuzte die Furchen auf seiner Stirn. »Wo denken Sie hin? Nufer führt wirklich hin und wieder Gäste rum. Gestern erst war da dieser Mann ...«

»Was für ein Mann? Eddi, ich komme hier vor Schmerzen fast um, und Sie mauern.«

»Tu ich nicht. Gestern um diese Zeit hat ein Mann nach dem Chef gefragt. Ich hatte den noch nie gesehen. Er wollte aber auf Nufer warten. Könnte sein, dass sie später ins Museum sind ... Keine Ahnung. Vielleicht auch nicht.« Eddi biss sich auf die Lippen, senkte den Kopf und schaute geknickt auf seine Schuhe. Iris kam er vor wie ein Kind, das gezwungen war, ein Geheimnis zu bewahren, mit dem er am liebsten herausgeplatzt wäre. »Jedenfalls, wir haben zu tun.«

So kam sie nicht weiter. Zumindest nicht schnell genug. »Hm. Also gut. Ist heute vor mir noch jemand an der Driving Range gewesen? Oder auf dem Gelände? Vielleicht ein Hotelgast, dem der Hund gehören könnte?«

Eddi schüttelte den Kopf. »Nein, hab niemanden gesehen. Ist ja auch noch sehr früh.« Er hielt die Hand über die Augen und ließ seinen Blick suchend über das Parkplatzgelände schweifen. »Ah, das Auto von Dr. Nufer ist schon da.«

»Dann können wir ja gleich mit ihm reden. Vielleicht weiß er, wem der Hund gehört.«

»Glaub ich nicht«, grummelte Eddi. »Ich denke eher, das Tier kommt ganz woandersher und ist weggelaufen. Oder jemand hat ihn ausgesetzt. Da gibt es viele Möglichkeiten.«

»Lassen Sie es uns doch wenigstens versuchen! Oder wollen Sie mir nicht helfen? Es scheint fast so. Wo ist Ihr Chef jetzt? Wenn sein Auto auf dem Parkplatz steht, muss er ja irgendwo sein!«

»Kann sein, dass er oben im Hotel ist, es gibt einiges zu erledigen angesichts …«

So langsam hatte Iris die Nase voll von dieser Herumeierei. »Was soll das heißen? Angesichts wovon? Was ist hier los?«

»Hören Sie auf, herumzustochern«, wehrte Eddi ab. »Ich *kann* es Ihnen nicht sagen.«

»Eddi! Bitte, ich brauche Ihre Hilfe. Wir müssen den Besitzer finden, damit ich zum Arzt kann. Schnell!« Die Schulter tat einfach höllisch weh. Ihr stiegen die Tränen in die Augen. Wider Willen. Sie war im Normalfall eine, die nicht so schnell heulte.

Eddi musterte sie einen Moment. Sein Blick wurde weicher. »Ähem. Also gut. Weil Sie es sind. Ich werd mal im Hotel anrufen.« Er zückte sein Handy, tippte, wartete und sagte: »Ist der Chef bei euch oben? Nicht? Und wo ist er? Ah, in Ordnung. Und habt ihr einen Gast mit Hund? So, habt ihr nicht. Ihr hattet in der letzten Zeit gar keine Gäste mit Hund? Aha. Also dann …« Er legte auf und sah Iris bedauernd an. »Sorry.«

Da fuhr ein Auto auf den Parkplatz. »Das ist sicher der Tierarzt«, erklärte Eddi. Er wirkte ziemlich erleichtert über die Ablenkung und ging dem ankommenden Wagen entgegen.

In Iris keimte Hoffnung.

Kurz darauf war Eddi mit einem Mann mittleren Alters mit dünnem Haarkranz zurück, den Iris nicht kannte. Sie hatte sich Tierärzte eher stark und breitschultrig vorgestellt, schließlich mussten die ja auch mit Kühen und Pferden umgehen können. Doch dieser da war eher schmächtig und sah irgendwie unglücklich aus. Iris betrachtete ihn mit Misstrauen.

Der Mann nuschelte etwas. Iris nahm an, dass es eine Begrüßung war. Oder sein Name. Sie hatte nichts verstanden. Ihr

Misstrauen wuchs. Doch sie musste ihn einfach fragen. »Ich habe schreckliche Schmerzen in der Schulter. Können Sie auch was dagegen tun? Ein Schmerzmittel oder so? Tiere sind doch nicht so verschieden von Menschen ...«

»Gute Frau, Menschen behandle ich nicht. Des isch für Tierärzte verbotn.«

»Wie bitte?«

»Ich behandle keine Menschen.«

Was er sagte, klang endgültig. Ohne sich weiter um sie zu kümmern, wandte sich der Tierarzt dem Hund zu und beugte sich über ihn. In Iris keimten Mordgedanken. Der Wolfshund hingegen wedelte mit dem Schwanz und schien auch nichts dagegen zu haben, dass der Ankömmling seinen mächtigen Kopf in beide Hände nahm und etwas drehte, ihm danach in die Augen leuchtete und das Maul aufriss. Sanft wie ein Lamm ließ er alles geschehen.

»Der isch okay«, sagte der Tierarzt schließlich, dieses Mal einigermaßen verständlich. »Wolln Sie gleich zahln?« Die Frage war eindeutig an Iris gerichtet.

»Ich bin nicht die Besitzerin«, beeilte sie sich zu versichern. »Der Besitzer ist verschwunden. Außerdem dachte ich, Sie könnten den Hund vielleicht mitnehmen und ins Tierheim bringen. Ich, äh, ich verstehe nichts von Hunden.«

Das Kalb schaute sie an und wedelte mit dem Schwanz.

»Wir haben in der direkten Umgebung kein Tierheim mehr«, wandte Eddi ein. »Seit Jahren nicht. Hab gelesen, dass es einen Tierschutzverein Bad Säckingen gibt, die hoffen auf eine Immobilie in Öflingen, sie wollen dort ein Katzenhaus einrichten. Außerdem wird gemunkelt, dass die Stadtverwaltung ein Tierheim auf der alten Kompostieranlage in Wallbach anpeilt. Ist aber noch nix sicher, und wenn, dann kommt das erst im nächsten Jahr.«

Iris fluchte verhalten und sah wieder den Tierarzt an.

»Ich kann den Hund nich mitnehm«, erklärte der mit allen Anzeichen einer Panik. »Ich, ähäm, also ... ich hab noch Termine. Aber wenn Sie –«

»Wie bitte?«

»Ich kann, äh, kann mal bei einer Bekannten anrufen.«

Iris nickte heftig. »Bitte.«

Der kleine Mann angelte ein Handy aus seiner Arzttasche, wählte und nuschelte etwas in den Hörer. Schließlich schüttelte er den Kopf. »Keine Chance. Meine Bekannte sagt, wir sollen im Tierheim in Rheinfelden oder Waldshut nachfragen. Dann gäbe es noch Lörrach.«

Iris sah hilfesuchend zu Eddi. Der wehrte ab. »Bis wir den Kerl in Rheinfelden oder in Waldshut haben, das dauert zu lang. Sie sollten mit Ihrer Schulter nicht so weit fahren, und ich muss wie gesagt gleich noch ganz dringend was tun.« Er bemerkte, wie Iris sich umsah, und schien zu erahnen, was sie entgegnen wollte. »Dabei kann ich den Hund nicht brauchen«, schob er nach.

»Ja, aber ich … wirklich, Eddi, meine Schulter … bitte!«

»Sie sind eine schreckliche Nervensäge. Es geht einfach nicht! Vielleicht morgen. Nun schauen Sie nicht so. Wir haben hier nachher noch wichtige … Besprechungen. Außerdem war es ja Ihre Schuld, dass der Hund … Sie wissen schon.«

Letzteres stimmte. Iris betrachtete das Kalb, das wieder mit dem Schwanz wedelte. Da musste sie wohl durch. »Hm. Also bis morgen könnte ich … vielleicht.« Sie seufzte. An den Tierarzt gewandt fragte sie: »Was bekommen Sie?«

»Fünfzig Euro.« Das kam ganz ohne Nuscheln.

Iris holte ihre Jacke, die sie am Rand der Driving Range deponiert hatte, kramte in der Tasche und förderte ihren Geldbeutel zutage. »Gut, ich kann es mir ja dann vom Besitzer wiedergeben lassen.«

Die beiden Männer nickten zufrieden. Der Hund wedelte. Und Iris kam sich sehr edel vor.

»Ich werde mit dem Chef reden, wenn er nachher auftaucht. Er müsste bald hier sein. Vielleicht weiß er was über den Hundebesitzer«, versprach Eddi. Als wäre das eine geeignete Wiedergutmachung dafür, dass er sie aus irgendeinem Grund so schnöde im Stich ließ.

Iris nickte. Ihre Schulter schmerzte inzwischen unerträglich. Sie brauchte dringend ein Schmerzmittel und einen Arzttermin.

»Werden Sie mich dann wenigstens noch in die Bad Säckinger Notaufnahme bringen?«

»Warten kann ich da nicht auf Sie. Sie könnten ein Taxi nehmen. Aber was machen Sie dann mit dem Hund?«

»Keine Ahnung. Erschießen? Nein, beim Taxifahrer lassen oder so.«

Eddi schaute skeptisch, telefonierte aber für sie mit dem Spital, während der Tierarzt wieder abrückte.

Jedoch ohne Ergebnis. Sie bekam in der Notaufnahme keinen Soforttermin. Erst am nächsten Tag. Die Dame in der Ambulanz des Bad Säckinger Spitals behauptete, sie könne zwar durchaus gleich vorbeikommen, müsse aber mindestens drei Stunden warten. Iris rechnete nach, das würde heißen, dass sie frühestens in fünf Stunden zu Hause wäre. Das war weder mit dem Hund noch mit ihrer Schulter zu machen. »Geht es nicht schneller?«

»Das ist ein Notfall, geht es nicht schneller?«, hakte Eddi am Telefon nach. Die Dame ließ ausrichten, das Wartezimmer der Ambulanz sei bereits jetzt proppenvoll. Zurzeit gehe ein Magen-Darm-Virus um. Außerdem sei der Montag immer ein besonders turbulenter Tag, seit die Notaufnahme am Wochenende geschlossen war. Viele warteten lieber, anstatt nach Waldshut ins Krankenhaus zu fahren. Dabei sollten sich die Leute am besten gleich dran gewöhnen, nach Waldshut zu fahren. Das Spital in Säckingen sei ein Auslaufmodell. Sie könne es entweder heute dort versuchen oder sich schonen und gleich am nächsten Morgen um acht Uhr in die Notaufnahme kommen. Oder zum Hausarzt gehen.

Iris schaute auf den Wolfshund, dann auf Eddi. Sie suchte verzweifelt nach einer Lösung. »Können Sie den Hund nicht vielleicht doch zu Dr. Nufer mitnehmen? Ich kann unmöglich mit diesem Riesenvieh zum Arzt, und ich weiß, der Nufer mag Tiere.«

Eddi schaute entsetzt. »Ihn mitnehmen? Nein, das geht schon gar nicht. Der Chef würde das nicht wollen.«

Iris stöhnte zum Gotterbarmen und griff sich an die Schulter. Der Wolfshund schaute interessiert von einem zum anderen.

Iris' verzweifelte Miene stimmte Eddi milde. »Also gut, machen wir einen Kompromiss. Morgen früh tauche ich rechtzeitig bei Ihnen auf und hüte den Köter, während Sie beim Arzt sind. Trotz meiner Hundeallergie. Für zwei, drei Stunden wird das schon gehen. Aber erst mal müssen Sie ihn mitnehmen. Morgen können wir dann auch gemeinsam bei der Polizei in Bad Säckingen vorbeischauen. Sie werden sehen, die finden eine Lösung. Dann sind Sie den Hund im Handumdrehen wieder los.«

Iris nickte. Sie wusste, sie hatte keine andere Wahl. Sie nestelte am Knoten, mit dem Eddi die Leine an der Verstrebung festgebunden hatte. Der Wolfshund blieb ganz ruhig, schaute aufmerksam. Aber kaum hatte Iris ihn losgebunden, stürmte er mit einer solchen Kraft vorwärts, dass Iris das Gefühl bekam, er würde ihr die gesunde Schulter auch noch auskugeln. Sie ließ die Leine los. Der Hund rannte davon. Eddi fluchte. Beide riefen den Hund, in Ermangelung des Namens eben mit Worten wie »Sitz«, »Platz«, »Halt«, »Stopp«, »Bleib stehen«.

Doch das schien keine Wirkung zu haben. Das Riesenvieh stürmte weiter, während es abwechselnd kläffte und grollend knurrte, direkt auf das Ende der Driving Range zu. Dort verschwand es zwischen den Büschen eines Gehölzstreifens. Eddi fluchte erneut und rannte hinterher. Iris auch, allerdings lief sie etwas langsamer – was zum einen ihrer Körperfülle und der daraus folgenden schlechten Kondition, ein wenig aber auch ihrer Hoffnung geschuldet war, ihn vielleicht nicht mehr wiederzufinden. Dann wäre sie das Problem los. Ohne dass es ihre Schuld war. Wenn dieses Vieh nicht hörte …

Eddi verschwand in einer Gruppe von Büschen. Kurz darauf hörte sie seine Stimme. Oder besser, einen weiteren Fluch, diesmal sehr obszön, weshalb Iris entschied, dass sie ihn besser nicht verstanden hatte. Keuchend schloss sie zu ihm auf.

»So ein Scheiß«, sagte Eddi. Er starrte auf etwas. Irritiert? Perplex? Nein, eher schon wie vom Blitz getroffen. Neben ihm saß brav das Kalb.

Iris schaute ihn fragend an. »Na, er scheint doch zu folgen«, meinte sie schwer atmend.

»Na ja, so kann man es auch sehen.«

Iris schaute noch fragender.

Eddi deutete auf eine etwas hellere Stelle zu seinen Füßen und sah dann schnell wieder weg. Iris rückte ihre Brille zurecht und begriff, was er meinte. Sie starrte auf den halb zur Seite gedrehten, blutverkrusteten Hinterkopf eines rothaarigen Menschen mit Kinnbart.

»Den hat er gerade ausgebuddelt, als ich kam«, sagte Eddi und schaute über sie hinweg in die Ferne. Es klang hilflos, er war ziemlich bleich im Gesicht.

Iris kniete nieder und legte ihr Ohr nah an den Mund des Mannes, um ganz sicherzugehen. Wie erwartet: nichts. Kein Hauch. Totenstille. »Da werden wir die Polizei rufen müssen.«

Sie sprach es nicht aus, aber sie war sich angesichts des Verhaltens des Kalbs ziemlich sicher: Sie hatten das Herrchen des Hundes gefunden. Und die Wunde am Hinterkopf legte nahe, dass er keines natürlichen Todes gestorben war.

Eddi fasste sich, zückte sein Handy und wählte die 110. Es dauerte, bis er die Lage zufriedenstellend erklärt hatte.

»Ja, in diesem Gehölzstreifen, der unter Naturschutz steht. Genau. Nein, der Mann ist tot. Ganz sicher ist der tot«, bekräftigte er. »Nein, wir brauchen keinen Krankenwagen. Köster, ich heiße Eddi Köster. Ja, wir warten. Bitte beeilen Sie sich.«

Iris nutzte die Zeit, in der Eddi anderweitig beschäftigt war, und machte mit ihrem Handy ein Foto des Toten.

Das Kalb wedelte mit dem Schwanz und schaute erwartungsvoll.

Eddi ließ das Handy sinken. »Sie sind in zehn Minuten da.«

»Oh. Gut. Kennen Sie den?« Sie zeigte auf den Toten.

Eddis Miene war verschlossen, er schaute kaum hin. »Nicht dass ich wüsste. Sie?«

»Noch nie gesehen.«

Die Polizei kam wie versprochen zehn Minuten später, drei junge Männer, die Iris nicht kannte, vermutlich die Sonntagsnotbesetzung des Reviers Bad Säckingen. Auch sie sahen übernächtigt aus. Sie nickten Eddi zu. Der nickte zurück, als würden sie sich kennen. In dem Moment dachte Iris sich nichts dabei, das kam erst später. Denn zusammen mit dem Hausmeister und dem Hund wurde sie nun energisch vom Fundort der Leiche vertrieben und gleich darauf von einem der Kollegen als Zeugin vernommen. Dabei erfuhr sie, dass einer der Beamten zum Kriminalkommissariat Waldshut-Tiengen und die anderen beiden zur Einsatzgruppe Einbruch gehörten. Diese Einsatzgruppe war eine ermittlungstaktische Besonderheit im Landkreis Waldshut. Sie war aufgrund der hohen Zahl an Einbrüchen in der Region eingerichtet und mit je zwei Beamten der Reviere Waldshut und Säckingen sowie einem Beamten des Kriminalkommissariats bestückt worden.

Dass diese Ermittler nun am Fundort der Hundebesitzer-Leiche auftauchten, wunderte Iris dann doch etwas. Offenbar ging man hier von einem Zusammenhang mit irgendeinem Einbruch aus, von dem sie nichts wusste. Sie fragte, bekam aber keine Antwort, was ihr schon sehr zu denken gab.

Der kurz nach den Beamten eingetroffene Notarzt murmelte etwas von »Scheißjob«, als er wieder aus dem Gebüsch auftauchte. Was Iris verstehen konnte.

Unterdessen waren auch die Kollegen von der Kriminaltechnik eingetrudelt und nahmen ihre Arbeit auf, indem sie zunächst rund um den Gehölzstreifen alles weiträumig absperrten, inklusive der gesamten Driving Range. Auch diese Männer kannte Iris nicht. Sie war nun schon einige Jahre »draußen«. Viel zu lang, wie ihr schien.

Sie sah davon ab, dem Polizisten, der Eddi und sie befragte, zu erklären, dass sie eine Kollegin war. Polizeihauptkommissarin. Noch immer. Normalerweise im Undercovereinsatz für das Landeskriminalamt Baden-Württemberg. Momentan jedoch gerade nicht. Sie hatte Urlaub. Aus dem sie sportgestählt ins Arbeitsleben hatte zurückkehren wollen. Eigentlich.

Ja, sie hatte Urlaub. Zwei Wochen. Aber sie hatte auch das heimlich aufgenommene Handyfoto des Toten. Man wusste schließlich nie, wozu das vielleicht mal gut sein würde.

ZWEI

»Naaaa? Haben wir gut geschlafen? Wieder unter den Lebenden?« Die Krankenschwester verströmte professionellen Frohsinn. Max Trautmann ignorierte sie. Er versuchte, sich zu erinnern. Die Schwester ratschte die Gardinen beiseite, Licht flutete ins Krankenzimmer. Der Typ im zweiten Bett grunzte und wälzte sich auf die andere Seite. Die Krankenschwester, offenbar beleidigt ob der mäßigen Aufmerksamkeit, die ihrer Fröhlichkeit zuteilwurde, schritt zur Tür. Ihre Krankenschwesternschuhe knarzten leise. Dann knallte sie die Tür hinter sich zu.

Der Typ im anderen Bett grunzte noch einmal, dann setzte das Schnarchen wieder ein, das Max wach gehalten hatte, seit er einigermaßen zu sich gekommen war.

Vorsichtig tastete er seinen Kopf ab. Er hatte den Überfall nicht geträumt, die dicke Beule am Hinterkopf war noch immer da. Doch die Erinnerung an den Vorfall präsentierte sich bruchstückhaft, in seinem Gehirn herrschte Sülze. Da, wo die Gedanken nicht in der Sülze versackten, verschwanden sie im Nebel. In seinem Schädel pochte es, trotz der Schmerzmittel, die ihm nach seiner Einlieferung irgendwann nach Mitternacht via Tropf eingeflößt worden waren. Doch er musste sich erinnern. Er musste sich *unbedingt* erinnern. Er wusste, dass letzte Nacht im Museum etwas geschehen war, das ein Erinnern unabdingbar machte. In seinem Kopf echote ein Knall. Ein Schuss? Hatte er auf jemanden gezielt? Ihm schwante dunkel, es könnte einen Einbruch gegeben haben. Aber sicher war er sich nicht. Hatte er jemanden angeschossen? Ihm fehlte ein ganzes Stück Leben. Er wusste nur noch, es war dunkel um ihn geworden. Dann kurzzeitig heller. Danach wieder dunkel.

Ein Einbruch. Er konzentrierte sich auf den Gedanken. In seinem Schädel pochte es noch schlimmer. Doch er gab nicht auf. Also Einbruch.

Und dann? Die Polizei musste kurz nach dem Einbruch eingetroffen sein, inklusive Spurensicherung. Oder hatte es länger gedauert? Er war zu sich gekommen, weil ein junger Schnösel ihm Backpfeifen verpasst hatte. »Herr Trautmann, Herr Trautmann, was ist hier geschehen? Wo ist Ihre Waffe?«

Er erinnerte sich daran, fassungslos auf seine Hand geschaut zu haben. Da war keine Waffe.

»Keine Ahnung.« Er war erneut in der Dunkelheit versunken und erst im Krankenhaus wieder zu sich gekommen – auf einer Liege, mit der ihn ein Pfleger in den CT-Raum schob. Danach war er ins Krankenzimmer gebracht worden. Sie hatten die Infusion angeschlossen, und er war ein weiteres Mal weggesackt. Bis ihn der Zimmergenosse wach geschnarcht hatte. Max fühlte sich wie gerädert, er hätte zu gern weitergeschlafen. Doch er wusste, dass er schnellstens Klarheit darüber gewinnen musste, was im Museum geschehen war. Sein Instinkt signalisierte ihm äußerste Dringlichkeit. Und Max Trautmann traute seinem Instinkt. Aber er konnte seinen Gehirnwindungen nichts Genaueres abringen.

So viel immerhin wusste er genau: Seit einigen Wochen schob er wieder Wachdienst für die Firma Safe & Solid, in Kurzform S & S, im Obersäckinger Wildlife-Museum. Aushilfsweise. 2012 war dort eingebrochen worden. Deswegen gab es im Museum seither neben neuen Überwachungskameras und Bewegungsmeldern auch einen Wachdienst. Damals hatten die Diebe zwei Nashorn-Hörner mitgehen lassen. Sonst nichts. Mehr präparierte Nashörner gab es in der Ausstellung auch nicht, und die übrigen Tierpräparate hatten einen vergleichsweise geringen Wiederverkaufswert. Er hatte nicht damit gerechnet, dass das Museum nur fünf Jahre später schon wieder ungebetenen Besuch haben würde. Vielleicht hätte er sonst den Job nicht angenommen.

Vielleicht aber doch. Sein Detektivbüro lief gerade nicht so gut. Die Leute schienen keine Probleme zu haben. Und falls doch, kamen sie damit nicht zu ihm. Außerdem war er ja durch das Sicherheitssystem abgesichert. Wenn er sich nicht regelmäßig meldete, schauten seine Kollegen von S & S vorbei beziehungsweise alarmierten die Polizei. Das zumindest hatte letzte Nacht offenbar funktioniert.

Nicht, dass er kein Geld mehr auf der Bank gehabt hätte. Doch die Euros aus seinem Nebenverdienst und den aufgrund der Zinsflaute mageren Einkünften aus seinem Erbe, die er nicht ausgab, sparte er eisern, um vielleicht eines Tages eine größere Wohnung zu kaufen. Damit alles bereit war. Falls das Gänseblümchen vielleicht doch irgendwann zu ihm kam, um mit ihm zu leben. Das Geld stammte zum Teil noch aus der Hinterlassenschaft von Margit, seiner vor vielen Jahren verstorbenen Frau, die durch einen Felssturz ums Leben gekommen war. Wie lange war das nun her? Es mussten mehr als zehn Jahre sein.

Doch das meiste stammte von Klara. Sie hatte ihn zu ihrem Haupterben bestimmt, ehe sie sich von der Laufenburger Rheinbrücke in den Tod gestürzt hatte. Die Erinnerungen überfluteten ihn wie vorhin das Licht sein Krankenzimmer. Zwar lag eine Kruste über den Wunden in seiner Seele, doch sie war auch nach all den Jahren noch immer dünn. Er stöhnte. Sein Schädel schmerzte zunehmend unerträglicher. Klara. Seine Stiefschwester. Seine große Liebe. Die der alte Satorius in den Tod getrieben hatte.

Es war wie schon so oft in seinem Leben, wenn sich die Ereignisse von damals in seiner Erinnerung Bahn gebrochen hatten und der Pfropfen, der die Flasche mit den Dämonen der Vergangenheit verschlossen hielt, herausgeploppt war. Drei Worte echoten in seinem Kopf. Sie lauteten »Gimel«, »Waw«, »Chet«. »Gimel« hieß »drei«. In der Schule der Kabbala stand diese Zahl für den Mann. »Waw«, die Sechs, bedeutete im übertragenen Sinne »Tagwerk«. Und »Chet«, die Acht, war die Vollendung jenseits der Sieben – jenseits der »Tage der Ruhe«.

Er und seine Kumpane hatten solche mystischen Spiele geliebt. Damals, nachdem ihn Klara verlassen hatte. Im Drogenrausch hatten sie sie als Kennwort genutzt, wenn sie dealten. Damals, als er in seiner Verzweiflung nach einem Ausweg gesucht hatte, geflohen war. Vor dem Leben, der Wirklichkeit, vor sich selbst. Damals, als er nichts wollte als sterben. Die Drogen hatten den Schmerz wenigstens gedämpft.

»Gimel«, »Waw«, »Chet«.

Die Zeit zwischen Wachen und Traum, zwischen Fliegen und Absturz hatte diese drei Worte unauslöschlich in sein Gehirn gefräst, immer wieder, immer tiefer.

»Gimel«, »Waw«, »Chet«.

Es war doch ein Spiel gewesen, nichts als das Spiel eines Verzweifelten! Inzwischen eine ferne Erinnerung. Wie aus einem anderen Leben.

Es gab aus dieser Zeit noch ein weiteres düsteres Geheimnis in seinem Leben, das ihm heute ebenfalls vorkam wie ein Traum. Zur Zeit des Sechstagekrieges und wie fast immer im Drogenrausch hatte er sich der Antifa angeschlossen. Er hasste Faschismus, Antisemitismus, Rassismus. Dann hatte Israel den Gazastreifen annektiert. Und er hatte sich, voller Idealismus, in der Hoffnung, für eine gerechtere Welt in den Krieg zu ziehen, in Palästina zum Kämpfer ausbilden lassen. Ein Abschnitt seines Lebens, der in keinem Lebenslauf auftauchte. Nun, er hatte sowieso nur einen geschrieben, den für S & S, und der war ziemlich zusammengestückelt. Ein freier Schriftsteller brauchte keinen lückenlosen Lebenslauf, das war einer der großen Vorteile dieses Berufs. Wann immer jemand genauer nachforschte und meinte, eine Lücke in seinem Werdegang entdeckt zu haben, war er eben zu genau dieser Zeit in Sachen Buchrecherche unterwegs gewesen. Aus der Veröffentlichung war dann allerdings nichts geworden. So was gab's. Ihm das Gegenteil zu beweisen dürfte schwer, wenn nicht gar unmöglich sein. Bisher hatte er sich kaum erklären müssen, und bei S & S hatte diese Taktik funktioniert. Es bestand allerdings ein Restrisiko, das wie eine drohende Wolke über seinem Leben hing: die Vorstellung, dass irgendwann ein Zeuge auftauchte, ein Mensch, der wusste, was er in seiner Jugend so alles getan hatte.

Dabei war er ernüchtert aus Palästina zurückgekommen. Waffen schufen nur noch mehr Leid. Es gab keine Gerechtigkeit. Nirgendwo. Nicht mit Waffen und nicht ohne. In keinem der vielen Kriege und Bürgerkriege, die dem Konflikt in all den Jahren gefolgt waren. Wenn das Gänseblümchen nicht vor mehr als zehn Jahren wieder in sein Leben getreten wäre, er wäre an dieser Erkenntnis erstickt: Die Gerechtigkeit wurde proportional weniger, je mehr Menschen sich auf sie beriefen und für sie töteten.

Klara war seine erste Liebe gewesen. Er stellte fest, dass er sich ihr Gesicht kaum noch vorstellen konnte. Doch der Schmerz war da, ebenso unmittelbar, ebenso quälend wie damals. Was auch immer er tat, der Schuld, die er in Klaras Kindheit auf sich geladen hatte, konnte er sich nicht entziehen. Er war älter gewesen als sie. Er hätte ihre Not erkennen müssen, begreifen, wie verzweifelt sie gewesen war, diese kleine geschundene, missbrauchte Seele, der er nicht geholfen hatte, obwohl es seine Pflicht gewesen wäre. Die er im Stich gelassen hatte.

Klara war wohlhabend gewesen, als sie starb. Doch das hatte ihr keine Erleichterung gebracht. Kein Vergessen. Und am Ende hatte sie sich in den Tod gestürzt.

Geld. Es war ihm früher nie wichtig gewesen, irgendwie durch die Finger geflossen. Doch dann war das Gänseblümchen gekommen, hatte sich mit den Jahren in seiner Seele, seinen Gefühlen eingenistet. Mit jedem Tag mehr. Auch wenn sie ihn immer wieder abwies. Er lächelte in sich hinein. Etwas an dieser Frau zog ihn an, seit sie sich wiederbegegnet waren. Sie berührte ihn tief. Vielleicht war es die trockene Art ihres Humors, ihre Selbstironie, die Art, wie sie schaute, wenn sie glücklich war, die Grübchen, wenn sie lachte, und, ja, auch ihre Ruppigkeit, das Kräutchen Rührmichnichtan, das die Verletzlichkeit verbergen sollte. Er war ihr Beschützer geworden. Für sie hatte er nach einer langen Pause wieder ein Haiku geschrieben:

Gänseblümchen blüht
zwischen Halmen. Kaum jemand
sieht den Sternenkranz.

Seither hatte sein Dasein wieder einen Sinn. Das Geld war wichtig, damit sie zusammen sein, vielleicht eines Tages zusammenleben konnten. Iris und er. Sie sah das anders. Das wusste er. Und doch war da diese große Sehnsucht nach einer Heimat.

Er schalt sich einen Narren. Das half jedoch nichts. Der Traum blieb. Auch wenn er zunehmend diffuser wurde, so als verblasse er hinter einer immer trüber werdenden Milchglasscheibe.

Max versuchte, sich wieder auf die nahe Vergangenheit zu konzentrieren. Als er den Job als Wachmann angenommen hatte, hatte er zudem gehofft, wieder Zeit und vor allem Inspirationen zu haben, um Haikus zu dichten. Oder neue Westernromane zu »plotten«, wie es unter Schriftstellern so schön hieß. Die Museumsumgebung bot sich dafür an. Sobald sich die Nacht auf alles senkte, erlebte er das gleiche Phänomen: Die ausgestopften Tiere wurden lebendig, allerdings nur, wenn er sie aus dem Augenwinkel betrachtete. Schaute er genau hin, standen sie starr hinter den riesigen Scheiben inmitten der ihrer einstigen Umgebung nachempfundenen Natur. Er hatte niemals mit jemandem darüber gesprochen. Man hätte ihn für verrückt gehalten. Um das nicht selbst zu glauben, gab er in diesen Momenten jedes Mal wieder, was die Golf- und Freizeitwelt Hochrhein zum Museum auf ihrer Internetseite veröffentlicht hatte. Wenn er die Worte noch aufsagen konnte, ohne etwas zu vergessen, beruhigte ihn das. Leute, die sich solche Sätze problemlos merken konnten, waren nicht verrückt. Und auch nicht alt oder dement. Zumindest hatten sie den Kontakt zur realen Welt nicht verloren. Noch nicht ganz.

Auf rund tausendfünfhundert Quadratmetern Fläche können Sie Exponate in ihrer natürlichen Umgebung bewundern. Die Wildlife-Show, die zu den größten in Europa zählt, entstand aus einer Stiftung von Erwin Himmelseher. Der Mäzen wurde für seine Verdienste um gemeinnützige Organisationen, Sport und Politik mit den höchsten Auszeichnungen geehrt. Die interaktive Ausstellung ist zugleich Lernort Natur. Das Jagdzimmer bietet einen exklusiven Rahmen für Firmenveranstaltungen und Familienfeiern mit bis zu fünfundvierzig Teilnehmern.

Er musste sich erinnern! Wie war das gestern Nacht gewesen? Draußen hatte der Vollmond geschienen. Das wusste er noch. Und dass er gedacht hatte, die diffuse Dämmerung in den Museumsräumen habe den gleichen Effekt auf die ausgestopften Tiere wie bei Mary Shelley der Stromstoß auf Frankensteins Monster. Gut, das war ein schräges Bild. Stromstoß und Dämmerung hatten wenig gemein, widersprachen sich sozusagen. Aber etwas Passenderes fiel ihm nicht ein. Sobald die Dämmerung die Tiere umflutete, bekamen sie in seinen Augen eine Seele, ein schwaches Glimmen jenes Funkens, der das Leben ausmachte. Das Mondlicht hatte diesen Effekt noch verstärkt.

Die Exponate hatten leise, vorsichtig begonnen, sich zu bewegen und die Landschaften zu erobern, in die man ihre Körper gepflanzt hatte; die Wildkatze, der Büffel, der Wildhund. Doch als er genauer hingesehen und das elektrische Licht angeknipst hatte, standen sie wieder leblos und starr. Nur die gläsernen Augen funkelten noch. Und so hatte er erneut auswendig Gelerntes aufgesagt: *Alpensteinbock, Anakonda, Armadillo, Auerhahn, Birkhahn, Braunbär, Breitmaulnashorn, Buschbock, Dachs, Duiker, Eisbär, Elch, Fuchs, Gämse, Gelbrückenduiker, Gepard, Goldschakal, Grizzly, Großer Trapphahn, Hirsch, Hyäne, Jaguar, Kaffernbüffel, Karrakal, Kaukasischer Steinbock, Krokodil, Kuckuck, Kudu, Leopard, Löwe, Luchs, Marco-Polo-Schaf, Markhor, Moschusochse, Nyala, Opossum, Polarfuchs, Polarhase, Puma, Reh, Schneehase, Schneehuhn, Schneeleopard, Schwarzbär, Schwarzer Panther, Sitatunga, Spitzmaulnashorn, Steinbock, Tahr, Tiger, Uhu, Wapiti-Hirsch, Warzenschwein, Wildkatze, Wildschwein, Wildtruthahn, Wisent, Wolf, Zebra, zahlreiche heimische Vögel …*

Er hatte ein Geräusch gehört, gedacht, dass er nachschauen müsse, ob Einbrecher ins Museum eingedrungen waren. Das war das Letzte, woran er sich jetzt klar erinnerte. Sonst war da nur das ferne Echo eines Knalls, begleitet von einem Kribbeln in der Fläche der rechten Hand, mit der er normalerweise die Waffe hielt.

Es musste ihn jemand niedergeschlagen haben. Wegen der Beule am Hinterkopf vermutlich hinterrücks. Das war die einzige Erklärung. Hatte er vorher noch geschossen? Dann müsste er die Waffe gezogen und entsichert haben. Max runzelte die Stirn. Er konnte sich nicht daran erinnern. Vielleicht hatte sich ein Schuss gelöst, als er niedergeschlagen worden war. Oder hatte er noch die Zeit gehabt, zu zielen? Dann mussten es mehrere Einbrecher gewesen sein. Einer hatte eindeutig hinter ihm gestanden, auf den konnte er also nicht gezielt haben. Und vor ihm? Sosehr er seine Erinnerungen auch durchforstete, sein malträtiertes Gehirn gab kein Bild frei.

Die Tür zum Krankenzimmer wurde erneut aufgerissen. Eine Schwesternhelferin oder eine Hilfskraft oder was auch immer, jedenfalls eine mit einem Krankenhauskittel bekleidete Frau um die vierzig, brachte ein Tablett herein. Max richtete sich etwas auf, ganz vorsichtig, um seinen Schädel nicht vollends zu vergrätzen, und angelte nach seiner Nickelbrille, die auf dem Nachttisch lag. Sein Magen knurrte. Er schaute sehnsüchtig auf das Tablett, konnte aber nur ein Kännchen und eine Tasse entdecken. Dem Kännchen entströmte der Duft von Kamillentee. Er hasste Kamillentee.

Die Enttäuschung musste ihm anzusehen sein. Die Frau lächelte, als wollte sie um Verzeihung bitten. »Tut mir leid, Herr Trautmann, erst müssen wir genau wissen, was mit Ihnen los ist. Das CT hat glücklicherweise ergeben, dass der Schlag keine gefährlichen Gerinnsel in Ihrem Hirn verursacht hat.« Sie stellte das Tablett auf das Schränkchen. »Aber das wird Ihnen der Arzt bei der Visite selbst erklären.«

Damit entschwand sie, um gleich darauf mit einem weiteren Tablett zurückzukehren. Darauf stand ein Kännchen, dem ein verführerischer Kaffeeduft entströmte, auf einem Teller lagen ein Schwarzbrot und ein Brötchen, dazu gab es Marmelade, Käse, Butter. Max' Magen knurrte noch etwas vernehmlicher.

»So, Herr Müller«, flötete die Frau, als sie das Tablett auf dem Nachtschränkchen seines Bettnachbarn platzierte, »das ist Ihr letztes Frühstück bei uns. Ihre Frau hat angerufen, sie wird Sie in ungefähr einer Stunde abholen. Sie dürfen ja heute nach der Visite heim.« Sie vermied sorgfältig den Blickkontakt mit Max. Zumindest kam es ihm so vor.

Herr Müller grunzte erneut und schälte sich aus der Decke. Dann stand er auf und strebte mit noch halb geschlossenen Augen der Badzelle mit integrierter Toilette entgegen, ohne Max auch nur die geringste Aufmerksamkeit zu schenken. Der hatte nicht den Eindruck, dass Herr Müller überhaupt an irgendetwas interessiert war, das ihn nicht selbst betraf. Also musste er sich auch nicht für ihn interessieren. Er hatte ohnehin anderes zu tun und schaute betont unbeteiligt zum Fenster hinaus, als der Nachbar nach getaner Erleichterung wieder ins Bett kletterte, den Kaffee in sich hineinschlürfte und schmatzend sein Brötchen aß.

Max war gerade dabei, wieder einzunicken, als eine Gruppe Weißkittel in verschiedenen Altersstufen und zweierlei Geschlechts das Krankenzimmer stürmte wie einst die Wikinger die Nordseeküste. Sprich, sie wirkten entschlossen, auch noch das kleinste Anzeichen von Widerstand notfalls mit Brachialgewalt im Keim zu ersticken.

Max kam als Erster an die Reihe. Auf die anscheinend übliche Frage »Wie haben wir denn geschlafen, und geht es uns gut?« antwortete er mit einem unbestimmten Brummen. Die bei ihm in solchen Fällen bevorzugte Anmerkung, *er* habe gut geschlafen, wie es beim werten Herrn Doktor gewesen sei, könne er nicht sagen, war ihm einfach zu mühsam. Also schnaufte er und murmelte Unverständliches vor sich hin.

Das zog einige schnell dahingeworfene lateinische Ausdrücke nach sich, die eine weiß bekittelte Frau mit Klemmbrett brav notierte. Dann musste er den Mund aufreißen, die Augen wurden angeleuchtet, er musste versuchen, mit dem Mittelfinger beider Hände jeweils die Nasenspitze zu treffen. Er wurde gefragt, wie er hieß, nach seinem Geburtstag und welcher Tag heute war. Bei Letzterem war er sich nicht sicher. Im Großen und Ganzen schien der Regisseur des Krankenzimmersturms, der sich weder vorgestellt hatte noch entsprechende Anstalten machte, da er wohl annahm, man habe ihn zu kennen, dennoch mit ihm zufrieden zu sein, zumindest war das kurzzeitig Max' Eindruck. Etwas irritiert war er, als dem Arzt zu guter Letzt ein »Tzzz« entfleuchte. »Hübsches Monokel haben wir da. Kräftige Gehirnerschütterung. Wohl Schädel-Hirn-Trauma. Also. Sie müssen lange bewusstlos gewesen sein. Sie brauchen Ruhe. Schwester, geben Sie dem Herrn eine Beruhigungstablette.«

Max schaute verunsichert. Lange? Aha. Er wusste aber genau, er trug eine Brille. Und ganz sicher brauchte er Ruhe.

Der Weißkittel lachte. »Na, Sie können ja mal ins Bad gehen. Dann sehen Sie, was ich meine. Aber ganz langsam. Keine schnellen Bewegungen. Und danach nehmen Sie dann das Beruhigungsmittel. Übrigens, für morgen haben sich Polizisten angekündigt. Sie wollten schon heute Nachmittag kommen, aber wir haben ihnen mitgeteilt, dass Sie erst morgen vernehmungsfähig sind.« Damit nickte er zuerst Max und dann Max' Nachbarn namens Müller zu und machte sich mitsamt seinem Gefolge auf in Richtung Tür, ohne sich zu verabschieden.

Max sah den Invasoren seines Krankenzimmers nach. Der Abgang war ebenso energisch wie die Ankunft. Vielleicht bereiteten sie sich ja schon auf die große Veränderung vor. Es hieß, die Zukunft des Spitals Bad Säckingen stehe auf der Kippe.

Nun, das war nicht sein Problem, es sei denn, er würde in Zukunft noch einmal krankenhausreif geschlagen. Doch als realistischer Optimist schob er diesen Gedanken flugs beiseite. Momentan überwog bei ihm das dringende Bedürfnis, die Toilette aufzusuchen, was er mit wackligen Knien und zitternden Beinen auch umgehend tat. Als er sich danach im Spiegel ansah, musste er sich abstützen. Einmal, weil ihm schwindelig wurde und schlecht, und zum anderen, weil er sah, was der Arzt gemeint hatte: Ein blutunterlaufener blaugrüner Rand umrahmte sein linkes Auge. Das rechte schien nachziehen zu wollen.

Er wankte zurück zum Bett. Die Beruhigungspille war schon da: In einem Minibecher aus Plastik stand sie auf dem Nachttisch. Max schluckte sie trocken, spülte dann aber doch mit dem Kamillentee nach. Herr Müller schaute nur mal kurz auf. Er war inzwischen mit Kofferpacken beschäftigt. Erleichtert sank Max in die Kissen. Er fühlte sich irgendwie einsam. Nun, er würde Gesellschaft bekommen. Die Polizei. Klar, dass sie mit ihm reden wollten. Vielleicht konnten die Ärzte das noch ein bisschen hinauszögern, damit er mehr Zeit hatte, sich zu erinnern. Er wurde müder. Vielleicht sollte er dem Drang, zu schlafen, nachgeben. Vielleicht funktionierte das Denken besser, wenn er nicht mehr so erschöpft war.

Max dämmerte weg. Er bekam nicht mehr mit, wie Herr Müller mit Hilfe seiner Frau aus dem Krankenzimmer auszog. Stunden später erwachte er vom Dudeln seines Handys. Es spielte den »Entertainer«. Noch immer bedröhnt, versuchte er, es aus der Nachttischschublade zu fischen, in der es lag. Ehe er drankam, hörte das Dudeln auf.

DREI

Gegen Mittag stieg Iris samt Hund in ihren Twingo. Sie war inzwischen völlig durchnässt. Die anfangs angenehme Schulterkühlung war in den Gesamtkörperbibbermodus übergegangen. In ihrer Schulter tobte der Schmerz. Und ihr fehlten mindestens drei Stunden Schlaf, um diesen widrigen Umständen wenigstens einigermaßen gelassen begegnen zu können. Die bohrenden Fragen des jungen Polizisten, der offenbar noch etwas zu beweisen hatte, um karrieretechnisch vorwärtszukommen, hatten nicht zur Besserung dieses Gemütszustandes beigetragen. Wehmütig dachte sie an frühere gemeinsame Ermittlungen mit Polizeihauptmeister Buchwald vom Revier Laufenburg. Sie hatte immer gern mit ihm zusammengearbeitet. Auch im Fall Satorius, bei dem Max Trautmann wieder in ihr Leben getreten war. Inzwischen war Buchwald längst in Rente. Der derzeitige Revierleiter war ein ehemaliger WKD-Mann und hieß Brüstle.

Trautmann, immer wieder er. So viel in ihrem Leben hatte seither mit ihm zu tun. So viele Sehnsüchte, so viel Frustration, so viel … ja.

Der Kirschbaum trägt Blüten aus Schnee.
In seinen Ästen
singt schon die Nachtigall.

Damals, als sie im Fall Satorius ermittelte – gegen ihn –, hatte Trautmann noch Haikus geschrieben. Viele. An dieses konnte sie sich erinnern. Und an das vom Gänseblümchen, *ihr* Haiku, doch das war später entstanden. Margit Trautmann hatte die kleinen Gedichte ihres Mannes aus schierer Bosheit vernichtet, nachdem er sich von ihr getrennt hatte. Bis auf dieses eine, das vom Kirschbaum, das Trautmann aus Versehen unter »Rechnungen« abgespeichert hatte. Sie lächelte unwillkürlich. Ja, sie erinnerte sich noch genau.

Iris zwang ihre Gedanken in die Gegenwart zurück. Es gab nicht mehr viele wie Buchwald. Etwas behäbig, aber immer ein Fels in der Brandung. Die Jungermittler von gerade eben waren weniger Fels, sondern mehr Brandung. Sie beschloss, sich beim Bad Säckinger Revierleiter Adrian Zeh mal nach ihnen zu erkundigen, hatte das aber schon bald wieder vergessen.

Trotz ihres Schulter-Handicaps ging bei der Heimfahrt mit Hund anfangs alles gut. Iris hatte die Lehne der Rückbank umgeklappt, und das Kalb sprang schon fast freudig in den Kofferraum. Unterwegs schaute sie noch schnell im Murger Supermarkt vorbei, um eine XXL-Packung Hundefutter zu besorgen. Den Hund ließ sie im Auto. Mit einem mulmigen Gefühl.

Als Iris zu ihrem Wagen zurückkehrte, hatte sich bereits eine Gruppe von Menschen um ihren Twingo versammelt. Sie konnte das Heulen und Wimmern, das aus dem Wagen klang, von Weitem hören.

»Wie kann man solch einen Riesenhund nur in einem so kleinen Auto lassen!«, erklärte eine Tierliebhaberin gerade energisch, als Iris eintraf.

»Ich schenke ihn Ihnen«, erwiderte Iris. Die Frau verstummte. Und der Hund randalierte weiter. Kaum hatte Iris jedoch die Fahrertür geöffnet, verwandelte er sich in ein schwanzwedelndes Lamm. Dieses Tier hat offensichtlich eine Einsamkeitsphobie, dachte Iris nicht ganz ohne Sympathie. Solche Gefühle kannte sie. Bisher war ihr jedoch nicht klar gewesen, dass auch Tiere unter derartigen Angstneurosen leiden konnten.

Sie stieg ein, warf den um ihr Auto Versammelten einen bösen Blick zu und fuhr vom Parkplatz. »Junge, Junge«, sagte sie. Der Hund fühlte sich angesprochen und gab ein heiseres »Wuff« von sich.

Das Tier folgte ihr klaglos und ohne weitere Zwischenfälle in ihre Wohnung im zweiten Stock an der Laufenburger Hauptstraße. Sie lag direkt hinter dem Tor am Eingang zur badischen Altstadt und bot einen herrlichen Blick auf den Rhein, den Iris auch nach so vielen Jahren noch immer genoss. Nur nicht an diesem Tag. Der Wolfshund fackelte nicht lang und ließ sich auf

Iris' Lieblingsschmusedecke nieder, die auf dem neuen, englisch geblümten Chesterfield-Sofa lag, zu dem auch zwei bequeme, gleichermaßen englisch geblümte Chesterfield-Sessel gehörten.

Sie überlegte kurz, ob sie ihn von dort vertreiben sollte, aus erzieherischen wie aus egoistischen Gründen. Die Garnitur war teuer gewesen, sie wollte keine Flecken darauf. Hunde hatten auf Menschensofas sowieso nichts verloren, fand sie. Und sie wollte ihre Schmusedecke für sich. Dann sah sie davon ab, sie an sich zu reißen. Der arme Kerl hatte schon genug mitgemacht. Und morgen würde sie die Kollegen vom Polizeirevier Bad Säckingen aufsuchen und ihnen das Tier übergeben. Sollten die doch sehen, wie sie mit dem Kalb fertigwurden.

Iris marschierte ins Schlafzimmer und wechselte die Kleidung. Es ging langsam. Sie bekam den feuchten Pulli wegen ihrer schmerzenden Schulter kaum aus und den trockenen kaum an. Aus dem Wohnzimmer hörte sie ein schnarchendes Geräusch, das sie als ein Zeichen für wachsendes Vertrauen bei ihrem neuen Hausgast wertete. Der Hund schien sich auf ihrem Sofa wohlzufühlen.

Sie ging in die Küche, kramte in den Schränken und förderte zwei Salatschüsseln zutage. Die Klärung der Frage, ob sie diese danach wieder für menschliche Nahrung würde brauchen können, verschob sie auf später. Sie mochte ohnehin keinen Salat. In die eine Schüssel schüttete sie eine große Portion Trockenfutter, in die andere Wasser und stellte beide auf die Küchenfliesen. Das Kalb schien ein Gespür dafür zu haben, dass angerichtet war. Das Schnarchen hörte auf, und der Hund trabte in die Küche. Er schnupperte an den Pellet-ähnlichen Dingern, wandte sich dann aber ab. Aha, Feinschmecker, schloss Iris. Oder traurig und appetitlos, weil sein Herrchen tot war.

Dafür trank er durstig. Im Nu war die Schüssel leer. Iris befüllte sie neu. Und dann noch einmal, während ihre Sorge wuchs. Sie hatte keine Ahnung, wie viel Fassungsvermögen die Blase eines Wolfshundes hatte, aber bei diesem Wasserkonsum fürchtete sie um ihren neuen Berberteppich. Also beschloss sie, endlich Schmerztabletten gegen das Pochen und Ziehen in ihrer

Schulter zu nehmen, sicherheitshalber zwei, und mit dem Hund Gassi zu gehen. Obwohl sie gewisse Bedenken hatte, dass sie ihn vielleicht nicht würde halten können, wenn er wieder mal entschied, vorwärtszustürmen. Gut, sie könnte die Leine mit der linken Hand halten. Doch wenn diese Schulter dann auch noch auskugelte – nicht auszudenken.

Die Packung Schmerztabletten war fast leer, nachdem sie zwei davon mit einem Schluck Wasser runtergespült hatte. Es waren nur noch fünf übrig. Iris hoffte, dass sie bis morgen reichen würden. Immerhin, einen Lichtblick gab es: Der Regen hatte aufgehört.

Das Kalb zerrte nicht an der Leine, sondern blieb folgsam an ihrer Seite, was Iris mit Dankbarkeit erfüllte. Ihre Sorge, dass er losstürmen und so ihre Schulter erneut strapazieren könnte, war also unnötig gewesen.

»Guter Hund«, teilte sie ihrem Begleiter mit und wurde mutiger. Sie löste die Leine vom Halsband. »Dann mach mal«, sagte sie und gab ihn frei.

Der Hund wedelte wieder freudig mit dem Schwanz, trabte los und bog schließlich in Richtung Schweiz auf die alte Rheinbrücke ab, wo er den Sockel der Statue des heiligen Nepomuk mit einem gehörigen Strahl bedachte. Wie peinlich, Heilige pinkelte man nicht an. Auch nicht als Hund. Das war pietätlos. Sie hätte das verhindern müssen. Iris schaute sich verstohlen um. Es war niemand zu sehen.

Danach kehrte der Wolfshund fröhlich wedelnd zu ihr zurück, ohne dass sie ihn rufen musste. Es war wohl müßig, ihm zu erklären, dass er den Heiligen künftig in Ruhe lassen sollte. Also tätschelte Iris ihm den Kopf und leinte ihn wieder an. Er ließ es immer noch wedelnd geschehen. Ihr uneingeladener Gast hatte zwar kein Benehmen, schien aber wenigstens ein freundliches Gemüt zu haben.

In neuer Eintracht, Seite an Seite, kehrten Frau und Hund in die Wohnung zurück.

Und jetzt? Wohin mit ihm?

Max Trautmann. Vielleicht konnte der helfen. Iris wählte seine

Festnetznummer, es tutete, doch niemand meldete sich. Zur Sicherheit sprach sie auf den AB und erklärte ihr Anliegen. Dann versuchte sie, ihn übers Handy zu erreichen. Ebenfalls vergeblich. Sie seufzte und spähte durch ihr Küchenfenster hinüber zu Trautmanns Wohnung über dem Brunnen. Wie immer hüpfte ihr Herz dabei ein-, zweimal. Sie schaffte es einfach nicht, dieses Organ zu kontrollieren. Immer wenn sie an ihn dachte oder ihm unvermutet begegnete, fühlte sie zudem diesen Stich, gefolgt vom dumpfen Gefühl des Verlustes. Die vielen Jahre, die sie einander dies- und jenseits der Laufenburger Hauptstraße nun schon gegenüberwohnten wie die Königskinder, die sich nach dem anderen sehnten, aber nicht zusammenkommen konnten, hatten nichts daran geändert.

Unwillkürlich fuhr sich Iris durch die streichholzlangen Haare. Sie fühlten sich an wie ein Pelz. Mit hellen Strähnchen in Naturmausblond, wegen der »Lichter«, wie es die Friseurin vor einigen Jahren freundlich formuliert hatte. Inzwischen war die Farbe wohl eher ein Naturmausgrau. Die Strähnchen funktionierten trotzdem.

Dummerweise brachte sie es einfach nicht fertig, Trautmann aus ihrem Leben zu werfen, was für die Ausgeglichenheit ihres Seelenlebens sicher sehr viel besser gewesen wäre. Er konnte so charmant sein. Auch wenn er ziemlich korpulent war und seine verbliebenen Haare dünn, er wirkte auf Frauen. Wer sollte das besser wissen als sie? Sie schmolz regelmäßig dahin. Vielleicht lag es an der Brille mit den dicken Gläsern, die seine Augen vergrößerten und ihm das Aussehen eines ewig erstaunten Jungen verliehen, obwohl er schon eine Weile jenseits der fünfzig war.

Schluss mit diesen Gefühlsduseleien! Ihr Verstand übernahm wieder die Regie und erklärte ihr zum tausendsten Mal, dass der Schwarm ihrer Jungmädchenträume längst zum Mann ihrer Alpträume geworden war. Er hatte ihr einmal gesagt, dass er sie liebte. Damals, als sie bei einem Undercovereinsatz von der irren Anführerin einer Psychosekte beinahe umgebracht worden wäre. Sie hatte das nicht vergessen. Seither waren sie immerhin beim Du, obwohl sich das nach wie vor komisch anfühlte. Trotzdem nannte sie ihn beim Nachnamen. Sie brauchte die Distanz, um seine Nähe auszuhalten. Es war auf eine gewisse Weise lachhaft, ein bisschen so, als wollte sie einfach nicht erwachsen werden. Schon als moppeliger, linkischer und komplexbeladener Teenager war Max Trautmann für sie *der* Mann gewesen. Doch es ging nicht. Es stand zu viel zwischen ihnen. Zumindest solange sie sich nicht sicher sein konnte, dass er *kein* Mörder war. Den Verdacht hegte sie nun schon seit den Ermittlungen zum Tod von Trautmanns Stiefvater Satorius. Dabei galt der Fall offiziell als geklärt, alle Schuldigen waren gefunden.

Wirklich alle?

Manchmal wusste sie noch nicht einmal mehr, ob sie es wissen wollte. Solange zwischen ihnen alles in der Schwebe blieb, solange sie nichts Genaues wusste, konnten sie wenigstens eine Art von Beziehung pflegen, konnte er an ihrem Leben teilhaben. Hätte sie Beweise, dass er schuldig war, sie hätte ihn der Polizei ausgeliefert. Trautmann wusste das. Musste das wissen. Er hatte niemals wieder »Ich liebe dich« gesagt.

Und er war mal wieder nicht da, wenn sie ihn brauchte.

Iris wusste, dass das nicht stimmte, doch sie kämpfte die leise Stimme nieder, die das richtigstellen wollte. Es half, sauer auf ihn zu sein, dämpfte die Sehnsucht ein wenig. *Nie* war er da, wenn man ihn brauchte.

Das Pochen in der Schulter wurde wieder schlimmer. Sie brauchte unbedingt ein stärkeres Schmerzmittel, doch die waren verschreibungspflichtig. Sie musste, wenn möglich, heute noch zum Arzt. Iris kramte erneut die Schmerztabletten aus ihrem Apothekenschrank und nahm diesmal drei auf einmal. Als das Pochen etwas nachließ, wurde sie müde. Sie war ohnehin erschöpft. Vom frühen Aufstehen, vom Sport. Und auch Tote begegneten ihr nicht jeden Tag. Trotz ihres Berufs. Als Zeugin vernommen und dann energisch des Platzes verwiesen zu werden, damit sie keine Beweise zertrampelte, war sie auch nicht gewohnt. Iris quetschte sich neben den Wolfshund aufs Sofa und schlief ein. In ihrem Traum kämpfte ein Golfschläger mit einem

Terraband. Der Wolfshund schnarchte. Iris hörte es nicht. Sie schnarchte ebenfalls.

Da klingelte das Telefon. Sie schreckte hoch. Trautmann.

»Wo bist du? Ich hatte versucht, dich zu erreichen. Wenn man dich mal braucht ...«, nuschelte sie ins Telefon. Es klang vorwurfsvoller, als sie beabsichtigt hatte. »Ich brauche deine Hilfe. Hast du deinen Anrufbeantworter nicht abgehört? Wo bist du?«

»Im Bad Säckinger Spital.« Das klang beleidigt.

Iris richtete sich auf und setzte sich hin. Der Wolfshund hob den Schädel und legte ihn auf ihre Knie. »Du bist ein lästiges Vieh«, schimpfte sie.

»Wie bitte? *Du* sagst, du hättest *mich* angerufen. Und nein, den AB habe ich nicht abgehört.«

»Ja, sorry. So war das nicht gemeint. Ich muss zum Arzt. Es gäbe bei mir einen Hund zu hüten.«

»Danke für die Anteilnahme.«

»Ähm. Was ist passiert, Trautmann? Wieso bist du im Krankenhaus? Wegen Geistesverwirrung eingewiesen? Und wieso erfahre ich das erst, wenn ich dich anrufe? Ich dachte, wir sind Freunde.«

»Freunde. Aha. Sehr lustig.« Selbst wenn er beleidigt war, klang Trautmanns Stimme irgendwie sexy.

»Nun sag schon, was ist passiert?«

»Es gab heute Nacht einen Einbruch im Wildlife-Museum. Du weißt schon, da, wo ich Wachdienst schiebe. Ich wurde bewusstlos geschlagen. Und nun liege ich mit einer Gehirnerschütterung im Krankenhaus. Kannst du mir vielleicht ein paar Sachen bringen? Eine Zahnbürste, Zahnpasta, Waschlappen, Seife, Rasierapparat? Das liegt alles im Bad. Eine frische Hose und ein Hemd findest du im Kleiderschrank im Schlafzimmer. Unterwäsche – ach ja, und Socken – sind in der Truhe. Erste oder zweite Schublade von oben. Das weiß ich gerade nicht so genau.«

Hoppla, also ein Einbruch? Komisch, Eddi hatte bei der Golfstunde am Morgen nichts gesagt, nur sehr eigenartig herumgeeiert. Wahrscheinlich hing damit Nufers frühe Anwesenheit auf dem Areal zusammen. Das wäre zumindest eine Erklärung. Aber warum hatte Eddi das nicht einfach gesagt? Die Polizei hatte auch kein Wort darüber verloren. Merkwürdig. Und dann auch noch dieser Tote! Ob Trautmann schon etwas davon wusste?

Instinktiv hielt Iris den Ball flach, gemäß der alten Ermittlerweisheit: nie zu viel verraten.

»Oh. Erneut ein Einbruch dort? Der letzte, war das nicht 2012? Dieser Nashorndiebstahl? Wenn ich mich recht erinnere, gehörten die Hintermänner zu einem irischen Clan von Fahrenden. Aber egal. Schon wieder ein Einbruch, das ist ja ein Ding. Was meinst du, was wollten die dieses Mal klauen? Wer könnte was mit ausgestopften Tieren anfangen? Die Hörner der Nashornköpfe sind ja jetzt aus Kunststoff. Ähem, niedergeschlagen wurdest du also. Weißt du, wer es war? Kennst du den oder die Einbrecher? Tut es weh?«

»Natürlich tut es weh. Und nein, ich kenne die Einbrecher nicht. Also, kannst du kommen?«

»Momentan eher nicht. Aber ich kann dir die Sachen vermutlich morgen bringen.«

»Wenn man mal jemanden braucht … Was ist los mit dir, wieso musst du überhaupt zum Arzt? Das könntest du doch übrigens auch hier im Spital in der Notaufnahme erledigen und mir bei der Gelegenheit die Sachen vorbeibringen.«

»Das wollte ich ja. Aber die Ambulanz ist proppenvoll, drei Stunden Wartezeit, haben sie gesagt. Ich hab ein Schmerzmittel genommen. Dachte, ich gehe morgen hin. Doch die Pillen helfen kaum. Meine Schulter tut höllisch weh. Darum würde ich es trotzdem gern schon heute erledigen. Ich kann nur den Hund nicht mitnehmen. Deswegen habe ich dich angerufen. Ich brauche einen Hundesitter.«

»Bind ihn doch einfach draußen an oder lass ihn im Auto.«

»Geht nicht, dann randaliert er. Hat Angst allein. Ist riesig wie ein Kalb und trotzdem ein Schisser.«

»Wo kommt überhaupt der Hund her?«

Nun musste sie wohl mit der Sprache herausrücken. »Er gehörte einem Toten, der heute früh gefunden wurde. Beim Wildlife-Museum, genauer in diesem unter Naturschutz stehenden

Gehölzstreifen bei der der Driving Range. Hast du eine Ahnung, hast du etwas mitbekommen? Hat das womöglich was mit dem Einbruch ins Museum zu tun?«

Iris konnte Max am anderen Ende schnaufen hören. »Also doch. Das gibt es doch nicht.«

»Wieso ›also doch‹? Als ich heute Morgen da war, hab ich von einem Einbruch nichts gehört. Die Polizei hat keinen Ton gesagt. Eddi Köster, mein Golflehrer, auch nicht. Dabei muss er das gewusst haben, ich kann mir nicht vorstellen, dass er nicht informiert wurde. Jetzt weiß ich wohl auch, warum er heute Morgen so verschlafen aussah. Du kennst ihn?«

»Was um Himmels willen wolltest du heute Morgen bei Eddi Köster? Klar kenne ich ihn. Er ist schließlich der Hausmeister des Areals. Ich denke auch, dass er informiert wurde. Ich weiß es aber nicht genau, ich habe ihn nicht gesehen. Ich bin erst im Krankenhaus zu mir gekommen.«

»Seltsam, das alles. Wie gesagt, der Hund gehört wohl dem Toten. Ein Riesenvieh. Ich hab ihn … Ach egal, das führt jetzt zu weit. Weil niemand weiß, wohin mit ihm, hab ich ihn nun an der Backe. Was ist? Warum sagst du nichts?«

»Also, ich … kannst du herausfinden, ob der Einbruch und der Tod des Mannes irgendwie zusammenhängen?«

»Das klingt merkwürdig. *Du* müsstest das doch eigentlich wissen, du warst schließlich der Wachmann im Museum. Hast du einen Verdacht? Sag schon, weißt du etwas?«

»Ich weiß gar nichts. Das ist ja das Problem. Ich kann mich an so gut wie nichts erinnern. Aber ein Zusammenhang liegt doch nahe, oder? Und …«

»Was, und?«

»Ich erinnere mich an einen Knall. Ich … ich weiß nicht … ist denn schon klar, woran der Mann gestorben ist? Konntest du was sehen? Was hat der Arzt gesagt? War doch ein Arzt da, oder?«

»Nur der Notarzt. Und der hat den Mann bloß für tot erklärt und ist wieder abgerauscht. Nein, Eddi und ich haben nur seinen Hinterkopf gesehen. Rote Haare. Von Blut verkrustet. Der Rest war noch eingebuddelt. Die Leiche wird in die Freiburger

Rechtsmedizin gebracht. Aber ich denke, der Mann ist ziemlich sicher ermordet worden.«

»Könnte ... ich meine, das Blut ... könnte das eine Schusswunde gewesen sein?«

»Ich *weiß* nicht, wirklich. Die werten Kollegen haben mich vom Tatort vertrieben. Falls das überhaupt der Tatort war. Zeugen hätten da nichts zu suchen, haben sie mir erklärt. *Mir!* Ich bin morgen zur Vernehmung aufs Revier geladen. Wieso fragst du so eindringlich? Ich kenne dich, da ist doch was im Busch.«

»Es könnte vielleicht sein, dass ich den Mann erschossen habe.« Das kam leise.

»Trautmann!«

»Ich sagte doch schon, ich erinnere mich nicht.«

»Das lässt sich aber doch feststellen. Wo ist denn deine Waffe?«

»Das weiß ich auch nicht.«

»Ist der Polizei bekannt, dass du beim Wachdienst eine Waffe trägst?«

»Ich nehme es an. Es ist jedenfalls kein Geheimnis. Daniel Herder, mein Arbeitgeber, hat alle Information vorliegen und pflegt gute Kontakte zur Polizei. Falls sie es bisher nicht wussten, hat er es ihnen inzwischen sicher gesagt.«

»Bist du schon auf Schmauchspuren untersucht worden?«

»Keine Ahnung. Nicht wissentlich. Aber vielleicht, als ich ohnmächtig war. Ich habe noch nicht mit der Polizei gesprochen. Die wollten zwar, aber die Ärzte haben sie erst mal abgewimmelt. Ich brauche Ruhe.« Das hörte sich kläglich an.

»Oh, Trautmann.«

»Du sagst es. Kannst du kommen?«

»Ich tue, was ich kann. Mit deinen Sachen wird es heute aber wohl nichts mehr. Ich brauch erst was gegen die Schmerzen, ein starkes Mittel. Und das bekomme ich nur auf Rezept, also beim Hausarzt oder in der Ambulanz. Vielleicht sollte ich es wirklich versuchen. Bloß der Hund ...«

»Was ist mit dem ärztlichen Notdienst? Der kommt auch zu dir.«

»Hatte ich auch schon dran gedacht.« Hatte sie nicht. Doch das musste er ja nicht wissen. »Aber wenn ich zu dir kommen soll …«

»Musst du ja nicht.« Das klang muffelig.

»Doch, muss ich. Um festzustellen, wie es dir geht. Vielleicht kann ich ja auch deiner Erinnerung auf die Sprünge helfen.«

»Das ist nett.«

Klang Trautmann irgendwie erleichtert? Sie erwiderte nichts.

»Ich meine, wenn es jemanden kümmert, wie es mir geht.«

»Natürlich kümmert es mich, wie es dir geht!«

»Hatte kurz mal nicht den Eindruck.«

»Trautmann! Wie lange kennen wir uns jetzt? Ich meine, sooo gut müsstest du mich ja kennen.«

»Hm. Du kommst also?«

»Klar. Vielleicht nur kurz, aber ich komme. Vorher muss ich aber jemanden finden, der auf dieses Vieh aufpasst. Ist ein Riesenvieh. Ein Irischer Wolfshund, sagt Eddi.«

»Ein *Irischer* Wolfshund? Moment – sagtest du nicht, der Tote hätte rote Haare gehabt?«

»Sagte ich. Glaubst du etwa, dass die von dem irischen Clan wieder zurückgekommen sind? Das wäre ja was. Aber doch unwahrscheinlich. Was sollten die denn klauen wollen? Wie hießen die noch mal?«

»Rathkeale Rovers. Iren haben doch meistens rote Haare, oder? Und der Hund ist zudem ein Irischer Wolfshund. Die rennen meines Wissens nicht so oft durch die Landschaft. Woher weißt du überhaupt, dass er dem Toten gehört hat?«

»Ich weiß es nicht. Ich nehme es nur an. Er hat ihn gefunden. Hat Eddi und mich direkt zu ihm geführt. Aber das ist eine längere Geschichte.«

»Hm. Ich habe neulich gelesen, dass sich dieser Clan jetzt auf chinesische Artefakte spezialisiert hat. Das scheint auch ein lohnendes Geschäft zu sein.«

»Puh. Vielleicht waren die Kollegen aus Bad Säckingen deshalb so angefasst. Womöglich haben sie einen ähnlichen Verdacht. Die sind bestimmt nicht glücklich, sollten sie es wieder mit einer internationalen Einbruchsserie zu tun haben. Lass mich mal nachdenken, wie war das damals? Ah, jetzt erinnere ich mich. Europol hat sogar per Rundschreiben gewarnt. Oder war es Interpol? Egal. Jedenfalls, so ein Nashorn-Horn soll ja wertvoller sein als Heroin, wenn es gemahlen und als Potenzmittel verkauft wird. In Bern, in Florenz, in Hamburg, in Offenburg, in Bamberg, in Österreich, überall sind Hörner gestohlen worden. Ähnliche Diebstähle hat, glaube ich, auch die britische Zeitung ›The Telegraph‹ auf ihrer Internetseite gemeldet. Die Diebe hatten dem Haslemere Educational Museum in Surrey einen Besuch abgestattet, und es wurde ein Nashornkopf aus einem Auktionshaus in Essex gestohlen. Dem Onkel von Oscar Pistorius, du weißt doch, dem südafrikanischen Sportler, der wegen des Todes seiner Freundin vor Gericht stand, sind gleich mehrere Nashorn-Hörner entwendet worden. Aber chinesische Artefakte? Davon war 2012 nicht die Rede. Und verletzt oder getötet wurde auch niemand. Der Tote passt also nicht ins Muster. Dieser Clan war hoch spezialisiert, die gehen keine Risiken ein. Vielleicht hat er also gar nichts damit zu tun.«

»Solche Artefakte gibt es aber im Wildlife-Museum. Der Museumsmäzen, Erwin Himmelseher, war nicht nur ein begeisterter Großwildjäger, der seine Abschüsse präparieren ließ, sondern auch ein leidenschaftlicher Sammler von chinesischen Antiquitäten. Warst du schon mal im Museum?«

»Nein, ehrlich gesagt nicht.«

»Im Gebäude sind, wenn du so willst, eigentlich zwei Museen untergebracht. Da ist einmal der Teil mit den toten Tieren. Und dann gibt es noch einen Trakt, der dem Leben von Erwin Himmelseher gewidmet ist. In einigen Vitrinen in diesem Teil des Hauses sind ziemlich wertvolle chinesische Artefakte ausgestellt.«

»Du meinst, das haben die Typen von den Rathkeale Rovers mitbekommen und wollten die nun auch noch stehlen?«

»Woher soll ich das denn wissen? Kann sein, dass das alles Hirngespinste sind. Vielleicht hat mein Kopf tatsächlich etwas zu viel abbekommen. Es ist nur so, dass ich mich einfach nicht erinnern kann, und bald kommt die Polizei zu mir, um mich zu vernehmen. Bis dahin wüsste ich gern mehr. Zum Beispiel, was die Einbrecher gestohlen haben. Ob es Blutspuren gibt, Hinweise auf einen Schusswechsel. Und ob sie meine Waffe gefunden haben. *Bitte.*«

Trautmann sagte selten Bitte. Iris wusste also, dass es ihm sehr wichtig war. »Hm. Ich könnte mit Felix reden. Mir werden sie kaum Auskunft geben. Ich bin ja eine Zeugin.«

»Und was ist mit dem Typen vom Landeskriminalamt?«

»Du meinst Schott?«

»Ja, dieser Karl Schott. Vielleicht, ich meine, vielleicht sind die Rovers in letzter Zeit schon woanders in Aktion getreten. Ihre Nashorndiebstähle hatten sie ja auch in Serie und weltweit geplant.«

»Nee, Schott eher nicht. Oder nur, wenn es nicht anders geht. Der wird nämlich verlangen, dass ich mich raushalte. Erst mal Felix. Aber noch mal: Getötet oder verletzt worden ist damals niemand, soweit ich weiß, und Verurteilungen gab es außerdem. Sag mal, gab es da nicht sogar Prozesse in Bad Säckingen und Waldshut? Wenn ich mich recht erinnere, lieferte der Einbruch in Obersäckingen Europol und Interpol die entscheidenden Erkenntnisse.«

»Ja, ja.« Trautmann wirkte immer verkrampfter. »Die Täter haben aber nur ein paar Jahre gekriegt. Im Museum ist 2012 ein menschlicher Fingernagel samt Blutresten gefunden worden, die DNA-Analyse führte zu einem polnischen Handlanger der Iren. Nein, es waren sogar zwei Handlanger. Aber das ist momentan nicht mein Problem. Ich brauche Informationen. *Bitte!*«

»Ist ja gut, ich hab's begriffen. Ich werde mit Felix telefonieren. Kann aber nichts versprechen. Erst mal muss allerdings ein Hundehüter her. Vielleicht kann Eddi ja doch. Er wollte vorhin nicht, hat sich gedrückt. Behauptet, er habe noch zu arbeiten und habe außerdem eine Hundeallergie. Jetzt glaube ich, er musste noch eine Zeugenaussage bei der Polizei machen. Oder mit Nufer eine Liste der beim Einbruch gestohlenen Gegenstände erstellen. Was weiß ich. Das würde jedenfalls sein Verhalten erklären. Vielleicht kann ich ihn überreden.«

»Eddi Köster? Der wurde bestimmt schon letzte Nacht als

Zeuge vernommen. Ebenso wie Nufer. Kann er denn was zum Einbruch sagen? War er vielleicht im Museum?«

»Das weiß ich nicht. Er hat den Einbruch mir gegenüber noch nicht einmal erwähnt. Was sollte er auch mitten in der Nacht da tun? Hast du Eddi gesehen? Wann war der Einbruch denn eigentlich?«

»Das muss nach Mitternacht gewesen sein. Ich mache meistens so um null Uhr dreißig einen Rundgang. Und Eddi Köster hab ich nicht gesehen. Der Gedanke kommt mir erst jetzt, wo wir darüber reden. Ich bin zwischendurch mal kurz zu mir gekommen. Ich lag da irgendwie auf einer Trage, und so ein Notarzttyp hat an mir herumgefummelt. Dann bin ich wieder weggesackt. An mehr erinnere ich mich nicht. Aber vielleicht … ich meine, es ist nicht vollkommen ausgeschlossen, dass er auch da war …«

»Wie gesagt, Eddi hat mit mir überhaupt nicht über den Einbruch geredet. Ich glaube eher, du klammerst dich da an einen Strohhalm.«

»Womöglich hast du recht.« Das klang kläglich. »Wieso bist *du* eigentlich verletzt? Jetzt red schon.«

»Na ja, aber lach nicht. Versprich's.«

»Ich lach nicht. Da tut mir mein Kopf weh.«

»Ja, also, die Kurzfassung. Eddi hat heute Morgen versucht, mir das Golfen schmackhaft zu machen. Ich hab mit dem Schläger ausgeholt, dann kam der Hund. Lief quasi direkt in meinen Golfschläger rein. Und der war dann völlig benommen. Also der Hund natürlich. Nachdem er wieder halbwegs auf den Beinen stand, hat er Eddi und mich schnurstracks zu der Stelle im Gebüsch geführt, wo der Rothaarige verscharrt war. Aber das hatte ich dir schon erzählt.«

Iris hörte Trautmann stöhnen. Immerhin, er lachte wenigstens nicht. Im Gegenteil, das Stöhnen hörte sich ganz schön verzweifelt an. »Kannst du …«, hob er an, doch Iris war entschlossen, cool zu bleiben.

»Wie gesagt, ich tue, was ich kann.«

VIER

Nach dem Gespräch musste Iris sich erst einmal aufs Sofa setzen. Was für eine verfahrene Situation. Es stand außer Frage, dass sie Trautmann helfen würde. Und sie musste herausfinden, warum Eddi ihr die Geschichte mit dem Einbruch verschwiegen hatte. Doch das konnte sie nicht, solange sie derartige Schmerzen hatte und keinen klaren Gedanken fassen konnte. Also auf in die Notaufnahme, Magen-Darm-Virus hin oder her.

Eddi hatte zwar gesagt, er könne nicht auf den Hund aufpassen. Aber vielleicht hatte sich in der Zwischenzeit etwas geändert. Und steter Tropfen höhlte bekanntlich sogar Steine. Einen Versuch war es wert. Vielleicht konnte sie ihn bei seinem am Morgen so offensichtlichen Unbehagen packen. Sie beschloss, bei der Gelegenheit gleich mal auf den Busch zu klopfen. Womöglich sagte er ja was. Zu Trautmann, zu den Geschehnissen, ob er mehr über den Einbruch wusste … Und warum er sich bei seinen Erklärungen so gewunden hatte.

Sie rief Eddi an. »Es hilft nichts. Ich *muss* in die Notaufnahme. Die Schulter bringt mich noch um. Ich brauche dringend wirksame Schmerzmittel. Außerdem liegt … es liegt ein Freund im Krankenhaus. Max Trautmann. Sie kennen ihn. Zu dem muss ich auch noch. Egal, wie lange ich warten muss. Bitte, können Sie den Hund schon heute hüten? Ich hab wirklich alles versucht, ich finde keinen anderen Hundesitter.«

Iris' Hoffnung wurde enttäuscht.

»Der Wachmann. Ja, ich kenne ihn. Also eigentlich … Wir hatten doch morgen gesagt.«

»Eddi! Was kann ich tun, damit Sie mir helfen? Ihr Chef hat *bestimmt* nichts dagegen, wenn sie ihn fragen. Ich versuche, mich in der Notaufnahme irgendwie vorzudrängeln. Vielleicht hilft mein Polizeiausweis. Ich *muss* zum Arzt und zu Max Trautmann. Er braucht dringend Hilfe. Ich kann auch selbst bei Dr. Nufer anrufen, wenn Ihnen das weiterhilft.«

Es folgte ein Moment der Stille.

»Wieso liegt Ihnen der Wachmann so am Herzen?« Das kam gedehnt. »Wusste nicht mal, dass Sie den kennen.«

»Ja, tue ich. Ist doch jetzt nicht wichtig. Er liegt wie gesagt im Krankenhaus. Ist niedergeschlagen worden. Aber das wissen Sie vermutlich. Überhaupt, wieso haben Sie mir heute Morgen nichts von dem Einbruch erzählt? Im Radio bei SWR 4 kam auch nichts. Die bringen doch sonst jeden Mückenschiss.«

Sie hörte ein Schnaufen. »Die Polizei hat es mir verboten. Nachrichtensperre.«

»Aha. Was vermuten die? Haben die was gesagt?«

»Mir doch nicht. Nur, dass ich unbedingt erst mal Stillschweigen bewahren soll. Der Chef und ich durften heute früh noch nicht einmal ins Museum, um herauszufinden, ob was gestohlen wurde. Das sollen wir morgen machen, wenn die mit der Spurensicherung durch sind. Aber jetzt, wo Sie es ohnehin schon wissen, ich glaube, so viel kann ich sicher sagen: Die Einbrecher heute Nacht sind auf die gleiche Weise eingestiegen wie die Rhinohorn-Diebe vor einigen Jahren: durch ein Oberlicht. Trotz der ganzen Überwachungskameras und all dem technischen Schnickschnack, der seither eingebaut wurde. Hab keine Ahnung, wie sie die Kameras und alles andere ausgetrickst haben. Es gab jedenfalls keinen Alarm, soweit ich weiß. Das ist bestimmt wieder ein ganz großes Ding.«

»Dann müssen die Einbrecher gewusst haben, wo die Kameras beziehungsweise die für sie gefährliche Technik zu finden war. Kann es sein, dass die sich vor dem Einbruch im Museum umgesehen haben? Haben Sie verdächtige Fremde gesehen?«

»Keine Ahnung. Eigentlich nicht. Ich kenne fast alle, die zum Golfen kommen, aber natürlich nicht jeden, der ins Museum geht oder die WildKids-Halle besucht.«

»Hm. Da fällt mir ein, was Sie mir heute Morgen erzählt haben. Dass Dr. Nufer öfter mal Leute herumführt, was anscheinend auch gestern wieder der Fall war. Das kann was bedeuten, muss es aber nicht. Wann genau war Nufer denn mit dem Mann da? Haben Sie der Polizei davon erzählt?«

»Wieso meinen Sie?«

»Na, Sie sagten doch, dass gestern, also vor dem Einbruch, jemand da war, der von Nufer herumgeführt wurde. Der wird mit Ihrem Chef bestimmt auch ins Museum gegangen sein.«

»Hab ich ganz vergessen in dem Durcheinander. Aber das kann ich ja noch nachholen. Andererseits, warum sollte der Gast des Chefs etwas mit dem Einbruch zu tun haben?«

»Nufer könnte getäuscht worden sein. Was, wenn sich der Mann als jemand anders ausgegeben hat? Zum Beispiel als Tierpräparator, den die Ausstellungsstücke im Museum interessieren. So haben sich die Rovers meines Wissens vor dem ersten Einbruch über die Gegebenheiten informiert. Okay, eine solche Begründung noch einmal zu benutzen wäre wirklich sehr frech. Aber manchmal ist der Teufel ein Eichhörnchen, das habe ich bei meinen Ermittlungen schon oft erlebt. Das sollten Sie unbedingt der Polizei erzählen. Und *bitte*, können Sie den Hund hüten?«

»Also gut. Sie haben Glück. Der Chef ist schon wieder weg. Er wollte nicht bleiben, nachdem ihm die Polizei heute Morgen gesagt hat, dass er ohnehin noch nicht ins Museum darf. Und weil Sie mich so nett fragen. Ich hätte nämlich auch so genügend zu tun. Ich bin in einer Stunde bei Ihnen. Früher kann ich nicht. Wir fahren aber mit Ihrem Auto. Ich lass den Köter nicht in meines.«

»Eddi, Sie sind ein Engel.«

Immerhin, er kam. Die Zeit, bis ihr allergischer Hundesitter hier aufschlug, konnte sie nutzen, um sich in Sachen Einbruch und Trautmann anderweitig Hilfe zu suchen. Aber vorsichtig. Sie war Zeugin, durfte in diesem Fall offiziell nichts tun, wenn sie keinen Ärger bekommen wollte. Und das wollte sie nicht.

Iris setzte sich wieder aufs Sofa und angelte sich das Handy vom Couchtisch. Der Wolfshund entschied, dass das Sofa ebenso sein Platz war, machte einen kleinen Schritt nach oben und belegte den Rest der Couch. Mit einem zufriedenen Seufzer platzierte er seinen Schädel auf Iris' Oberschenkel. Sie japste leise, weil die Erschütterung ihre Schulter in Mitleidenschaft zog. Das Kalb antwortete mit einem mitfühlenden »Wuff«.

»Ich brauche genauere Auskünfte zu den Nashorndiebstählen. Vielleicht gibt es ja Parallelen zum jetzigen Einbruch. Und wenn mir darüber einer Auskunft geben kann, dann Martin Felix«, erklärte Iris dem Hund. »Außerdem hab ich noch jede Menge weitere Fragen zu diesem Einbruch. Und ich muss wissen, ob der Tote was damit zu tun hat.«

Als Antwort bekam sie erneut ein verständnisvolles »Wuff«.

Endlich mal ein Mann, mit dem sich reden lässt, dachte Iris. Dann tippte sie auf die Drei ihres Handys. Das war seit ewigen Zeiten die Kurzwahl von Martin Felix. Die Zwei war Iris' Friseurin. Die Eins war noch nicht vergeben. Nur für den Fall, dass es einmal einen sehr wichtigen Mann mit einem ständigen Platz in ihrem Leben geben sollte.

Es tutete. Das Kalb ließ sie nicht aus den Augen.

Felix, der Glückliche, griechische Nase, breite Schultern, schmale Hüften, ein Frauenschwarm. In einem anderen Leben, als sie noch offizielles Mitglied der Kripo Lörrach gewesen war, ihr Assistent – und inzwischen längst ein Freund. Irgendwie jedenfalls. *Er* war zum Kriminalhauptkommissar aufgestiegen. Hatte geschafft, was ihr nie gelungen war, hatte Karriere gemacht. Er war schnell an ihr vorbeigezogen, hatte seine Aussichten ausgebaut und arbeitete jetzt in der Abteilung für Cyberkriminalität beim Landeskriminalamt. Dort hatte er sich einen überregional guten Ruf erworben. Denn er kannte sich in den Verästelungen des Darknets aus wie kaum ein Zweiter. Er und die Kollegen bekamen zudem immer mehr zu tun. Sie selbst hatte keine Aussichten auf eine derartige Polizeikarriere mehr.

Endlich meldete sich Felix. »Ah, die Chefin. Wenn Sie anrufen, ist immer etwas im Busch. Was hat Trautmann jetzt wieder angestellt? Oder Sie?«

»Nix, Chefin. Das ist rein privat. Es gab letzte Nacht einen Einbruch. In Obersäckingen. Im Wildlife-Museum.«

»Und was haben Sie damit zu tun?«

»Na ja, nicht ich, sondern Trautmann. Er arbeitet da aushilfsweise als Wachmann.«

»Aha. Trautmann. Dachte ich mir's doch. Moment, ist das

nicht da, wo diese Iren aus Limerick vor einigen Jahren die Hörner geklaut haben? Skurriler Fall. Die gehörten zu einem Clan von Fahrenden, glaube ich.«

»Interessant, dass Sie das sagen. Quasi zum Einbruch dazu gibt es auf dem Gelände der Golf- und Freizeitwelt nämlich einen rothaarigen Toten.«

»Das ist jetzt aber nicht Ihr Ernst. Sie rufen mich privat an, das heißt, Sie sind nicht mit den Ermittlungen betraut, wollen von mir aber Einsicht in den Fall erhalten. Sehe ich das richtig? Das könnte nicht nur Sie, sondern auch mich ziemlich in die Bredouille bringen.«

»Felix, bitte. Immerhin hab ich den Toten gefunden.«

»Auch das noch. Und eine ziemlich abenteuerliche Theorie haben Sie auch schon, wie mir scheint. Sie vermuten einen Zusammenhang zwischen Einbruch und Leiche, und weil viele Iren rothaarig sind, glauben Sie, dass die Täter von damals wieder zugeschlagen haben, richtig? Ist es das? Was sagt die Polizei?«

»Nichts. Zumindest nicht zu mir, das ist es ja. Ich bin eine Zeugin, wie Sie ganz richtig bemerkt haben. Allerdings nur im Fall des Leichenfunds. Aber ich frage mich tatsächlich, ob die Ereignisse zusammenhängen, also die aktuellen mit denen von damals. Und der Tote mit dem Einbruch. Der zeitliche Zusammenhang zwischen Einbruch und Leichenfund legt das nahe.«

»Wann ist der Typ denn gestorben? Und woran?«

»Weiß ich nicht. Lange schien er aber noch nicht tot zu sein. Er soll in die Freiburger Rechtsmedizin.«

»Wenn Sie als Beweis für Ihre Theorie nichts weiter haben als Ihre Vermutungen und die roten Haare, sehe ich schwarz.«

»Na ja, da ist wie gesagt der zeitliche Zusammenhang. Und natürlich der räumliche. Sowie eine ähnliche Vorgehensweise wie beim Einbruch 2012.«

»Wer sagt, dass die Täter ähnlich vorgegangen sind?«

»Der Hausmeister. Oder Facility Manager. Und wie die das gemacht haben, stand damals ja haarklein in der Zeitung. In Offenburg hat es sogar eine Ausstellung zu den Nashorndiebstählen gegeben.«

»Interessant. Sie haben sich also schon erkundigt.«

Iris fand, das hörte sich ganz schön süffisant an. Aber sie ließ es besser auf sich beruhen. »Zudem habe ich von … einem Informanten gehört, dass der irische Clan sich jetzt auf chinesische Artefakte spezialisiert haben soll. Im Museum gibt es welche oder gab es sie möglicherweise. Vielleicht ergibt sich auf dieser Schiene ein zusätzlicher Hinweis.«

»Hm. Was ist denn gestohlen worden?«

»Keine Ahnung. Das sollen Sie ja rausfinden, inoffiziell natürlich, zum Beispiel bei Europol oder Interpol. 2012 hat die Bande weltweit agiert. Die waren gut vernetzt und organisiert. Und die Ermittler, die sich die Leiche heute Morgen angesehen haben, hielten es nicht für notwendig, den Einbruch überhaupt zu erwähnen. Dafür hatten die sicher einen Grund. Außerdem soll ich zwar offiziell als Zeugin vernommen werden. Aber wir wissen beide, wie schnell sich das ändern kann – auf einmal bin ich dann mehr, nämlich eine Frau unter Anfangsverdacht, weil ich die Leiche gefunden habe. Zu allem Überfluss habe ich mir bei der ganzen Aktion die Schulter ausgekugelt. Glaube ich wenigstens. Es schmerzt höllisch.«

»Das mit Ihrer Schulter tut mir leid. Aber apropos Anfangsverdacht. Wieso waren Sie da, wo die Leiche war? Und wieso kugeln Sie sich die Schulter dabei aus?«

»Ich habe einen Irischen Wolfshund k.o. geschlagen.«

»Wie bitte? Irischer Wolfshund?«

»Ja, *Irischer* Wolfshund. Merken Sie was?«

»Herrje. Wie schlägt man denn einen Irischen Wolfshund k.o.?«

»Das ist eine lange Geschichte. Das würde jetzt zu weit führen.«

»Um Himmels willen, Frau Terheyde, sind Sie tatsächlich in den Fall verstrickt?«

»Irgendwie schon. Aus Versehen. Wie gesagt, es ist eine lange Geschichte. Erzähle ich Ihnen ein anderes Mal. Muss gleich zum Arzt. Wegen der Schulter. Helfen Sie mir nun?«

»Na, da verlangen Sie aber was von mir. Ich wiederhole mich

nicht gern, eigentlich dürfte ich das nicht. Das wissen Sie selbst. Warten Sie doch einfach mal ab, was die Kollegen ermitteln. Es wird sich sicher bald zeigen, ob es wirklich eine Querverbindung zwischen dem Toten und dem Einbruch gibt. Der könnte ja seit was weiß ich wann da liegen. Oder es ist reiner Zufall.«

»Ich glaube nicht an derartige Zufälle. Und warten, das geht nicht.«

»Warum?«

»Also, Trautmann. Er wurde bei dem Einbruch übel zusammengeschlagen. War bewusstlos, erinnert sich an nichts.«

»Aha. Tatsächlich Trautmann. Und?«

»Weiß nicht, hab so ein komisches Gefühl.«

»Was für ein komisches Gefühl?«

»Vielleicht hat er ja was Dummes angestellt oder war bei dem Todesfall irgendwie involviert. Ich meine, wenn beide Ereignisse zusammenhängen, handelt es sich ja möglicherweise um Mord.«

»Sagt Trautmann so was? Vermutet er es?«

»Nein, nein. Bei unserem kurzen Telefonat hat er nur gesagt, dass er sich an nichts erinnert.«

»Sie haben also miteinander telefoniert. Wie kommen Sie überhaupt auf Mord?«

»Na, ein Tötungsdelikt ist es auf jeden Fall. Der Mann wird wohl kaum gestolpert sein, sich den Kopf aufgeschlagen und sich dann selbst verbuddelt haben.«

»Aha. Demnach hatte er einen blutigen Kopf. Wie konnten Sie den denn sehen? Sie sagten doch, er war verbuddelt?«

»Mann, Sie wollen es aber genau wissen. Der Irische Wolfshund war vor mir am Fundort und hat den Kopf des Mannes ausgegraben.«

»Aha. Fundort. Weiß man denn schon, ob das auch der Tatort war?«

»*Man* weiß nichts! Die Ermittlungen stehen noch ganz am Anfang. Und mir sagt doch sowieso keiner was. Was glauben Sie denn, warum ich Sie anrufe?«

»Nichts, soso. Sie und Ihre Gefühle. Aber nein, von einem

Verletzten oder Toten, der sich selbst beerdigt, habe ich auch noch nichts gehört.

»Was sagt die Rechtsmedizin? Wissen Sie da was?«

»Was soll die sagen?«

»Felix, Sie nerven!«

»Frau Terheyde, die sagt natürlich noch nichts. Der Mann muss dort vermutlich erst mal auf den Tisch. Und der steht in Freiburg. Haben Sie selbst gesagt. Außerdem, aus welchem Grund sollten die mich informieren?«

»Trautmann glaubt, man könnte ihn verdächtigen, den Mann getötet zu haben. Wissen Sie was darüber, haben Sie vielleicht schon was gehört, Flurfunk oder so?«

»Frau Terheyde, ich höre von der Geschichte gerade zum ersten Mal. Glauben Sie denn, dass Trautmann etwas mit dem Tod des Mannes zu tun hat?«

»Ich *weiß* es nicht. Trautmann erinnert sich wie gesagt an nichts. Das sollen Sie herausfinden. Bitte.«

»Und wieso *sollte* er ein Mordverdächtiger sein? Dass er bewusstlos war, spricht gegen Ihre Befürchtungen. Bewusstlose bringen normalerweise keine Menschen um.«

»Felix! Das ist mir auch klar. Aber ich will es genau wissen.«

»Also gut. Weil Sie es sind. Ich weiß ja, dass Sie sehr an ihm … interessiert sind. Und weil Sie sonst sowieso keine Ruhe geben.«

»Mir geht es nur um die Wahrheit.«

»Die Wahrheit. Was auch immer die in diesem Fall sein mag. Wir wissen beide, es gibt in jedem Fall viele Wahrheiten.«

»Felix!«

»Aber nur ausnahmsweise, dass das nicht zur Gewohnheit wird! Bin übrigens ganz in Ihrer Nähe.«

»Hoppla. So ein *Zufall*.«

»Weshalb betonen Sie das so komisch? Ist wirklich einer. Oder eher keiner. Bilde mich gerade an der Hochschule Albstadt-Ebingen weiter.«

»Sind Sie denn nicht mehr … wie hieß das Internetding noch mal?«

»Doch. Ich arbeite nach wie vor im Bereich Cybercrime und

digitale Spuren, und das ›Internetding‹, das Sie meinen, nennt sich ZAC, Zentrale Ansprechstelle Cybercrime des Landeskriminalamtes.«

»Ah, auf dem besten Weg zum Kriminalrat? Inspektionsleiter womöglich. Dann ist meine Anfrage bei Ihnen doch gut aufgehoben. Ich schicke Ihnen jetzt mal ein Foto aufs Telefon. Hab ich mit meinem Handy von dem Toten gemacht. Heimlich. Ist nicht besonders gut. Aber vielleicht können Sie trotzdem was über ihn rausfinden. So einer wie Sie hackt sich doch leicht in die Datenbanken von Interpol und Europol. Möglicherweise gehört der Tote ja tatsächlich zu dem irischen Clan, der 2012 die Museumseinbrüche organisiert hat. Die eigentliche Arbeit haben die Hintermänner ja Helfershelfern überlassen. Die in Obersäckingen kamen meiner Erinnerung nach aus Polen. Und vielleicht war es ja dieses Mal auch so? Ich meine, dass die Einbrecher Helfershelfer waren? Nur, dass einer der Hintermänner diesmal mit vor Ort war, um alles zu überwachen oder um die Beute in Empfang zu nehmen … Eddi Köster hat mir heute früh von einem Fremden erzählt, der ihm am Tag vor dem Einbruch auf dem Gelände begegnet ist. Der könnte doch was damit zu tun haben. Streit unter Komplizen oder so.«

»Ach. Ein Fremder. Und ein Foto haben Sie also auch noch gemacht. Heimlich. Man sollte Ihnen den Hintern … Ähem. Und jetzt glauben Sie, wenn ich richtig kombiniere, Mrs. Sherlock Holmes, dass der Tote ebenjener besagte Hintermann sein könnte. Und dass es zwischen ihm und seinen Handlangern zum tödlichen Streit kam. Abenteuerliche Theorie. Belastbare Indizien? – Sie schweigen. Also keine. Gibt es denn in dem Museum noch weitere Rhinohörner? Ich dachte, die lägen inzwischen bei allen Museen der Welt im Tresor. Und die in Bad Säckingen sind doch inzwischen aus Plastik.«

»Schon, aber falls doch, wäre das lohnend. So ein Horn ist was wert. Außerdem muss man ein totes Rhino nicht erst schießen. Und dann sind da ja noch die chinesischen Artefakte. Das mit den Hörnern war schon ein Coup. Die Dinger wurden pulverisiert und gingen als Potenzmittel nach China und Vietnam – für rund zweitausend Euro das Gramm. Ich habe keine Ahnung, ob alte chinesische Vasen auch so viel wert sind.«

»Stimmt. Immerhin wurden dafür keine Nashörner gewildert. In Südafrika soll es mit der Wilderei ja besonders schlimm sein. Gab sogar Fernsehsendungen drüber. Bei ›Terra X‹.«

»Hab ich gesehen. Aber wir schweifen ab. Wie gesagt, vielleicht findet sich was in Ihrer Datenbank – oder sagen wir besser, in den Datenbanken, in die Sie hineinkommen. Angebote im Darknet oder ... ach, was weiß ich. Felix, jetzt seien Sie nicht so ... sperrig. Früher hatten Sie mehr Phantasie.«

»Nun werden Sie nicht schnippisch. Wenn ich Ihnen helfen soll, wäre ein freundlicher Ton angebracht.«

»Ich *bin* freundlich.«

»Nun gut, lassen wir das mal so stehen. Fazit unseres Gesprächs: Sie wissen nichts, haben nur einen kühnen Verdacht, und ich soll jetzt die Kollegen ausspionieren. Gegen alle Vorschriften. Ob Ihre Theorien stimmen, ist dabei ziemlich fraglich. Die Helfershelfer von damals und auch einige Hintermänner wurden doch verurteilt. Sie bekamen vier Jahre, wenn ich mich richtig entsinne.«

»Sie entsinnen sich richtig. Das heißt, sie sind längst wieder draußen. Also, *wann* wissen Sie mehr?«

»Heute Abend, denke ich. Melde mich. Oder wollen lieber Sie mich anrufen?«

»Ich melde mich. Ich muss jetzt los. Zum Arzt.«

»Bis dann. Und nur, dass Sie es wissen: Wenn wir wieder telefonieren, will ich die ganze Geschichte zum Totenfund hören. Die lange.«

Iris reagierte darauf mit einem unbestimmten Brummen und legte auf. Dann griff sie sich an die Schulter. Die Schmerzen brachten sie fast um.

Endlich klingelte es an der Tür. Das musste Eddi sein.

Sie betätigte die Freisprechanlage. »Ich komme.«

Im Wohnzimmer packte sie das Handy in ihre Handtasche. Glücklicherweise war fast Sommer, und sie entschied, es ging auch ohne Jacke. Sie mochte sich noch nicht einmal ansatzweise vorstellen, wie schmerzhaft es sein würde, eine überzuziehen.

Da fiel ihr ein, dass sie sich ja heute Abend auch irgendwie wieder ausziehen musste. Nun, mit diesem Problem würde sie sich beschäftigen, wenn es so weit war.

Eddi setzte sich hinter das Steuer von Iris' Twingo, denn Iris sah sich inzwischen außerstande, zu fahren. Der Hund sprang bereitwillig in den Kofferraum. Eddis Miene wurde etwas weniger misstrauisch. »Scheint ja friedlich zu sein, das Vieh.«

»Der ist ganz lieb«, erklärte Iris.

»Ja, ja, ich weiß, der will nur spielen. Na, mal sehen«, knurrte Eddi, und seine Stirnfalten wurden noch etwas tiefer.

»Ehe wir losfahren …« Iris kramte in ihrer Handtasche. »Ich muss Ihnen noch was zeigen.« Sie förderte ihr Handy zutage und suchte nach dem Bild des Toten. Sie bekam das Gespräch über den Fremden nicht aus dem Kopf, den Eddi erwähnt hatte. Irgendetwas war da komisch. Sie wurde jedenfalls den Verdacht nicht los, dass er gelogen haben könnte, dass er den Toten vielleicht doch kannte. Vielleicht waren der Fremde und der Tote ja sogar ein und dieselbe Person?

Endlich hatte sie das Foto gefunden. Sie hielt es Eddi vor die Nase. »Und? Sicher, dass Sie den nicht kennen? Ich habe das Gefühl, als wir den Mann gefunden haben, da haben Sie gar nicht richtig hingesehen. Na ja, man findet ja auch nicht täglich Tote. Also, kannten Sie ihn? Sie sind ganz bleich geworden.«

Eddi schnaufte. Eine Zehntelsekunde lang sagte er nichts, blickte starr nach vorn auf die Straße. Dann schüttelte er den Kopf. »Nein, den kenne ich nicht.« Er schaute weder auf das Foto noch Iris bei der Antwort in die Augen, startete den Motor und fuhr los. Dann stellte er seinerseits zwei Fragen: »Kennen Sie diesen Trautmann schon lange? Trauen Sie ihm?«

»Er ist ein Freund. Klar, ich traue ihm.« Iris war in diesem Moment zu sehr mit ihrer Schulter und deren Reaktion auf die Ruckelei beim Fahren beschäftigt, um sich zu erkundigen, warum er das wissen wollte.

Es wurden tatsächlich drei Stunden Wartezeit in der Notaufnahme. Eddi ging draußen mit dem Hund spazieren. Iris hoffte, dass das Kalb keine Schwierigkeiten machte und sie zudem später nicht noch einmal mit ihm Gassi gehen musste.

Nach dem Röntgen ging alles ganz schnell. »Kleiner Riss in der Gelenkkapsel«, diagnostizierte ein junger, sehr überarbeitet wirkender Arzt. »Da kann man wenig machen. Ruhig halten. Bewegungen vermeiden, die schmerzen. In ein paar Wochen ist dann alles vorbei.« Sie bekam ein Schmerzmittel gespritzt, was mindestens ebenso wehtat wie die Schulter, den Rat, sich eine Schmerzsalbe zu besorgen und, wenn es nicht besser wurde, zum Orthopäden zu gehen. Aufgrund ihres Drängens erhielt sie schließlich noch ein Rezept für starke Schmerztabletten. Die Schwester verpasste ihr abschließend eine Armschlinge. Am Gesichtsausdruck von Arzt und Schwester konnte Iris unschwer erkennen, dass beide sie für eine Memme hielten, die unnötigerweise die Notaufnahme für die schweren Fälle blockierte.

Die Spritze half schnell. Iris entschied, noch kurz bei Trautmann vorbeizuschauen. Sie stand gerade vor der Krankenzimmertür, als der Bad Säckinger Revierleiter Adrian Zeh dieselbe von innen aufriss und, gefolgt von einem Kollegen, an ihr vorbeistürmte. Er beachtete sie überhaupt nicht, obwohl er noch einmal innehielt und sich zurückdrehte. »Wir kommen morgen früh wieder«, rief er in den Raum. Dann stapfte er davon. Iris sah ihm nach und hörte, wie er zu seinem Kollegen sagte: »Glauben Sie, der simuliert? Wir sollten ihn mal genauer unter die Lupe nehmen.« Der Kollege nickte.

Als Nächstes kam eine Krankenschwester aus dem Zimmer geeilt. »Sie können da jetzt nicht rein. Die Polizei habe ich auch schon weggeschickt. Der Patient braucht Ruhe.«

»Nur ganz kurz, er erwartet mich.«

»Auch nicht ganz kurz. Gleich kommt der Arzt. Außerdem schläft Herr Trautmann jetzt erst mal eine Weile. Ich habe ihm gerade ein starkes Schmerzmittel gegeben, das dämpft auch die innere Unruhe, die nach so einem Überfall ja unweigerlich kommt.«

Trautmann schlief? Wohl kaum, Zeh und der Kollege hatten das Krankenzimmer ja eben erst verlassen. Aber sie wollte sich nicht mit der Schwester anlegen, die vermutlich nur darauf aus war, sie abzuwimmeln. Es war sicherlich zu Trautmanns Bestem. Trotzdem, noch ein Versuch. »Warum war er unruhig? Ist es schlimm?«

»Sind Sie eine Verwandte?«

Iris schüttelte den Kopf.

»Dann kann ich Ihnen keine Antwort geben. Kommen Sie morgen wieder. Zur Besuchszeit.«

Iris war auf eine gewisse Weise erleichtert und Eddi kurz darauf auch. Weil er endlich den Hund loswurde. Der wedelte freundlich, als sie auftauchte, seufzte aus tiefster Hundeseele und lehnte sich an Iris. Sie sog die Luft ein.

»Er mag Sie«, sagte Eddi.

Auf dem Heimweg schwieg Iris vor sich hin. Sie war zu müde, um Eddi weitere Fragen zu stellen. Aber Eddi hatte eine: »Haben Sie Trautmann das Foto des Toten gezeigt, das Sie gemacht haben?«

In seiner Stimme lag eine gewisse Anspannung, fand Iris. »Nein, ich durfte nicht zu ihm.«

»Ach so«, sagte Eddi. »Übrigens, ehe ich es vergesse. Sie hatten mich doch nach dem Mann gefragt, der mit dem Chef ins Museum ging.«

»Was ist mit dem?«

»Ich glaube, er hatte einen leicht englischen Akzent.«

»Ich dachte, Sie wissen nichts über ihn.«

»Hatte ich vergessen.«

»Ja?«

»Ja. Und als ich darüber nachdachte, fiel mir ein: Damals, ich meine, vor dem Einbruch 2012, da ist auch ein Mann gekommen. Ein Kanadier. Der wollte die Rhinoköpfe sehen. Und dann hat er dem Chef eine horrende Summe für die Hörner angeboten. Siebzigtausend Pfund, wenn ich mich recht entsinne. Er hat auch ständig angerufen, sich nicht abwimmeln lassen. Der Typ war so penetrant, dass schon die Rede davon war, Fakes anfertigen zu lassen. Im Spaß natürlich.«

»Natürlich.«

»Damals hat der Erwin Himmelseher noch gelebt. Sie haben es aber dann nicht gemacht. War ja auch nur ein Spaß, wie ich sagte.«

»Klar«, meinte Iris.

Ganz in der Nähe des Spitals gab es eine Apotheke. Dort löste Iris das Rezept ein. Und war eine halbe Stunde später nur noch glücklich, dass sie endlich wieder daheim war. Sie hatte sich schon lange nicht mehr so nach ihrem Bett gesehnt. Hoffentlich gab das Kalb Ruhe.

Doch ehe sie sich schlafen legte, wollte sie noch beim Glücklichen anrufen, herausfinden, ob es etwas Neues gab. Die seltsamen Fragen von Eddi, überhaupt sein seltsames Verhalten gingen ihr nicht aus dem Kopf. Warum hatte er sich den Toten nicht einmal richtig angeschaut? Weder am Fundort noch auf dem Foto? Nun gut, manche Menschen ertrugen den Anblick von Leichen nicht. Andererseits: Wusste Eddi womöglich etwas, wovon sie noch nichts mitbekommen hatte? Sie ließ es lange klingeln, doch Felix meldete sich nicht. Schraubt wahrscheinlich an einer seiner hübschen Studienkolleginnen rum, dachte Iris und musste feststellen, dass sie sogar etwas neidisch war. Nicht weil sie sich für Felix interessiert hätte. Als Mann und so. Doch bei solchen Gedanken wurde ihr die leere Stelle an ihrer Seite schmerzhaft bewusst. Eine Schulter zum Anlehnen, das wär's. Trautmanns Schulter.

Iris seufzte, schnappte sich ihre Lieblingsschmusedecke vom Sofa und drapierte sie nestähnlich auf dem Badezimmerboden. Der Hund schien die zu mögen, und sie hatte Bedenken, dass er nachts das Wohnzimmer auseinandernehmen könnte. Im Bad, so hoffte sie, würde er nicht allzu viel Schaden anrichten können. Und falls noch Wasser in seiner Blase war, ließe sich das ja einfach von den Fliesen wischen.

Der Hund begriff sofort und legte sich auf die Decke. Dann schaute er mit treuem Blick zu ihr auf. »Und was jetzt?«, schien er zu fragen. Iris zeigte es ihm. Sie rannte zur Badezimmertür und schloss von außen ab.

Die Hoffnung währte nur Sekunden. Hinter der Tür erklang

ein Winseln. Das wird sich legen, dachte Iris. Doch das Gegenteil war der Fall: Das Winseln wurde lauter und lauter, dann folgte Bellen, schließlich Bellen und Winseln, einige Momente später ein Poltern, dann noch eins, schließlich ein Kratzen an der Tür, dann ein Klirren. Gefolgt von einem Krachen. Die Tür bebte, und Iris begriff, dass sich der verzweifelte Hund mit seinem ganzen Körpergewicht dagegenwarf. Nicht lange und er würde sie gesprengt haben.

Also schloss sie auf. Sobald das Geräusch des Schlüssels im Schloss zu hören war, wurde es still. Iris hielt inne und hoffte wieder. Doch kurz darauf bebte die Tür erneut unter dem Angriff des riesigen Hundekörpers. Das Tier hatte nicht nur eine Einsamkeitsneurose, es war auch intelligent. Er schien das Geräusch von Schlüsseln zu kennen.

Iris seufzte und öffnete die Tür. Der Wolfshund stand wedelnd und irgendwie feixend vor ihr. Bisher hatte sie nicht gewusst, dass Hunde lächeln konnten. Iris lächelte nicht. Der Spiegelschrank lag demoliert am Boden, die Handtücher waren zerfetzt.

»Du bist eine Nervensäge. Herrje, was mache ich nur mit dir? Also schön. Dann versuchen wir es mal mit dem Wohnzimmer.«

Der Hund wedelte, winselte und rannte zur Wohnungstür. Er war sich offensichtlich keiner Schuld bewusst und hatte sowieso ein anderes Problem.

»Schon wieder? Du warst doch vorhin mit Eddi Gassi.«

Das Kalb schien an der Wohnungstür festgewachsen zu sein. Iris gab nach. Ein weiteres Mal wurde der Laufenburger Brückenheilige mit einem starken Strahl bedacht. Es wäre kein Wunder, wenn der Stein bald Blüten treibt, dachte Iris. Wieder in der Wohnung, machte sie dem Hund ein Bett auf dem Sofa. Der ließ sich mit einem glücklichen Seufzer darauf nieder und schaute sie einladend an.

»Nein, ich habe mein eigenes Bett«, klärte Iris ihn auf, marschierte in ihr Schlafzimmer und schloss die Tür hinter sich.

Etwa drei Sekunden lang blieb es still, dann hörte sie ein Poltern. Eingedenk des Tohuwabohus im Badezimmer riss Iris die

Tür sofort wieder auf und sah, dass der Wolfshund gerade dabei war, Anlauf zu nehmen, um sich auch gegen das Schlafzimmertürblatt zu werfen. Den Wohnzimmertisch hatte er umgeworfen, die Porzellanvase ihrer Mutter lag in tausend Stücken auf dem Berber.

Kaum dass er sie sah, verwandelte sich die Bestie wieder in ein Lamm. Allerdings in eines, das erneut in Richtung Eingangstür rannte.

»Noch mal?« Iris konnte es kaum fassen.

Er wedelte.

»Also gut. Oh Mannomann. Was für ein Galama.« Der Laufenburger Brückenheilige bekam den nächsten Strahl ab.

Als Frau und Hund wieder heimkehrten, war es bald Mitternacht. Iris betrachtete die Verwüstungen in ihrer Wohnung und beschloss, aufzuräumen, wenn sie den Hund wieder los war. Morgen. Erneut bereitete sie dem Hund sein Lager auf dem Sofa. Dieses Mal ließ sie die Schlafzimmertür offen. Der Wolfshund sah es mit Interesse, blieb aber ruhig.

Iris zog ihr Nachthemd an und wickelte sich erleichtert in ihre Decke. Plötzlich landete etwas neben ihr auf der Matratze, der Federkern stöhnte. Und dann spürte sie etwas Schweres auf ihrem Bauch. Es folgte ein glücklicher Schnaufer. Zu diesem Zeitpunkt war Iris allerdings schon zu schwach und zu müde, und ihre Schulter schmerzte wieder zu sehr, um sich zu wehren.

Doch sie ahnte dumpf, dass der Hund gekommen war, um zu bleiben.

FÜNF

Den Rückruf von Felix um sechs Uhr morgens hörte sie nicht. Als sie ihn um acht Uhr selbst anrief, reagierte er verschnupft.

»Warum gehen Sie nicht an Ihr Handy? Ich habe nicht den ganzen Tag Zeit, Sie zurückzurufen. Ich muss schließlich Vorlesungen besuchen.«

»'tschuldigung. Ich habe geschlafen. Der Hund hat mich die halbe Nacht wach gehalten. Haben Sie was Neues herausgefunden? Gibt es Fingerabdrücke?«

»Es gibt Fingerabdrücke. Im Museum selbst haben die Kollegen von der Spurensicherung keine gefunden, die Einbrecher waren anscheinend Profis, trugen Handschuhe. Doch da sind weitere ...«

»Nun machen Sie es nicht so spannend!«

»Auf dem Toten wurden Fingerabdrücke gefunden. Man wird sie mit denen von Trautmann abgleichen. Sie wurden zudem an Europol und Interpol weitergeleitet. So verlieren wir keine Zeit, falls Trautmann nicht passt.«

»Was ist mit dem Toten? Weiß man schon, wer er ist? Wurde eine Tatwaffe gefunden?«

»Kein Name, keine Tatwaffe. Doch ja, er ist auf gewaltsame Weise ums Leben gekommen. Da lagen Sie richtig. Die Leiche ist inzwischen in Freiburg angekommen. Die Obduktion läuft. Außerdem ...«

Dieses »außerdem« klang nicht gut. Iris konnte hören, wie angespannt Felix war. »Was, außerdem?«

»Sie haben mir gestern nicht erzählt, dass ein gewisser Eddi Köster mit Ihnen am Tatort war. Ich musste es erst von den Bad Säckinger Kollegen erfahren. Und die haben sich eh schon über meinen Anruf gewundert. Das hat mich in eine peinliche Lage gebracht. Die Kollegen sind übrigens gerade dabei, Köster zu überprüfen. Zur Sicherheit. Wobei ...«

Der Glückliche war nicht nur angespannt, sondern auch irgendwie verletzt. Iris konnte das nachvollziehen. Aber was sollten diese unvollendeten Sätze mit den hörbaren Pünktchen hintendran? Mauerte denn hier jeder, dem sie begegnete? Trotzdem hielt sie es für taktisch klüger, momentan nicht nachzuhaken. Vielleicht lieferte Felix die Erklärung im Laufe des Gesprächs. »Gibt es schon einen Hinweis, wann und wie genau der Rothaarige gestorben ist?«

»Nein! Ich sagte doch, die Obduktion läuft. Allerdings ... Sie sollten Trautmann gegenüber kritischer sein. Ich glaube schon seit langer Zeit, dass der Mann nicht so unbedarft-tapsig ist, wie er manchmal tut. Sie sind nicht neutral, was ihn betrifft. Das kann ich ja verstehen. Aber vielleicht halten Sie Ihre Gefühle für ihn dieses Mal besser unter Kontrolle.«

»Welche Gefühle? Da gibt es keine. Ich kenne ihn nun mal schon lange. Haben Sie denn keine Jugendfreunde? Mehr ist da nicht. Also sparen Sie sich solche Bemerkungen. Wieso sagen Sie so was überhaupt?«

Sie hörte ein leises Stöhnen. »Also gut. Offenbar lag der Tote auf Trautmanns Handy. Es wird gerade ausgewertet.«

Iris atmete tief durch. »Oh. Das ist ja ein Ding. Na ja, vielleicht haben der oder die Täter, die Trautmann bewusstlos schlugen, es mitgehen lassen und dann der Einfachheit halber mitbeerdigt. Das würde im Umkehrschluss bedeuten, dass Einbruch und Mord – oder Totschlag oder Tötung im Affekt oder was auch immer es war – tatsächlich zusammenhängen.«

»Vielleicht. Vielleicht aber auch nicht. Die ganze Angelegenheit ist seltsam. Soweit bisher festgestellt werden konnte, wurde nämlich nichts gestohlen. Vielleicht wurden die Einbrecher von Trautmann gestört. Da gibt es noch zu viele Enden, die nicht so recht zusammenpassen. Derzeit gehen die Ermittler der Soko Rover davon aus, dass im Museum ein Kampf stattgefunden hat. Mag sein, dass Trautmann etwas gehört hat und involviert war. Letzteres ist aber bloß meine Theorie.«

»Es gibt also schon eine Soko. So schnell? Wer ist denn alles dabei? Kenne ich da jemanden?«

»Schott vermutlich. Karl Schott. Und andere.«

Iris sog die Luft ein. Also doch. Eine Sonderkommission. Und die schien Trautmann als Tatverdächtigen einzustufen. Warum sonst hätte Felix sie vor ihm warnen sollen? Das hieß zudem, Felix hatte vermutlich mit Schott gesprochen. Aber Trautmann als Mordverdächtiger? Nein, das konnte Schott nicht ernsthaft glauben. Nun, ich werde schon noch dahinterkommen, was hier läuft, dachte Iris. Im Moment war sie noch nicht einmal sonderlich beunruhigt. Sie war zuversichtlich, das würde sich klären. Alle, die zu einer bestimmten Zeit am Tatort waren, galten per se als verdächtig. Sie selbst ja ebenfalls.

»Soso, Schott. Gut zu wissen.«

»Behalten Sie diese Informationen lieber erst mal für sich. Es weiß sonst sofort jeder, dass Sie einen Informanten haben. Das könnte mir ziemliche Probleme bereiten, an mich denken die Kollegen dabei ja wahrscheinlich zuerst. Wir waren schließlich Partner. Ich vertraue also darauf, dass Sie nichts sagen oder tun, was mich in Schwierigkeiten bringen könnte. Kann ich mich darauf verlassen?«

»Hmhm.«

»Gut. Und vergessen Sie nicht: Sie sind in diesem Fall eine Zeugin. Noch jedenfalls. Also halten Sie sich raus. So, jetzt aber mal Butter bei die Fische. Was war mit diesem Eddi? Und dem Hund? Sie schulden mir die ganze Geschichte.«

»Nun, es … ist mir etwas peinlich.«

»Aha. Peinlich. Und? Raus mit der Sprache.«

»Aber nicht lachen.«

»Mal sehen.«

»Felix, Sie sind unmöglich.«

»Nein, *Sie* sind unmöglich. Also? Und nun hören Sie auf, sich so anzustellen. Dazu kennen wir uns schon zu lange.«

»Ist ja wahr. Tut mir leid. Eddi ist auf dem Gelände im Obersäckingen, wo sich das Museum und die Driving Range befinden, der Hausmeister. Er hat mir außer der Reihe eine Golf-Schnupperstunde gegeben. Ich habe also das Abschlagen geübt, und dann ist da plötzlich der Hund aufgetaucht und irgendwie in meinen Schläger gelaufen. Ein Riesenvieh, sag ich Ihnen. Dabei habe ich mir die Schulter verletzt. Und den Hund ... na ja, ich habe ihm wohl eine leichte Gehirnerschütterung verpasst. Wir konnten den Besitzer nirgends finden, also haben wir einen Tierarzt gerufen, der den Hund untersucht hat. Dann, als es ihm besser ging, hat das Vieh uns zur Leiche geführt. Was heißt geführt – er hat sich losgerissen und ist dahingerannt. Eddi und ich hinterher.«

Hörte sie da etwa ein leises Lachen? Nein, sie musste sich geirrt haben. Die Antwort des Glücklichen klang nicht amüsiert. »Das ist aber jetzt nicht wahr. Eine unwahrscheinlichere Einlassung habe ich schon lange nicht mehr gehört.«

»Einlassung« hatte er gesagt. Das war der Fachbegriff für das, was Zeugen in einer Vernehmung von sich gaben. War das bloß Gewohnheit? Oder steckte mehr dahinter?

»Hm. Wieso Einlassung? Ist das hier etwa ein offizielles Verhör? Die Soko glaubt doch nicht, ich könnte etwas mit dem Tod des Mannes zu tun haben?«

»Frau Terheyde, wirklich! Ich werde jetzt nichts mehr dazu sagen. Sie sind Kriminalhauptkommissarin. Sie müssten doch selbst am besten wissen, dass die Ermittler zu Beginn eines Falles nichts und niemanden ausschließen. Also halten Sie den Ball flach. Sie bringen sich sonst in Teufels Küche.«

Iris schaute zu dem Wolfshund, der sehr hungrig aussah. In Teufels Küche war sie vermutlich schon. Sie wusste, dass Felix recht hatte. Nur nicht, was sie dazu sagen sollte. »Ich muss jetzt den Hund füttern«, konstatierte sie deshalb kurzerhand. »Ich melde mich.«

Rasch legte sie auf.

»Du musst riesigen Kohldampf haben«, erklärte sie dem Hund. »Dann lass uns mal frühstücken.«

Der Wolfshund wedelte und folgte Iris, die im Nachthemd in die Küche stapfte. Sie befüllte den Wasserkocher mit Wasser, den Kaffeestampfer mit Kaffeepulver und anschließend die Hundefleischschüssel mit Pellets, in der Hoffnung, dass der Hunger des Tieres jetzt groß genug war, um die Dinger runterzuwürgen. Daneben stellte sie die Wasserschüssel. Das Tier schlabberte und bespritzte dabei den Küchenboden. Iris sah es, war aber nicht in der Lage, sich geistig mit irgendwelchen Putzvorhaben zu beschäftigen. Das Gespräch mit Felix hatte sie schon ziemlich aufgeregt. Nach einer Tasse Kaffee war es besser.

Der Hund kümmerte sich nach wie vor nicht um die Pellets, sondern sah jetzt so aus, wie er aussah, wenn er Gassi gehen wollte.

»Ich muss mir erst mal was anziehen. So kann ich nicht aus dem Haus. Und das kann dauern. Du weißt schon, meine Schulter. Ich sollte besser noch eine Schmerztablette nehmen. Ich werde dich übrigens Sykes nennen, wie den Hund von DCI Barnaby«, teilte sie ihm mit.

Sykes schnüffelte nun doch an den Pellets, wandte sich aber erneut ab. Vielleicht kannte er keine Hundepellets, vielleicht hatten die in Irland so etwas nicht.

»Raushalten soll ich mich. Hast du das gehört? Und was ist mit dir? Soll ich dich etwa in der Wüste aussetzen? Nein, nein, keine Angst. Was meinst du? Sollten wir Knochen beim Metzger holen? Magst du die? Bist du dann auch brav? Ich muss ins Krankenhaus zu Max Trautmann, ganz dringend. Und ich habe niemanden, der auf dich aufpasst.«

»Wuff«, sagte Sykes.

»Na gut, ich ziehe mich an, und wir machen erst einmal einen Morgenspaziergang. Schönes Wetter draußen. Dann holen wir im Laufenpark Fleisch und Knochen. Anschließend gehen wir zu Max Trautmann in die Wohnung, suchen einige Sachen für ihn zusammen. Du bleibst auch wirklich brav?«

»Wuff.«

Die Zweifel waren Iris anzusehen. Doch Sykes schien sich sicher zu sein. Er wedelte mit dem Schwanz. Iris musste schmunzeln. Zugegeben, das Kalb sah dem Terrier des Ermittlers aus der britischen Kriminalserie »Barnaby« nicht im Entferntesten ähnlich. Aber vielleicht gab es ja einen Terrier unter seinen Vorfahren. Terrier galten gemeinhin als stur. Das war der eine Grund für die Namensgebung. Der zweite: Iris mochte diese Krimiserie. Sie war so schön unaufgeregt, etwas betulich, und da es sich bei

Barnaby um einen britischen Hauptkommissar handelte und keinen deutschen, konnte sie auch die größten handwerklichen Fehler bei der Ermittlungsarbeit ohne Groll hinnehmen, mit jener gewissen inneren Nachsicht, die man Insulanern nun mal entgegenbrachte. Sie waren etwas anders als der Rest der Welt. Das wusste jeder. Und vielleicht war das mit dem Brexit deshalb gar nicht mal so schlecht, sinnierte Iris, als sie schließlich ihre Schuhe anzog und ihn anleinte. Die Nachsicht wurde ihr zudem durch den Umstand erleichtert, dass sie beim Schauen der Serie jedes Mal selig einschlief. Vielleicht half das ja auch bei Sykes. Sie brauchte unbedingt mehr Schlaf.

Aber irgendwie war es auch nett, ihn dazuhaben. »Sykes«, sagte sie, als sie unten auf der Hauptstraße angekommen waren. Nur mal so probehalber.

Der Hund wedelte mit dem Schwanz. Sie leinte ihn los. Und er bewies sogleich seine Lernfähigkeit. Jedenfalls erinnerte er sich auf Anhieb an die Statue. Die war zwar bloß eine Kopie, das Original stand am Aufgang zur Burg auf der Schweizer Seite, aber Nepomuk war dennoch der offizielle Brückenheilige und dazu noch der Patron des Beichtgeheimnisses. Eigentlich hatte er ja Johannes Nepomuk oder Johannes von Pomuk geheißen und war irgendwann Mitte des 14. Jahrhunderts in Pilsen geboren worden. Bei den Auseinandersetzungen im Zusammenhang mit dem Streit um die Lösung des Großen Abendländischen Schismas war er zwischen die Fronten geraten, wurde verhaftet, gefoltert und schließlich von der Prager Karlsbrücke in die Moldau gestürzt, wo er ertrank. Sein toter Körper war der Legende nach von fünf Flammen umsäumt gewesen, weswegen er oft mit fünf Sternen um sein Haupt abgebildet wurde. Der Überlieferung nach war damals sogar die Moldau ausgetrocknet, und der Leib des Toten konnte auf diese Weise aufgefunden werden. Iris hatte zudem eine besondere Beziehung zu ihm, oder besser, zu seiner Statue: Immer, wenn sie unartig gewesen war, hatte ihre Mutter ihr mit dem Brückenheiligen gedroht. Deswegen und wegen seiner Geschichte hatte sie sich stets ein wenig vor ihm gegruselt. Auch jetzt stellten sich ihr wieder die Armhärchen auf.

Nepomuk wird Sykes sicher verzeihen, dachte Iris, entschied aber, den Hund trotzdem zu sich zu rufen. Es waren gerade einfach zu viele Leute auf der Straße, die am Benehmen des Kalbs Anstoß nehmen könnten. »Sykes, hierher.«

Und, oh Wunder, der Hund hörte, drehte ab und kam zurück. Iris tätschelte ihm den Kopf. »Braver Hund. Braver Sykes.«

Das schien Sykes zu freuen.

Sie nahmen den Weg an den Bäumen der Codman-Anlage vorbei in Richtung der Stele am Rheinufer. Dort hatte Sykes freie Bahn. Er betätigte sich mehrfach. Ausgiebig. Mit dem gewohnt starken Strahl. Und als Iris erneut nach ihm rief, kam er zurück. Sichtlich erleichtert lehnte er sich an sie. Das schien seine Art der Liebesbekundung zu sein. Iris japste. Die Schulter. Sykes ging auf Abstand. Aber von ihren Schmerzen konnte der Hund ja nichts wissen. Obwohl, so langsam bekam sie den Eindruck, dass Hunde, zumindest dieser Hund, verständiger waren, als sie bisher vermutet hatte. »Braver Hund, braver Sykes«, versicherte Iris.

Weiter ging es auf dem Rheinuferweg in Richtung Einkaufszentrum Laufenpark im Osten der Stadt. Es lag direkt an der neuen Hochrheinbrücke mit der Zollstation, die so neu nun auch nicht mehr war, und war deshalb für einkaufswütige Schweizer gut zu erreichen. Die kamen in Massen, nahmen dafür sogar weite Wege in Kauf, weil es auf der deutschen Rheinseite billiger war. Viele Laufenburger gingen deswegen inzwischen im benachbarten Murg zu »Sulgi« zum Einkaufen. Der Eigentümer des dortigen Edeka-Marktes hieß Sulger, deshalb der Name. Der Markt im nahen Laufenpark mit der Frischfleischtheke machte um neun Uhr auf, doch die Schweizer kamen normalerweise später. Das passte. Und da kam sie auch hin, ohne mit dem Hund ins Auto steigen zu müssen.

»Ich hole jetzt Fleisch und Knochen für dich, und du bleibst brav hier, Sykes«, erklärte Iris dem Hund, als sie ihn nach einem Marsch von ungefähr zweieinhalb Kilometern vor dem Einkaufszentrum festband. Sykes wedelte. Sie beeilte sich dennoch, sosehr sie konnte. Sie traute dem Frieden nicht und war sehr erleichtert, als sie bei ihrer Rückkehr einen Hund wiederfand, der friedlich an seinem Platz saß, nicht bellte, nicht jaulte, nicht randalierte. Das ließ die Hoffnung aufkeimen, dass Sykes und sie sich vielleicht doch aneinander gewöhnen könnten. »Jetzt gehen wir noch bei der Apotheke vorbei und besorgen ein Beruhigungsmittel für dich. Ich muss weg, ins Krankenhaus zu Max Trautmann«, informierte sie ihn.

Auch diese Aktion verlief ohne Probleme.

Nachdem sie die Einkäufe daheim verstaut hatte, schnappte sich Iris eine Plastiktüte und suchte gemeinsam mit Sykes Trautmanns Wohnung auf. Zahnbürste, Zahnpasta, Waschlappen, das war kein Problem. Aber schon beim Heraussuchen einer zum Hemd passenden Hose oder umgekehrt fühlte sich Iris, als dringe sie ungebeten in seine Privatsphäre ein. Als komme sie ihm näher, als es ihr guttat.

Sykes blieb brav an ihrer Seite und sah ihr aufmerksam zu. »Mit Männern ist es ein Kreuz«, teilte sie dem Hund mit. »Aber du bist natürlich nicht gemeint.«

Iris' Unbehagen steigerte sich noch, als sie sich auf die Suche nach der Unterwäsche und den Socken machte. Sie zog zuerst die zweite Schublade von oben auf. Warum ausgerechnet die zweite, konnte sie sich auch nicht erklären. Doch da war keine Unterwäsche. Das schien die Schublade zu sein, in der Trautmann all die Sachen hortete, von denen er nicht wusste, wohin damit. Fotos, allerlei Schlüssel, ein Kästchen, einzelne Socken und jede Menge anderer Krimskrams. Iris war gerade dabei, die Schublade zu schließen, als sie ein Bündel Briefumschläge entdeckte, die mit einem blauen Band zusammengebunden waren. Moment, stand da nicht ihr Name drauf? Sie öffnete die Schublade wieder. Tatsächlich. Ihr Name. In Trautmanns Handschrift.

Eine ganze Weile stand Iris unschlüssig da. Lesen oder nicht lesen? Nicht lesen. Sie schob die Schublade zu.

Doch lesen. Sie zog sie auf, griff nach dem Bündel, löste das Schleifchen. Band das Schleifchen wieder darum, schob die Schublade zu.

Zog die Schublade wieder auf. Löste das Band. Die Briefumschläge waren nicht verschlossen. Mit zitternden Händen öffnete sie den oberen.

Meine Liebste,
das bist Du für mich nun seit vielen Jahren. So vielen, dass ich selbst nicht mehr weiß, wie lange. Wenn es um Dich geht, wenn ich Dir gegenüberstehe, dann wage ich es nicht, Dich so zu nennen. So schreibe ich Dir von meinen Gefühlen, immer und immer wieder, in der Hoffnung, einmal die richtigen Worte zu ersinnen. Auch diesen Brief werde ich wahrscheinlich nicht absenden. Denn wenn ich eines inzwischen gelernt habe, dann ist es dies: Lieben ist nicht genug, es …

Iris ließ den Brief sinken. Sie wusste, sie durfte das nicht lesen. Um seinet-, aber auch um ihretwillen. Sonst wäre sie niemals wieder in der Lage, ihm in die Augen zu sehen. Sie musste vergessen, was sie gelesen hatte. Auf jeden Fall. Ebenso wie sie dieses »Ich liebe dich« vergessen musste, vor Jahren im Keller einer Psychosekte geflüstert, als sie noch halb bewusstlos gewesen war und Trautmann ihr das Leben gerettet hatte.

Iris schaffte es kaum, das blaue Band wieder so zu binden, wie sie es vorgefunden hatte. Dann legte sie das Bündel zurück. Als habe sie es niemals in der Hand gehabt.

Ihr Inneres war in Aufruhr. Mit zitternden Händen zog sie die obere Schublade auf, fand die Unterwäsche, die Socken. Dinge von ihm in Händen zu halten, die so intim waren, machte ihr inneres Chaos nicht besser. Sie kämpfte den Drang nieder, an seiner Wäsche zu riechen. So etwas machten nur Stalker und Psychopathen.

»Komm, Sykes.« Mit weichen Knien verließ sie die Wohnung, überquerte die Laufenburger Hauptstraße, erklomm die Treppe bis in den zweiten Stock und schloss ihre Wohnungstür auf. Danach musste sie sich erst einmal aufs Sofa setzen. Sykes quetschte sich neben sie. »Ach du!«, sagte Iris. Und wusste selbst nicht, wen sie meinte. Den Hund oder den Mann. Oder beide.

Beim Gedanken daran, dass sie Trautmann heute noch im Krankenhaus gegenübertreten musste, wurde ihr schlecht. Sie versuchte, sich zu fassen. Am besten, sie tat etwas.

»Wuff«, sagte Sykes.

»Ich weiß, du musst riesigen Hunger haben.«

Sykes wedelte.

»Also, dann komm mit.«

Sykes schaute schwanzwedelnd zu, als sie mit fahrigen Bewegungen und noch immer weichen Knien Pansen, Innereien wie Niere und Hirn, klein gehackten Rinderherzmuskel, eben alles, was die nette Verkäuferin ihr für einen Hund so empfohlen hatte, zusammen mit den Knochen in ihrem größten Topf in Wasser aufkochte. Iris fand, es stank. Sykes fand ganz offensichtlich, dass es himmlisch roch. Er ließ den Topf für die nächsten zwanzig Minuten nicht mehr aus den Augen.

Als Iris meinte, dass jetzt alles durch sein müsste, packte sie die Schmusedecke und brachte sie ins Badezimmer. Dann ging sie zurück in die Küche, füllte die Sykes-Glasschüssel mit Brühe, pustete kräftig, hinderte Sykes daran, sie sich vom Küchentisch zu holen, indem sie ihn energisch aufforderte, sich hinzusetzen. Was der auch brav tat, obwohl ihm schon der Speichel aus dem Maul lief. Iris löffelte Innereien und Knochen zur Brühe, blies so lange, bis sie das Gefühl hatte, dass das Gemisch nicht mehr zu heiß für den Hund war. Dann gab sie eine große Dosis Beruhigungsmittel hinein. Weil Sykes ja auch ein großer Hund war. »Tut mir leid«, informierte sie ihn, während sie die Schüssel ins Bad trug. »Aber es geht nicht anders.«

Sykes äußerte sich nicht dazu, er schlabberte heißhungrig, sobald sie seine Mahlzeit auf den Boden gestellt hatte – zunächst direkt neben die Decke, die sie dann etwas zur Seite zog, damit nicht zu viel Brühe darauf landete. Der Hund merkte es noch nicht einmal. Er war völlig aufs Fressen konzentriert und sah dabei so glücklich aus, dass Iris lächeln musste. Sie hatte bisher nicht gewusst, dass Hunde glücklich aussehen konnten. Das half etwas, ihre Nerven wieder zu beruhigen.

Nach einem letzten Blick auf den Hund ging Iris aus dem Bad

und schloss die Tür hinter sich. Hoffentlich wirkte das Beruhigungsmittel schnell.

Es blieb ruhig. Sie nahm die Plastiktüte mit Trautmanns Sachen und bestieg den Bus nach Bad Säckingen. Wegen der Schmerzen in der Schulter wagte sie es nicht, sich selbst hinters Lenkrad zu setzen, und die Tüte mit Trautmanns Sachen war nicht allzu schwer. Trautmann. Die ganze Fahrt über und dann auf dem Fußweg von der Bushaltestelle den Berg hoch und vorbei an der auch nicht mehr ganz neuen Wohnanlage unterhalb der Villa Berberich bis zum Spital betete sie, dass sie sich bei der Begegnung mit Trautmann im Griff haben würde. Und dass Sykes nicht wieder randalierte.

Die Sonne schien ihr ins Gesicht, die großen alten Bäume im Park der Villa Berberich rauschten, sie nahm es kaum wahr. In der Villa gab es Ausstellungen, aber auch ein Café. Iris überlegte kurz, dorthin zu gehen, ließ es dann aber. Sie wusste nicht, ob es geöffnet hatte. Und sie wollte den Besuch bei Trautmann möglichst schnell hinter sich bringen.

SECHS

Als die Tür seines Krankenzimmers erneut geöffnet wurde, hatte Max Trautmann bereits Besuch. Eddi Köster war da, zusammen mit einer zweiten Person. Den anderen Mann kannte in der Gegend am Hochrhein jeder. Ihm und seiner Überzeugungskraft war es zu verdanken, dass Säckingen ganz offiziell zum Bad ernannt worden war. Günther Nufer, seit nunmehr rund elf Jahren ehemaliger Bürgermeister von Bad Säckingen, aber keineswegs im Ruhestand, Verwaltungsjurist, doppelter Doktor, einmal richtig und einmal ehrenhalber, nicht allzu groß, drahtig, lebhaft, tat auch jetzt gerade das, was zu seinen großen Begabungen zählte: Er redete. Seine blauen Augen hinter der randlosen Brille blitzten. Und wie immer hörten alle gebannt zu.

Iris, die nach dem Eintreten im Türrahmen stehen geblieben war, wurde zunächst keine Aufmerksamkeit zuteil. Nur Trautmann sah sie und winkte ihr zu, sein Herz tat einen kleinen Hüpfer.

Wie immer, wenn er sie sah, seit sie völlig unerwartet nach den Ermittlungen im Fall Satorius in seinem Leben geblieben war. Er erinnerte sich noch gut, damals hatte er sie zum ersten Mal wirklich wahrgenommen, obwohl sie sich schon seit ihrer Jugend kannten. Die um die Nase großporige, etwas fettige Haut, die dünnen Haare, die in früheren Jahren ein Friseur mit Dauerwellen und doch vergeblich in eine Mähne zu verwandeln versucht hatte. Der Kurzhaarschnitt, den sie seit einigen Jahren trug, stand ihr, und ihre grüngrauen Augen, lebendig, skeptisch, wach, inzwischen von immer mehr Fältchen umkränzt, hatten noch immer diesen Blick, der ihm durch und durch ging. Daran konnte auch die hässliche Brille mit dem lila Rand nichts ändern. Manchmal hatte er das Gefühl, sie machte sich absichtlich hässlich. Doch für ihn war sie schön. Denn wenn sie lachte, hatte sie Grübchen. Und er hatte Schmetterlinge im Bauch, auch wenn das für einen Mann seines Alters doch eigentlich albern war.

Vielleicht aber auch nicht. Er fühlte sich lebendig, wie stets, wenn das Gänseblümchen in seiner Welt auftauchte.

Sie winkte zurück, wirkte aber merkwürdig distanziert, fand Trautmann. Was war los? Hatte sie etwas Nachteiliges entdeckt? Warum verharrte sie im Türrahmen, anstatt zu ihm ans Bett zu kommen und ihn gebührend zu bedauern? Konnte sie bereits aufklären, was ihn quälte? War er tatsächlich am Tod eines Menschen schuld?

»… ganz in der Nähe des Museums. Rothaarig. Das war wie ein Déjà-vu. Auch vor ein paar Jahren kam ein Rothaariger. 2012, einige Wochen vor dem Einbruch im Mai. Behauptete, er sei ein Präparator, wollte unbedingt die Rhinohörner kaufen. Der kam aus … Köster, erinnern Sie sich noch, woher der kam?«

»Kanada, Chef. Das hat er jedenfalls gesagt.«

»Stimmt. Hab ich ihm nicht geglaubt. Er hat jedenfalls nicht lockergelassen, immer wieder angerufen. Ich hab sie ihm dann halt gezeigt. Die Köpfe hängen ja in einem Extraraum, dem mit dem Theater. Fünfundzwanzigtausend, ach, was sag ich, fünfzigtausend Pfund hat der für ein Horn geboten. Als dann im Museum Offenburg die Hörner gestohlen wurden, waren wir natürlich gewarnt, alle Alarmglocken haben bei uns geschrillt. Alle. Habe umgehend angeordnet, dass die Aufzeichnungen der Videoüberwachungsanlage künftig sechs Wochen gespeichert werden statt nur drei Tage. Und stellen Sie sich vor, wir bekamen gestochen scharfe Bilder von zwei jungen Männern, die sich drei Wochen vor dem Einbruch bei uns auffällig lang bei den Nashörnern aufgehalten hatten.«

Nufer sah ausgesprochen zufrieden aus, als Trautmann und Eddi anerkennend nickten. »Ja, und dann kamen die Einbrecher, die dieser irische Clan angeheuert hatte, und haben die Hörner mit dem Vorschlaghammer einfach abgehauen. Sind raffiniert vorgegangen, die Kerle, waren mit allen Wassern gewaschen. Haben die Alarmanlage umgangen.«

Nufer machte eine Pause und sah in erwartungsvolle Gesichter. Er lachte. »Aber ganz so schlau waren sie dann doch nicht. Einer hatte sich einen Fingernagel abgebrochen. Also hatte die

Polizei eine DNA. Wir haben die Bilder dann Europol zur Verfügung gestellt«, fuhr er fort. »Die beiden Polen, die unsere Hörner geklaut hatten, sind wenig später in Polen in eine Verkehrskontrolle geraten. Stellen Sie sich das mal vor, eine Verkehrskontrolle! Dabei wurde auch der Kofferraum aufgemacht. Da lagen die Hörner drin.«

»Na, wenn ich das richtig sehe, habe ich es ja gewissermaßen diesem Einbruch zu verdanken, dass ich Wachmann im Museum wurde«, sagte Trautmann.

»Ja, stimmt, danach haben wir dann mehr Kameras und Bewegungsmelder installiert. Und den Wachdienst engagiert.«

»Und wo sind die Hörner jetzt?«

»Gute Frage. Das wollte ich auch wissen. Und habe erfahren, dass die Polizisten in Polen die Männer einfach wieder laufen ließen. *Mit* den Hörnern. Die sind jetzt verschwunden. Ist das zu fassen? Als wäre es ganz normal, dass jemand mit Nashorn-Hörnern im Kofferraum unterwegs ist. Ich weiß ja nicht, was bei dieser Verkehrskontrolle abging, ich will niemandem was unterstellen, aber ...« Nufer machte eine bedeutungsvolle Pause, die jedem im Raum klarmachte, dass er das sehr wohl wollte. »Wir haben dann Hörner aus Plastik nachmachen lassen. Die beiden Polen hat man drei Monate später an der Grenze zu Dänemark gefasst. Europol hatte per internationalem Fahndungsaufruf nach ihnen suchen lassen – mit unseren Fotos! Erst waren sie bockig, gestanden haben sie am Ende aber doch. In der zweiten Instanz. Sie wurden zu mehrjährigen Gefängnisstrafen verurteilt.« Das klang ein weiteres Mal sehr zufrieden.

»Auf Teneriffa hatten Sie doch auch noch diese Britin festgenommen, Chef.«

»Stimmt.« Es war deutlich zu hören, dass Nufer Unterbrechungen nicht mochte, wenn er gerade so richtig in Fahrt war. »Stellen Sie sich vor, Herr Trautmann, in Offenburg gab es sogar eine Ausstellung zu den Diebstählen. Wir wurden gebeten, unsere Exponate beizusteuern, was wir natürlich taten. Auch das Fernsehen war da und hat Aufnahmen im Museum gemacht. Dieser Clan, also die Rovers, hat weltweit solche Nashorndiebstähle durchgeführt – in Südafrika, in Florenz, in Hamburg, in Offenburg, in Oerrel, in Gifhorn. Ich konnte mir gar nicht alle Orte merken. Einen Toten hat es dabei aber nie gegeben. Auch keine Verletzten. Obwohl die Hörner manchmal sogar am Tag, zu den üblichen Museumsöffnungszeiten, geklaut wurden. In anderen Fällen haben die Täter sich einschließen lassen. Ist schon erstaunlich. Ich folgere daraus, dass sie bewusst vermeiden wollten, dass jemand zu Schaden kam. Was jetzt offenbar nicht der Fall war. Falls es dieselben waren. Schon sehr merkwürdig, was? Das passt irgendwie nicht.« Nufer schaute seine Zuhörer nach Zustimmung heischend an. Alle nickten brav. »Tzz. Und jetzt, man muss sich das mal vorstellen, sollen Teerlastwagen mit irischen Kennzeichen gesehen worden sein. Die bieten an – also die Leute, die sie fahren, nicht die Lastwagen –, Höfe oder andere Flächen von Privatleuten zu teeren. Angeblich, weil der Teer noch von einer anderen Baumaßnahme übrig ist. Und wenn sie dann fertig sind, verlangen sie horrende Summen. Und zwar ziemlich nachdrücklich, habe ich gehört.«

»Anscheinend kennen Sie den Fall ja gut und hatten durch Ihre kluge Reaktion bei der Videoüberwachung einen erheblichen Anteil an der Festnahme der Einbrecher«, mischte sich Iris ein. »Eddi hat mir auch schon von dem Mann erzählt, der dieses Mal am Tag vor dem Einbruch da war. Was wollte der denn? Wissen Sie, wer das war? Was meinen Sie, Dr. Nufer, kann er etwas mit dem Einbruch zu tun haben oder sogar mit den Einbrüchen von damals?«

Günther Nufer wandte sich Iris zu, musterte sie mit scharfem Blick und nickte ihr höflich zu. »Wir kennen uns«, fügte er dann an. »Ermitteln Sie jetzt auch noch hier?«

Iris runzelte die Stirn. »Eigentlich bin ich im Urlaub, ich …«

»Hallo, Iris«, sagte Trautmann, ehe sie den Grund ihrer Anwesenheit erklären konnte. An Nufer gerichtet ergänzte er: »Eine Bekannte. Wir sind Nachbarn. Sie bringt mir ein paar Sachen.«

»Ah. Nachbarn. Gut. Ich bin ja nur froh, dass Ihnen nicht allzu viel passiert ist. Aber der Tote … Habe Herrn Köster schon gebeten, dass er die Aufnahmen wieder länger als üblich archiviert, damit die Bilder nicht aus Versehen überspielt werden.«

Max horchte auf. Die Überwachungsvideos, natürlich, dass er daran nicht selbst gedacht hatte! Da könnte drauf sein, was mit ihm geschehen war.

»Apropos Bild.« Iris zückte ihr Handy und zeigte Nufer das Foto, das sie gemacht hatte. »War das der? Ich meine, hat dieser Mann Sie am Tag vor dem Einbruch besucht? Und wenn ja, wer ist das? Was wollte er?«

Nufer musterte Iris irritiert, beugte sich aber dann doch neugierig über das Handy. »Wo haben Sie das Bild her? Hm. Weiß nicht so recht. Irgendwie kommt mir der Mann bekannt vor. Ich weiß aber nicht, woher. Vielleicht, vielleicht auch nicht. Ist keine gute Aufnahme, bin mir nicht sicher. Der Mann, von dem Eddi sprach, war allerdings kein Besucher. Ich habe ihn nur kurz gesprochen. Angesprochen, um genau zu sein. Ich fand es merkwürdig, dass er schon so früh am Morgen auf dem Gelände beim Museum war. Er hat gesagt, er sei ein Hotelgast und könne nicht schlafen, er sei deshalb herumgewandert und habe bei dieser Gelegenheit nach den Öffnungszeiten des Museums schauen wollen. Nun, das mit der Schlaflosigkeit kenne ich selbst, es erschien mir plausibel. Ich habe die Angelegenheit daher nicht weiterverfolgt. Gab zu diesem Zeitpunkt ja auch keinen Grund dafür. Ist er das? Ich meine, ist das der Tote?«

»Das will ich von Ihnen wissen.«

Max sog erschrocken die Luft ein. Seine Herzensdame war im Nullkommanichts von der nonchalanten Bekannten zur zielgerichteten Ermittlerin mutiert.

Aber brüsk sein konnte Nufer auch. »Ermitteln Sie jetzt doch hier?«

Iris schüttelte den Kopf. »Nein, nein, Herr Dr. Nufer. Ich hab den Mann nur gefunden. Und dann ein Foto gemacht. Ganz spontan. Vielleicht können wir der Polizei ja dieses Mal ebenfalls weiterhelfen. Hatte der Mann einen Hund bei sich?« Das klang jetzt zuckersüß.

»Spontan ein Foto gemacht. Soso.«

Iris schaute weiterhin zuckersüß.

»Einen Hund? Nein. Vielleicht hatte er ihn im Auto gelassen. Keine Ahnung. Köster, was meinen Sie? Zu dem Foto?«

Eddi hob bedauernd die Schultern. »Hab den Mann auch nur kurz gesehen. Kann nichts dazu sagen.«

Unbemerkt von Max Trautmanns Besuchern war die Tür ein weiteres Mal aufgegangen. »Guten Tag«, sagte Karl Schott, Iris' langjähriger Verbindungsmann beim Landeskriminalamt. »Wen haben Sie nur kurz gesehen? Und natürlich, *Sie* sind auch hier, Frau Terheyde! Hätte ich mir eigentlich denken können. Was haben Sie da?«

Iris ließ das Handy möglichst unauffällig in ihre Jackentasche gleiten und verwandelte sich im selben Atemzug in eine unbedarfte Besucherin. »Och, nur ein Krankenbesuch. Und *Sie*?« Sie riss die grüngrauen Augen auf und blinkerte treuherzig.

Schott ließ sich davon nicht einwickeln. »Ja, was wohl? Wir haben einen Einbruch im Wildlife-Museum, einen Toten, eine Kommissarin, die den Toten gefunden hat … Die hiesigen Kollegen haben das LKA eingeschaltet. Ich komme, um den ach so ruhebedürftigen Herrn Trautmann zu vernehmen, und finde eine halbe Fußballmannschaft inklusive der beiden derzeit wichtigsten Zeugen in diesem Fall um sein Bett versammelt. Da kann ich Ihnen ja gleich ausrichten, dass Sie auf dem Revier Säckingen erwartet werden, um das Protokoll Ihrer Aussage zu unterschreiben, Frau Terheyde. Herr Köster hat das heute Morgen freundlicherweise schon getan.«

Nach dieser Ansage hatte Iris nun des Ex-Bürgermeisters volle Aufmerksamkeit. »Ach, *Sie* waren das, Sie haben ihn gefunden? Na klar, deshalb das Foto. Eddi hat mir erzählt, dass Sie sich fürs Golfen interessieren. Na, wir sollten mal zusammen einen Kaffee trinken. Ich kann Ihnen noch jede Menge über den Fall damals erzählen. Und übers Golfen natürlich auch.« Er wartete ab und schaute interessiert.

Trautmann hingegen schaute alarmiert. »Wie gesagt, Frau Terheyde bringt mir nur ein paar Sachen.«

»Na, Ihr Kopf scheint ja wieder zu funktionieren, wie fein«, stellte Schott mit leicht süffisantem Unterton fest.

Trautmann fuhr auf. »Was soll das jetzt heißen?« Das klang ja so, als hielte Schott ihn für einen Verdächtigen! Das war nicht gut. Nein, überhaupt nicht gut.

»Ich bin wirklich nur als seine Bekannte hier«, warf Iris hastig ein. »Wir wohnen beide an der Laufenburger Hauptstraße und kennen uns schon ewig. Ich bin zurzeit nicht im Dienst, ich habe Urlaub. Aber das wissen Sie doch, Schott.«

Nufer kniff die blauen Augen zusammen. Trautmann hatte den Verdacht, dass er die Geschichte vom zwanglosen Besuch einer hilfsbereiten Bekannten nach der Sache mit dem Foto nicht mehr so recht glaubte, ebenso wenig wie Schott. Aber er sagte nichts von der Handyaufnahme, die Iris so eilig hatte verschwinden lassen. Schott ging ebenfalls nicht weiter darauf ein, wahrscheinlich hatte er das Bild auf dem Display nicht sehen können. Oder er hob sich die Bemerkung dazu für später auf. Wenn er mal mit Iris allein war. Alles in allem nahm die Angelegenheit jedenfalls eine Wendung, die ihm überhaupt nicht gefiel. Trautmann entschied, nun seinerseits auf Iris' Erklärungen einzugehen, das war unter den gegebenen Umständen noch das harmloseste Thema. Er brauchte Zeit, um nachzudenken.

»Wirklich«, bekräftigte er. »Ich habe Frau Terheyde angerufen und sie gebeten, mir einige Sachen zu bringen. Zahnbürste und so. Und Dr. Nufer ist gekommen, um sich freundlicherweise nach meinem Befinden zu erkundigen. Danke übrigens für die Anteilnahme.«

Nufer nickte leutselig. »Wir kümmern uns um unsere Mitarbeiter, was, Köster? Auch wenn sie, wie in Ihrem Fall, Trautmann, nicht direkt für die Stiftung arbeiten. Was macht der Kopf? Ist so ein dicker Kopfverband nicht unangenehm? Sieht jedenfalls schrecklich aus. Hat es sehr geblutet? Tut es noch sehr weh? Nun, mir scheint, Ihr Kopf hat nicht ganz so viel abbekommen, wie der Verband vermuten lässt.« Er wandte sich an Eddi. »Meinen Sie nicht auch, Köster?«

»Ja, Chef.«

Schott wurde dienstlich. »Herr Dr. Nufer, wir bräuchten bitte die Aufnahmen der Überwachungskameras der letzten vier Wochen bis zur Tatnacht. Vielleicht war der Tote in dieser Zeit ja mal da, um sich umzuschauen. Ein Kollege kommt sie morgen früh so gegen acht Uhr im Museum abholen.«

Nufer nickte. »Selbstverständlich. Ich habe bereits dafür gesorgt, dass Kopien davon hergestellt werden. Dachte mir schon so was. Herr Köster wird Sie erwarten. Nicht wahr, Köster?«

»Ja, Chef.«

»Danke. So. Und nun zu Ihnen, Herr Trautmann. Sobald die Herrschaften aus dem Zimmer gegangen sind, werden Sie mir erklären, was in der Nacht im Museum passiert ist. Herrschaften, wirklich, es tut mir leid, ich muss Sie bitten, zu gehen. Ich muss Herrn Trautmann schnellstens vernehmen. Je mehr Zeit vergeht, desto schwieriger wird die Aufklärung. Nein, *Sie* nicht, Frau Terheyde. Mit *Ihnen* habe ich noch ein Wörtchen zu reden. Bitte warten Sie draußen.«

»Ich weiß aber nichts«, sagte Max niedergeschlagen. »Ich kann mich einfach nicht erinnern. Und ich habe schon wieder schreckliches Schädelweh.« Er sah Iris, Eddi Köster und Dr. Nufer sehnsuchtsvoll nach, bis sich die Tür hinter ihnen schloss.

»Papperlapapp. Nun erzählen Sie mal. Wie ist das abgelaufen? Sie wirken doch ganz erholt. Ich kann Ihnen nur raten, mir nichts vorzuspielen.«

Max biss sich auf die Lippen. Er wusste nicht recht, wie er beginnen sollte. Von seinen Befürchtungen erzählen, Schott direkt auf den Toten ansprechen? Nein, besser nicht. Vielleicht verriet der Mann vom LKA ja unabsichtlich etwas, wenn er weiterfragte. Obwohl er es nicht glaubte. Er mochte Schott nicht. Der hatte viel zu viel und viel zu oft mit seinem Gänseblümchen zu tun. »Mir brummt der Schädel. Ich kann mich wirklich nicht daran erinnern.«

»Na, dann fangen wir doch mal weiter vorn an. Seit wann Sie nun schon im Museum Wachdienst schieben, werden Sie wohl noch wissen.«

»Seit 2012, Juli oder August. So genau weiß ich es tatsächlich nicht mehr. Ist ja auch nur aushilfsweise.«

»Ihre Detektei hat nicht allzu viele Aufträge, habe ich gehört. Hatten Sie nicht geerbt?« Das klang süffisant.

Max wurde klar, sie hatten ihn gut durchleuchtet. Einiges wussten sie natürlich sowieso. Aber es würde ihn nicht wundern, wenn sie alles genauestens überprüft und bei der Gelegenheit auch gleich seine Kontoauszüge gecheckt hätten. Also war er tatsächlich ein Verdächtiger. Und vermutlich hätte er sich ebenfalls so eingestuft, wäre er der Ermittler hier. Andererseits war es vielleicht ganz gut, wenn sie seine Finanzen durchforsteten. Er war schließlich nicht arm, hatte es nicht nötig, sich an irgendwelchen Museumsartefakten zu bereichern. Dass er Geld zurücklegen wollte, um davon eine Wohnung für sich und das Gänseblümchen zu kaufen, würde er diesem A… nicht auf die Nase binden.

»Ich mag neue Herausforderungen«, erklärte er trotzig. »Die Firma S & S hatte einen Engpass und gilt als seriös. Der Firmenchef, Daniel Herder, versteht sein Handwerk, das wurde schon bei unserem ersten Gespräch 2012 klar, als S & S mit dem Wachdienst im Museum beauftragt wurden und nach Mitarbeitern suchten. Eigentlich wollte er mich ja fest anstellen. Aber das wollte ich nicht. Ich arbeite für S & S nur, wenn die Firma eine Aushilfe braucht, aber nicht immer im Museum. In der Nacht des Einbruchs allerdings schon, weil der eigentliche Kollege in Urlaub auf den Malediven ist. Da ist ja noch meine eigene Detektei, und dann betätige ich mich auch noch künstlerisch.«

»Ja, jetzt erinnere ich mich, Sie haben mal Westernromane geschrieben … Und irgendwelche seltsamen Gedichte.«

»Haikus.«

»Ja, Haikus.« Schott räusperte sich betont. Als könnte er Trautmanns künstlerische Tätigkeit nicht so ganz ernst nehmen. »S & S hat in der Tat einen guten Ruf. Es liegt nichts gegen die Firma vor. Dort arbeitet auch ein ehemaliger Kollege. Friedrichs, Arne Friedrichs, kennen Sie ihn?«

Ah, die Plauderei war zu Ende. Da war plötzlich ein anderer Ton in Schotts Stimme zu hören, sie bekam etwas Lauerndes.

»Nein, leider, wie gesagt, ich bin nur eine Aushilfe. Die meisten Kollegen kenne ich nicht, nur die, die auch öfter hier im Museum Dienst schieben. Und dann treffe ich noch ab und an einige Kollegen, wenn ich für einen Einsatz bei der Bewachung von Geldtransportern benötigt werde. Das ist aber selten, es kam in den letzten Jahren vielleicht vier- bis fünfmal vor. Außerdem haben wir viel Fluktuation.«

»Und wie heißt der Mann, der eigentlich Dienst gehabt hätte?«

»Tut mir leid, das weiß ich nicht. Hat Daniel Herder, der Chef von S & S, nicht gesagt, als er mir den Auftrag gab. Da müssen Sie ihn fragen. Haben Sie denn noch nicht mit ihm gesprochen?«

»Doch, haben wir.«

»Warum fragen Sie dann mich?«

Schott ging nicht auf Max' Einwand ein. »Also, Sie erinnern sich an nichts. Was ist denn das Letzte, woran Sie sich erinnern?«

»Ich habe ein Geräusch gehört.«

»Ach sehen Sie, da gibt es ja doch etwas. Ein Geräusch also. Was war das für ein Geräusch?«

»Ein Poltern?«

»Was fragen Sie mich? Das müssen Sie doch wissen.«

»Ein Poltern. Ich bin in die Richtung gegangen, aus der es kam. Und dann wurde ich auch schon niedergeschlagen.«

»Wo waren Sie denn, als Sie das Poltern hörten? Jetzt behaupten Sie bitte nicht, dass Sie das auch nicht mehr wissen.«

»Doch«, sagte Max. »Das behaupte ich.«

»Und wann genau war das?«

Max zuckte die Achseln.

»Herr Trautmann, verkaufen Sie mich nicht für blöd. Zu dem Zeitpunkt hatte Sie noch niemand niedergeschlagen. Wenn Sie nicht langsam mit uns zusammenarbeiten, muss ich annehmen, dass Sie etwas zu verbergen haben. Dass Sie nach dem Schlag einen Blackout hatten, kann ich ja nachvollziehen, Ihr Stationsarzt hat mir das vorhin noch erklärt. Aber vorher? Da stimmt doch was nicht.«

Max antwortete nicht. Seine Kiefer mahlten.

»Herr Trautmann. Sie tun sich keinen Gefallen. Wollen Sie am Ende auch noch Ihre Lizenz als Detektiv riskieren?«

»Ich war hinten.«

»Aha. Was ist denn nun daran so schlimm? Das ist das Zimmer mit dem Theater, da ist in der Wand doch ein antiker Fries eingemauert, oder? Ich meine das, in dem die Nashornköpfe hängen, waren Sie da?«

»Na ja, fast.«

»Was heißt denn das nun wieder?«

Max wand sich. »Könnten Sie das für sich behalten?«

»Wenn es für die Ermittlungen ohne Belang ist, mal sehen.«

»Ich war im Himmelseher-Trakt. Da, wo sein Schreibtisch steht, mit den Teppichen und dem Sofa ...« Er senkte verlegen den Blick.

Schott begann zu lachen. »Jetzt verstehe ich. Sie sind eingeschlafen.«

Trautmann nickte unglücklich. »Ja, aber das können höchstens einige Minuten gewesen sein. Wenn sich die Wachleute nicht in regelmäßigen Abständen melden, geht ein Alarm los, dann rückt automatisch die Polizei an. Ich hatte die Nacht zuvor gearbeitet, geschrieben, ich ... ähem, bereite gerade ein größeres Werk vor. Von einem Detektiv, der hineingerät in –«

»Trautmann, mich interessiert nicht die Dichtung, sondern die Wirklichkeit. Sie sind also eingeschlafen. Und dann hat Sie ein Poltern aufgeschreckt, das Sie aber nicht genauer definieren können, weil es Sie vermutlich aus dem Tiefschlaf geholt hat. Was passierte dann?«

»Ich bin zurück ins Museum, weil da das Geräusch hergekommen war.«

»Und?«

»Jemand hat mich von hinten niedergeschlagen.«

»Hatten Sie eine Waffe dabei?«

»Ja, hatte ich. Ehe Sie fragen: Ich habe die Waffensachkundeprüfung abgelegt und habe eine Waffenbesitzkarte. Die Waffe ist zudem im Firmenwaffenschein vermerkt, da ich für S&S, wie schon gesagt, auch bei der Bewachung von Geldtransportern mitwirke. Ich habe langjährige Erfahrung im Umgang mit Waffen.«

»Das wissen wir. Wo haben Sie noch Ihre Ausbildung gemacht? In Palästina, meine ich mich zu erinnern. Von mir hätten Sie die Waffenbesitzkarte nicht bekommen, um das ganz klar zu sagen.«

Das war ein Schock. Wie hatten sie das herausfinden können? Durch seine Polizeiakte, die Vernehmungen im Fall Satorius? Nein, dazu hatte er nichts gesagt, nur die Verbindung zur Drogenszene eingeräumt. Und dennoch wussten sie es. Max entschied sich, nichts abzustreiten. »Palästina? Das ist Ewigkeiten her. Das war in meiner Jugend. Und ich bin ein unbescholtener Bürger.«

»Ja, das weiß ich, keine Vorstrafen. Meinen Informationen nach ist es trotz Ihrer, lassen Sie es mich mal so sagen, *intensiven* Verbindungen zur Drogenszene nie zu einer Verurteilung gekommen. Manchen gelingt es eben immer wieder, durch die Maschen der Justiz zu schlüpfen. Und wo ist die Waffe jetzt? Eine Walther P5, Halbautomatik, kompakt, neun Millimeter, soweit ich weiß. Ist nicht schlecht, wurde früher von der Polizei in Baden-Württemberg verwendet. Ist allerdings schon lange her.«

»Und in Rheinland-Pfalz und in den Niederlanden und in Portugal und von der US-amerikanischen Sondereinheit ›Detachment Alpha‹, die während des Kalten Krieges in Westberlin als Einheit für spezielle Aufgaben in der Terrorismusbekämpfung und Spionageabwehr aufgestellt und mit dem Fall des Eisernen Vorhangs wieder aufgelöst worden ist.«

»Sie sind gut informiert. Da gäbe es aber noch etwas zu ergänzen.«

»Ach, und was?«

»In Großbritannien sind dreitausend Exemplare als Pistole L102A1 bei der 14th Intelligence Company in *Nordirland* und anderen Sondereinheiten eingeführt worden.«

»Warum betonen Sie das so?«

»Na, kamen die Nashorndiebe 2012 nicht aus Irland? Es sollen auch Briten mit dabei gewesen sein.«

»Nordiren bestenfalls, aber hauptsächlich Leute aus der Republik Irland, das stand damals in der Zeitung. Doch was hat das alles damit zu tun, dass ich niedergeschlagen worden bin?«

»Ganz einfach. Wir haben die auf Sie registrierte Waffe nirgends entdecken können. Wo ist sie?«

»Ich weiß es nicht.« Der unglückliche Klang in Max' Stimme ließ sich nicht mehr verbergen. »Ich kann mir nur vorstellen, dass sie irgendwie in eine Ecke oder unter einen der Schaukästen gerutscht ist.«

»Hatten Sie die Waffe denn in der Hand?«

»Vermutlich. Aber so genau weiß ich das nicht mehr.«

»In eine Ecke ist sie nicht gerutscht. Wir haben keine Waffe gefunden.«

»Dann haben die Diebe sie vielleicht mitgenommen?«, fragte Max hoffnungsvoll.

»Tja, das wäre schlecht. Ganz schlecht für Sie ist auf jeden Fall, dass die Waffe verschwunden ist. Und noch etwas. Wo ist Ihr Handy?«

»Das habe ich vor einigen Tagen verloren. Ich habe mir ein neues gekauft. Mit Prepaidkarte.«

»Eigenartig.«

»Was ist eigenartig?«

»Wir haben Ihr Handy gefunden.«

»Ah, schön. Und wo war es?«

»Es lag unter einer Leiche. Unter dem rothaarigen Unbekannten, den Ihre Freundin zusammen mit Eddi Köster entdeckt hat. Wie kommt es dahin, was meinen Sie? Ah, ja, wahrscheinlich können Sie sich nicht erinnern.«

»Ich habe keine Ahnung«, sagte Trautmann. »Und Frau Terheyde ist nicht meine Freundin. Sie ist … ach, egal.«

SIEBEN

»Sind Sie denn des Wahnsinns fette Beute? Sie sind nicht im Undercovereinsatz, sondern im Urlaub. Und Sie sind eine Verdächtige. Zusammen mit Herrn Köster. Immerhin haben Sie die Leiche gefunden. Die Geschichte mit dem Wolfshund ist ja ganz nett, klingt aber doch etwas … gewöhnungsbedürftig. Herrje, Sie müssten doch wissen, dass Sie die Ermittlungen behindern und Beweise in einem Gerichtsverfahren am Ende womöglich nicht anerkannt werden, wenn Sie sich nicht aus diesem Fall raushalten. Kommen Sie, gehen wir in die Cafeteria unten im Foyer. Ich bin versucht, Sie anzubrüllen, wenn Sie sich mal wieder stur stellen. Und das macht sich in einem Krankenhausflur nicht so gut. Wir könnten die Patienten stören.«

Iris nickte brav. Schott hatte ja recht. Außerdem war es taktisch klüger. Sie brauchte ihn ausgeglichen, wenn sie Informationen von ihm wollte. Sie hatte schon immer gewusst, wann es an der Zeit war, sich kleinlaut zu geben. Und wann sie ruppig sein musste. Während des ganzen Wegs hinunter zum Café schwieg sie.

Schott bestellte zwei Kaffee und musterte sie dann erstaunt. »Oh, ich hatte eine kratzbürstige Reaktion erwartet. Das ist ja erstaunlich. Seit wann pflegen Sie einsichtig zu sein, Frau Terheyde?«

Iris schmunzelte, schaute auf den Boden, grummelte etwas.

»Gut, das nehme ich jetzt mal als eine Entschuldigung. Es scheint Ihnen klar zu sein, dass Sie unter Umständen nicht nur die Ermittlungen stören, sondern, Beamtin hin oder her, auch Ihren Job riskieren, wenn Sie so weitermachen.«

Iris war langsam genervt. *Musste* er so auf ihr rumhacken? Aber sie sah weiter nach unten. Dann blickte sie auf und schaute Schott direkt in die Augen. »Sie wissen ganz genau, dass ich den Mann nicht umgebracht habe.«

»Stimmt, das traue ich Ihnen auch nicht zu. Aber wir haben

Schmauchspuren an Trautmanns Händen gefunden. Herder, der Chef von S & S, sagte uns, dass er bei der Arbeit eine Waffe trägt, und weil wir sie nirgends finden konnten, haben wir Trautmann noch im Museum untersucht. Da hat ein Kollege mitgedacht. Ursprünglich vielleicht aus reiner Routine. Im Nachhinein muss ich sagen: glücklicherweise. Also hat Trautmann geschossen. Er ist nicht das Unschuldslamm, als das er sich gibt.«

Iris stockte kurz der Atem. Sie hatte diese Möglichkeit zwar selbst gesehen, aber von sich geschoben. Was war das für ein seltsames Spiel, das Schott da trieb? Wie es schien, wusste Trautmann gar nichts davon. »Das klingt, als verdächtigten Sie Trautmann. Wessen denn? Einbruch, Diebstahl, Mord? Wurden Kugeln aus seiner Waffe in der Leiche gefunden? War er denn überhaupt bei Bewusstsein, als Sie ihn untersucht haben? Ist nicht unbedingt legal, was Sie da gemacht haben.«

»Doch, er kam mal kurz zu sich und murmelte etwas von einem Schuss, ehe er wieder wegsackte. Da hat er uns gewissermaßen sein Einverständnis gegeben.«

»Ach ja? Mir gegenüber hat er nichts davon erwähnt, im Gegenteil. Er kann sich nicht mehr daran erinnern.«

»Also auf welcher Seite stehen Sie denn jetzt, Frau Terheyde? Als hätten gerade Sie es nötig, die Korrekte zu mimen. Ich weiß, dass Sie Trautmann … nun, sagen wir mal … nahestehen.«

»Er ist ein guter Freund, mehr nicht. Ich weiß nicht, wie oft ich das noch sagen soll.«

Schott schaute skeptisch. »Wie auch immer, Sie halten sich raus aus dem Fall. Versprochen?«

Iris nuschelte etwas.

»Gut.«

Iris musste sich sehr beherrschen, um ruhig zu erscheinen. »Da Sie nun schon da sind, noch mal ganz von vorn: Gab es im Museum denn überhaupt Spuren eines Schusswechsels? Ich meine, außer an Trautmanns Händen? Wenn er geschossen hat, müssen ja irgendwo Patronenhülsen gefunden worden sein. Wie viele Schüsse wurden abgegeben?«

»Soweit wir bisher wissen, nur einer. Weil Sie es sind und weil mir scheint, dass Sie langsam vernünftig werden: Bisher hat die Spurensicherung im Museum nichts entdecken können, was auf einen Schusswechsel hindeutet. Aber Trautmann könnte ja auch draußen auf die Einbrecher geschossen haben. Wir suchen das Gelände noch ab. Geschossen hat er, so viel ist sicher. Das sagen die Schmauchspuren an seinen Händen. Und Sie erinnern sich, wir haben einen Toten.«

»Ist der Rothaarige denn erschossen worden?«

»Die Leiche ist in der Rechtsmedizin in Freiburg. Der Pathologe ist dran, hat bisher aber nichts von einer tödlichen Schusswunde gesagt. Doch wer weiß. Die Leiche war dreckig, sie musste erst gewaschen werden. Übrigens, der Rechtsmediziner ist Andreas Müller. Sie kennen ihn, glaube ich. Jedenfalls kennt er Sie. Er sagte so etwas wie: gute Ermittlerin.«

»Aha.« Unwillkürlich musste sie schmunzeln. Sie erinnerte sich gut an Müller. Sie hatten sich kennengelernt, als sie im Fall der verschwundenen Leiche einer Großmutter recherchiert hatte. Andreas Müller war inzwischen auch nicht mehr ganz so jung. Und nicht mehr ganz so eifrig. Dafür war er über die Jahre sehr viel zugänglicher geworden. Vielleicht sollte sie mal mit ihm reden.

»Wir wissen sicher bald mehr.«

»Ist denn wenigstens schon bekannt, wer der Tote ist?«

»Frau Terheyde! Das sind laufende Ermittlungen. Sie wissen, dass ich nicht darüber reden darf.«

»Ist ja schon gut. Dann wünsche ich Ihnen viel Erfolg. Ich gehe jetzt noch mal zu Herrn Trautmann rein, seine Sachen …« Sie hob die Tüte, die sie auf den Nachbarstuhl gelegt hatte. »Und dann muss ich schnellstens heim. Ich habe den Hund im Bad eingeschlossen. Ich konnte ihn ja schlecht mit hierhernehmen. Das Vieh ist riesig, dabei aber offensichtlich ein schrecklicher Angsthase. Sykes hasst es, allein zu sein. Deswegen habe ich ihm ein Beruhigungsmittel verpasst. Die Geschichte, wie er zu mir kam, kennen Sie?«

»Ja, ich habe Ihr Vernehmungsprotokoll gelesen. Sykes, aha, einen Namen hat er also schon. Na, sie beide scheinen sich aneinander zu gewöhnen.«

Iris zuckte mit den Schultern, wollte aufstehen, sich abwenden und in Richtung Fahrstuhl gehen, da hielt Schott sie zurück. »Frau Terheyde, im Ernst, halten Sie sich da raus. Max Trautmann spielt zwar den Harmlosen, aber er ist es nicht. Der Mann ist gefährlich. Ich habe die Akte im Fall Satorius noch einmal hervorgeholt. Folgendes hatte seine Frau damals bei der Vernehmung über ihn ausgesagt, nachdem er mit dem Messer auf sie losgegangen ist: ›Dabei wollte ich ihm doch bloß helfen. Er hat Ärger mit seinem Verleger, und ich habe den Mann besänftigt. Er hat getobt wie ein Irrer, weil ich mich eingemischt habe. Da sehen Sie, dass er ein Verrückter ist. Unberechenbar. Vollkommen hysterisch. Eine Mordmaschine.‹ Ja, das hat sie gesagt. ›Mordmaschine‹. Und er hat eine Drogenvergangenheit.«

»Die hat er, aber eine Mordmaschine ist er nicht. Wirklich. Ich kenne ihn schon eine Ewigkeit. Seit ich ein Teenager war. Es ist nichts Bösartiges in ihm. Wir haben uns eine Weile aus den Augen verloren, und in dieser Zeit hat er das gemacht, was viele junge Leute damals gemacht haben. Er war als Rucksacktourist unterwegs, hat in einem Aschram in Indien gelebt und sich danach in Japan mit der Lehre des Zen beschäftigt. Haschisch und andere Drogen gehörten einfach dazu. Einige Male hat er meines Wissens damals etwas an andere weiterverkauft. Doch das waren geringe Mengen. Er ist schon ewig clean. Und soweit ich weiß, ist er auch nicht vorbestraft.«

»Ihr Wort in Gottes Ohr.« Schott zögerte, als wolle er noch etwas sagen. »Bitte seien Sie vorsichtig. Trautmann ist nicht zu trauen.«

Wenn Iris nicht so alarmiert gewesen wäre, hätte sie das unabsichtliche Wortspiel vielleicht amüsant gefunden, aber so war ihr während des Gesprächs mit Schott immer mulmiger geworden. Es schien, als hätten die Ermittler noch mehr gegen Trautmann in der Hand. Etwas, das sie nicht wusste. Was konnte das sein? Der Schuss war das eine. Dann die verschwundene Waffe und die Schmauchspuren. Es sah nicht gut für Trautmann aus. Auch wenn bislang nicht feststand, ob der Rothaarige erschossen worden war, da gab es einfach zu viele Ungereimtheiten. Klar, dass Schott da nachbohren musste.

»Jetzt schauen Sie mich nicht so erstaunt an. Ich glaube ja, der Mann simuliert seine Gedächtnislücken.«

»Was sagen denn die Ärzte?«

»Nichts. Derzeit. Sie berufen sich auf ihre Schweigepflicht. Aber da gibt es noch etwas ...«

Iris merkte auf. »Was?«

Schott musterte sie einige Augenblicke. »Weil Sie es sind. Und weil ich mir Sorgen um Sie mache. Sie sind eine der besten Ermittlerinnen und Undercoveragentinnen, mit denen ich jemals zusammengearbeitet habe, aber sobald Trautmann ins Spiel kommt, sind Sie nicht nur überraschend naiv, sondern auch noch auf einem Auge blind. Sie wissen, dass er in Palästina zum Terroristen ausgebildet worden ist? Und muss ich Sie daran erinnern, dass Sie selbst vor ein paar Jahren wegen Totschlags beziehungsweise Mordes gegen ihn ermittelt haben? Der Mann hat ein hohes Aggressionspotenzial, auch wenn er so harmlos und dickfellig tut.«

Von Trautmanns Zeit in Palästina stand nichts in den Akten. Das wusste sie genau. Denn sie hatte die Ermittlungen geleitet. »Aber der Fall Satorius ist abgeschlossen. Es gab keine Beweise gegen ihn. Also? Wo haben Sie das mit Palästina her?«

»Das werde ich Ihnen bestimmt nicht sagen, das sind laufende Ermittlungen! Trautmanns Handy ist im Erdloch unter der Leiche gefunden worden. Er behauptet, er habe es verloren ... Da ist aber noch mehr. Die angeblich und so praktischerweise verschwundene Waffe, die auf ihn registriert ist. Eine Walther P5. Sie wurde nicht nur von der Polizei in Baden-Württemberg genutzt, sondern ab Ende der siebziger Jahre auch von den englischen und nord*irischen* Kollegen. Wir versuchen gerade, herauszufinden, wie er in ihren Besitz gelangt ist.«

»Nord*irisch*? Uff. Sie vermuten also eine Verbindung zwischen Trautmann und den Rathkeale Rovers, die damals die Einbrüche und die Nashorndiebstähle organisiert haben? Glauben Sie, dass er auch in den Einbruch verstrickt ist? Die Rovers kamen allerdings aus der Republik Irland, das Dorf Rathkeale liegt in Limerick. Na ja, es kann ja trotzdem Querverbindungen geben. Haben Sie ihn auf die Waffe angesprochen? Auf ihre Herkunft?«

»Er sagt, er weiß nicht, wo die Waffe geblieben ist. Bezüglich der Herkunft – darüber wollen wir erst mit ihm reden, wenn wir genau wissen, woher die Walther stammt. Es ist damit zu rechnen, dass Trautmann uns sonst eine Räuberpistole erzählt.« Schott keckerte, fand sein Wortspiel wohl ganz lustig. Anders als Iris, die momentan keinen Sinn für diese Art von Humor hatte und keine Miene verzog.

Er wurde wieder ernst. »Halten Sie sich bedeckt. Das kann ich Ihnen nur raten. Sonst geraten Sie noch selbst unter Verdacht. Zum Beispiel wegen Beihilfe, Vertuschung einer Straftat ... Mir würde da so einiges einfallen.« Er stand auf. »Ich lade Sie zu diesem Kaffee ein. Sie können dann ja zahlen, ehe Sie gehen.« Er legte fünf Euro auf den Tisch. »Das müsste reichen. Sie können mir den Rest irgendwann zurückgeben. Wir sehen uns in der nächsten Zeit sicher noch. Einen guten Tag Ihnen.« Er nickte Iris zu und ging. Er hatte seinen Kaffee nicht angerührt. Iris den ihren ebenfalls nicht.

Sie schaute Schott perplex hinterher. Das sah wirklich nicht gut aus für Trautmann. Es konnte durchaus sein, dass ihn seine Befürchtungen nicht trogen. Und ja, Trautmann hatte Aggressionspotenzial. Der Fall Satorius war zudem nicht wirklich geklärt. Aber sie hatte Trautmanns Erklärungen Glauben geschenkt. Hatte ihm glauben *wollen*.

Eine ganze Weile saß sie unschlüssig in der Cafeteria und starrte auf ihre Kaffeetasse. Sie nahm einige Schlucke. Er war kalt. Dann begann sie das, was sie immer tat, wenn sie durcheinander war und Klarheit in ihre Gedanken bringen musste, sie kaute Nägel. Der des Mittelfingers musste dran glauben. Was sollte sie tun? Erst mal einen weiteren Kaffee bestellen? Sich einen Plan zurechtlegen, Trautmann mit den Ermittlungsergebnissen konfrontieren? Sie würde ihn einfach fragen. Hören, was er dazu zu sagen hatte.

An diesem Punkt übernahm die Ermittlerin in Iris. Nein, nicht zu allem befragen. Noch nicht. Seine Reaktionen abwarten, ob er ehrlich wirkte. Erst mal mit dem Handy anfangen. Ja.

Der Nagel des Mittelfingers war inzwischen abgekaut. Sie schämte sich irgendwie für ihr Misstrauen. Liebe, so wie sie sie sich erhoffte, hatte bedingungslos zu sein. Das sagte ihr Bauch. Ihr Verstand sagte: abwarten. Ob er ihre Gefühle für ihn am Ende nur für seine Zwecke benutzte. Hatte er sie vielleicht sogar deshalb in die Wohnung geschickt, um seine Sachen zu holen, damit sie die Briefe fand? Versuchte er, sie zu manipulieren? Nein. Nein, nein. Sie litt unter einer beruflichen Deformation. Trautmann war nicht so. Er spielte nicht mit den Gefühlen anderer. Das wäre zu schrecklich. Es wäre ihr ganz persönlicher Weltuntergang.

Max Trautmann lag im Bett wie ein Schluck Wasser. Iris schmolz dahin. Egal, was er auch getan hatte. Sie würde ihm helfen. Auch wenn es sie den Job kostete. Das war Irrsinn, unvernünftig, um das Mindeste zu sagen. Vielleicht fand sie ja auch einen Mittelweg. Aber diesen Mann im Stich lassen? Nein. Sie hätte sich selbst verachtet.

»In welchen Schrank soll ich die Sachen packen, die ich mitgebracht habe?«

»Der mit dem A drauf ist meiner. Und die Waschsachen bitte ins Bad.«

Iris zögerte, blieb im Raum stehen, kaute am Nagel des linken Ringfingers, ehe sie herausplatzte: »Sie haben dein Handy unter der Leiche gefunden. Wie kommt es dahin?«

Trautmann stöhnte. »Ich weiß es nicht. Das habe ich Schott auch gesagt. Ich hatte es verloren, vor ein paar Tagen schon. Ich glaube, ich habe die Rechnung fürs Prepaidhandy sogar noch. Du glaubst mir doch, oder?«

Das klang so klein und verzweifelt, dass Iris nickte. Sie kaute am Nagel des rechten Ringfingers.

»Da ist doch noch was? Iris, was hat Schott dir erzählt?«

»Sie haben Schmauchspuren an deiner Hand gefunden. Du

wurdest gleich nach dem Einbruch im Museum untersucht. Schott behauptet, du seist dabei zu dir gekommen.«

Trautmann stöhnte. »Ich habe nichts davon gemerkt. Kann mich jedenfalls nicht dran erinnern. Wirklich. Also ist es womöglich wahr, dass ich geschossen habe.«

»Wo ist deine Waffe?«

»Ich weiß es nicht. Ich weiß es wirklich nicht. Herrje, mir ist schon klar, dass Schott denkt, ich simuliere. Aber ich erfinde das nicht. *Du* glaubst mir doch, oder?«

Iris nickte erneut, stand mit hängenden Armen da und starrte ihn an. Für einen Moment hing die Stille schwer zwischen ihnen. Dann machte er Anstalten, aufzustehen. »Du musst die Sachen nicht einräumen. Das kann ich später selbst machen. Stell die Tüte einfach auf einen Stuhl.«

»Wieso? Moment, was tust du?«

»Ich muss mir die Aufnahmen vom Einbruch anschauen. Vorhin war von Kopien die Rede. Also sind die Originale noch im Museum. Die Ungewissheit halte ich nicht länger aus.«

»Du willst doch nicht etwa jetzt ins Museum?«

»Doch, das will ich. Könntest du mir bitte ein Taxi bestellen?«

»Ehrlich gesagt bin ich mir unsicher, ob es was bringt. Von Köster weiß ich, dass die Überwachung nicht funktioniert hat.«

»Vielleicht doch. Vielleicht findet sich irgendetwas, nur eine Kleinigkeit, die mein Gedächtnis wieder in Gang bringt. Ich muss die Aufnahmen einfach selbst sehen. Ich muss!«

Das klang so verzweifelt, dass Iris einlenkte. »Also gut. Aber das ist Wahnsinn. Was sagen denn die Ärzte? Darfst du überhaupt schon gehen?«

»Keine Ahnung. Aber ich *muss* wissen, was auf den Videos drauf ist.«

»Trautmann, du spielst mit deiner Gesundheit. Mit einer Gehirnerschütterung ist nicht zu spaßen.«

Er zog die Schublade seines Nachttisches auf und nahm ein Handy heraus. Dann tippte er.

»Was tust du da? Trautmann!«

»Ich rufe ein Taxi. Komm mit oder nicht. Ich fahre jetzt ins

Museum. Sehe mir die Aufnahmen an. Und danach kehre ich ganz brav wieder in mein Krankenhausbett zurück. Versprochen.«

Iris sagte eine Weile nichts. Sie konnte ihn ja verstehen. »Also gut. Hast du denn einen Schlüssel fürs Museum?«

»Habe ich. Es … ich bin so froh, dass …« Er führte den Satz nicht zu Ende. Sie wusste trotzdem, was er hatte sagen wollen. »Ich bin so froh, dass wenigstens du mir glaubst.«

Die Schnelldurchsicht der Aufnahmen brachte keinen Aufschluss darüber, wer Trautmann niedergeschlagen hatte, wo seine Waffe hingekommen war oder ob er tatsächlich einen der Einbrecher erschossen hatte. Eines wurde jedoch klar: Die Räuber mussten sich in den Räumlichkeiten gut ausgekannt haben, sei es, weil sie vorher alles ausgekundschaftet hatten oder weil sie die Örtlichkeiten noch vom letzten Einbruch her kannten. Womöglich beides. Sämtliche Kameras im Museum waren verdeckt worden, vermutlich mit Plastiksäcken, auch jene, die nach dem Einbruch 2012 neu angebracht worden waren, denn sie lieferten keine Bilder, nur Dunkelheit. Bis auf zwei. Die Aufnahmen der einen zeigten einen größeren Bereich um den Ein- beziehungsweise Ausgang. An die hatten die Täter wohl nicht gedacht. Oder sie hatten sie nicht gefunden. Die Kamera war sehr gut versteckt im monumentalen, chinesisch wirkenden Durchgangsbogen vom Foyer zum hinteren Bereich. Außerdem war da noch die gut versteckte Außenkamera, die brav ihre Arbeit getan hatte. Dank dieser beiden Kameras entdeckten Trautmann und Iris einen Widerspruch, doch der war mitnichten dazu angetan, Klarheit zu bringen. Geschweige denn, Trautmanns Befürchtungen zu zerstreuen. Drei maskierte Einbrecher waren durch das Oberlicht ins Museum eingestiegen. Nur zwei kamen wieder heraus, dieses Mal durch die Vordertür. In ziemlicher Eile. Sie rannten, als wäre der Teufel hinter ihnen her.

ACHT

Ein nun noch mehr als bisher beunruhigter Trautmann fuhr mit dem Taxi zurück ins Krankenhaus, um so zu tun, als sei er niemals weg gewesen. Iris nahm den Bus. Sie war ebenso beunruhigt und machte sich nicht nur Sorgen um Trautmann, sondern auch darum, wie es Sykes inzwischen ergangen, ob er brav geblieben war und das Mittel gewirkt hatte.

Als sie daheim ankam, fand sie die Wohnungstür aufgebrochen vor, die Badezimmertür ebenfalls. Sykes lag im Wohnzimmer, winselnd und kaum fähig, den Kopf zu heben. Er musste sich mit letzter Kraft dorthin geschleppt haben.

Einbrecher. So viel war klar. Im Wohnzimmer herrschte ein schreckliches Chaos. Es wirkte irgendwie – unecht. Doch Iris hatte momentan nicht die Zeit, diesen Gedanken weiterzuverfolgen, ihr war die Unordnung herzlich egal. Sie machte sich Vorwürfe. Hatte sie Mitschuld am Zustand des Hundes? Der oder die Einbrecher waren offenbar davongekommen, ohne von Sykes attackiert zu werden, es gab jedenfalls keine Hinweise darauf, dass er sein Revier verteidigt hatte, keine Blutspuren oder so etwas. Das mochte zum einen an Sykes freundlichem Wesen liegen. Zum anderen aber möglicherweise auch daran, dass er zu bedröhnt für einen Angriff gewesen war. Hatte sie dem Kalb womöglich sogar zu viel Beruhigungsmittel verpasst? Und lag er nun deswegen im Sterben?

In fliegender Eile wählte sie die Nummer der Laufenburger Tierarztpraxis, die, soweit sie wusste, von drei Tierärztinnen betrieben wurde. Eine davon war Marion Engel. Man kannte sich, so wie man sich in einer Kleinstadt eben kennt. Die Praxis lag in der Nähe des Laufenburger Gartenstrandbades, fußläufig etwa fünfhundert Meter von Iris' Wohnung entfernt. Sie wurde auf ihre Bitte hin ohne weitere Umstände zu Marion Engel weiterverbunden. Diese versprach, sofort zu kommen, was sie auch tat.

Marion Engel hatte bezüglich des Zustands des Hundes jedoch schnell einen anderen Verdacht. Sie wies auf den leeren Fressnapf neben Sykes. »Was war da drin? Stand der Fressnapf auch schon hier, als Sie die Wohnung verlassen haben?«

»Ich hab vorhin eine große Menge Fleisch und Knochen für ihn aufgekocht. Er mochte das sehr. Eine Portion habe ich noch im Topf, eine weitere in der Tiefkühltruhe. Ich hatte den Napf aber zu ihm ins Bad gestellt. Er war dort eingesperrt.«

»Schauen Sie doch mal nach, ob noch was im Topf ist.«

Iris ging in die Küche und kam einigermaßen fassungslos zurück. »Leer.«

»Dachte ich es mir doch.« Marion Engel riss dem wehrlosen Hund den Rachen auf. Sykes blaues Auge schaute sehr anklagend. »Riechen Sie das?«

Iris verstand selbst nicht, warum sie nicht gleich darauf gekommen war. Aus dem Maul des Hundes roch es eindeutig nach Mandeln. »Zyankali. Das müssen ihm die Einbrecher ins Fressen getan haben, um ihn unschädlich zu machen. Armer Sykes. Aber warum?«

»Wir müssen mit dem Tier sofort in meine Praxis. Den Magen auspumpen. Ist Ihre Schulter verletzt? Deswegen die Schlinge? Oje. Ich brauche aber Ihre Hilfe. Allein kann ich das Vieh nicht tragen. Und es muss schnell gehen, wir haben nicht mehr die Zeit, jemanden dazuzuholen. Hoffen wir, dass es noch nicht zu lange her ist, dass er die vergiftete Nahrung gefressen hat, und deswegen noch nicht alles durch den Verdauungstrakt gegangen ist. Kann ich auf Sie zählen? Meinen Sie, das geht?«

Iris nahm die Schlinge ab, die ihre Schulter ruhigstellen sollte. »Das geht schon.«

Zusammen schafften sie es tatsächlich, den schlaffen Hundekörper auf einer Decke die Treppe hinunterzuwuchten, durch das Stadttor zu schleppen und weiter über den Rathausvorplatz. Bevor es jedoch die Andelsbachstraße entlang in die Tierarztpraxis ging, bekamen sie Hilfe. Roland Sens, Webdesigner und Lebensgefährte von Marions Sozia Ulrike Marquart, kam ihnen entgegen und übernahm Iris' Part. Das war ein Glück, denn sie hätte nicht gewusst, wie sie den Hund auch nur einen Meter weiter hätte tragen sollen.

In der Tierarztpraxis ging alles ganz schnell. Sykes blieb völlig ruhig, als sie ihm den Schlauch in den Rachen schoben und ihm der Magen ausgepumpt wurde. Iris verharrte die ganze Zeit an seiner Seite, streichelte den großen grauen Kopf. »Braver Hund, braver Sykes. Ich verspreche, ich gebe dir nie wieder Beruhigungsmittel.« Der Hund sah sie an wie ein Lamm, das zur Schlachtbank geführt wird.

Erst als der Magen ausgepumpt war, zeigte Marion Engel ihren zunächst unterdrückten Zorn. »Wer macht so was! Wer tut einem unschuldigen Tier so etwas an? Einbrecher hin oder her. Warum haben Sie ihm überhaupt Beruhigungsmittel gegeben?«

»Ich bin – vorübergehend – die Hundehüterin. Er ist mir gewissermaßen zugelaufen. Ich habe keine Ahnung, wem er gehört. Jedenfalls, er hatte niemanden, und so habe ich ihn mit heimgenommen. Aber ich musste heute zu einem Freund ins Krankenhaus, er brauchte dringend ein paar Sachen, und ich habe keinen Hundesitter. Sykes hasst es aber, allein zu sein, das habe ich schon gemerkt. Keine Ahnung, was die Vorbesitzer mit dem armen Kerl gemacht haben. Sobald er allein ist, randaliert er jedes Mal. Und ich konnte ihn doch nicht ins Krankenhaus mitnehmen.« Gut, das war nicht die ganze Wahrheit, aber der Teil, der derzeit wichtig war. Und über den sie sprechen wollte.

»Aha«, sagte die noch immer zornige Marion Engel, die inzwischen dazu übergegangen war, den Hund zu untersuchen. »Das nächste Mal rufen Sie mich an, ehe Sie ihm wieder irgendwelche Medizin einflößen, die nicht für Tiere gedacht ist. Was war das denn?«

»Irgendwas auf Baldrianbasis. Ich benutze es, wenn ich nicht einschlafen kann.« Iris klang so kläglich, wie sie sich fühlte.

»Na, das geht ja noch. Ich gebe ihm jetzt eine Spritze, 4-Dimethylaminophenol, eine Art Gegengift gegen das Zyankali. Wenn ich mir den Mageninhalt so anschaue, sieht es tatsächlich so aus, als sei die Giftgabe noch nicht allzu lange her, er hat offensichtlich noch nicht alles verdaut. Die Einbrecher haben wohl Kapseln benutzt, die sie in einen Fleischbrocken gesteckt hatten. Hier, schauen Sie mal, da sind noch Reste zu sehen.«

Iris schaute brav. Es stieg ihr sauer in die Nase. Sie würgte.

»Oder es war zu wenig, um ihn zu töten«, fuhr Marion Engel ungerührt fort. »Da hat er noch mal Glück gehabt, der Kleine.« Sie ging zum Medizinschrank. »Und das geben Sie ihm. Da ist Natriumthiosulfat drin. Zweimal am Tag. Er muss das nehmen. Irgendwie. Noch ist das Tier nicht über den Berg.

Der »Kleine« winselte. Iris war glücklich. Es schien, als kehrten Sykes' Lebensgeister zurück. Marion Engel lächelte. »Na, mein Junge, bald wieder unter den Lebenden?«

Sykes' Schwanzspitze hob sich leicht.

»Ich denke, er kann nach Hause. Vorausgesetzt, dass Sie heute Nacht gut auf unseren kranken Kerl aufpassen. Und bitte keine weiteren Experimente mit Beruhigungsmitteln mehr.«

»Bestimmt nicht.«

Iris war der Tierärztin so dankbar, dass sie ihr um den Hals gefallen wäre, wenn sie nicht die gewesen wäre, die sie nun mal war. Berührungsscheu, voller Komplexe und schüchtern. Manche Dinge änderten sich auch mit dem Alter nicht.

»Aber holla«, sagte die Tierärztin in Iris' Gedanken hinein.

»Was ist los?«

»Sykes – so nennen Sie ihn doch – ist gechippt. Hier, das Implantat ist in der Haut am Hals.«

»Wie funktioniert denn so ein Chip?«

»Darauf ist ein fünfzehnstelliger Code gespeichert. Man kann ihn mit einem speziellen Gerät auslesen und die Daten zu Hund und Halter in eigens dafür eingerichteten Registern abrufen. Zum Beispiel im Haustierregister des Deutschen Tierschutzbundes oder bei TASSO. Ich habe natürlich so ein Lesegerät.«

»Und falls der Besitzer aus dem Ausland stammt?«

»Vermuten Sie das?«

»Ich bin mir nicht sicher.«

»Aha. Und weshalb?«

»Ich … also, ich kann momentan nicht darüber reden.«

»Ich dachte, Sie sind nicht mehr bei der Polizei?«

»Wie gesagt, ich kann nicht …«

»Na, wenn wir den Halter hier nicht finden, fragen wir einfach mal bei der ifta nach. Das ist die Internationale Zentrale Tierregistrierung. Das kann eine meiner Mitarbeiterinnen machen. Sie können dann nachher anrufen und sich nach dem Ergebnis erkundigen. Der Hund und Sie sollten jetzt heim. Das Tier braucht Ruhe. Sie werden wirklich die ganze Nacht auf ihn aufpassen müssen. Rufen Sie mich sofort an, wenn eine Veränderung zum Schlechten eintritt. Ich wohne ja nicht weit weg. Meine Mitarbeiterin am Empfang gibt Ihnen meine Handynummer. Und irgendwann müssen Sie mir mal genauer erzählen, was es mit dem Einbruch bei Ihnen auf sich hat. Haben Sie eigentlich schon die Polizei gerufen?«

Iris schaute die Tierärztin perplex an. Das hatte sie völlig vergessen.

Dieses Mal nahm Iris zusammen mit Sykes ein Taxi für den Heimweg, auch wenn es nur wenige hundert Meter waren. Den Taxifahrer freute das nicht. Auch nicht, dass sie mit einem Hund in seinen Wagen wollte. Iris zahlte im Voraus und gab ein großzügiges Trinkgeld. Das wirkte. Der Taxifahrer half ihr anschließend sogar, den Hund die Treppen hochzuwuchten. Die Schulter quittierte die Anstrengung des Hundetragens wieder mit heftigen Schmerzen.

Wenige Minuten später holte sie nach, was sie längst hätte tun sollen. Sie rief die Polizei. Eine halbe Stunde darauf machten sich die Kollegen von der Kriminaltechnik an die Arbeit, ein Kleiner und ein Dicker.

»Ist etwas gestohlen worden?«, wollte der Kleine wissen.

Iris durchforstete die ganze Wohnung. Es fehlte nichts. Das ließ nur einen Schluss zu: Die Einbrecher hatten es nicht auf Wertgegenstände abgesehen gehabt, sondern auf Sykes. Aber warum? Warum wollte jemand dieses liebenswerte, tapsige Kalb vergiften? Es gab nur eine Erklärung. Jemand glaubte, dass der Hund ihm gefährlich werden könnte. Dieser Jemand kannte den Hund. Und den Besitzer. Und dieser Jemand hatte Dreck am Stecken.

Die Leute von der KT waren gerade weg, da rief die Sprechstundenhilfe der Tierarztpraxis an: »Ich soll Ihnen ausrichten, dass der Hund einer irischen Familie namens Barnacle gehört. Die leben in Limerick, Stanton Road 15.« Iris bedankte sich artig.

Limerick also. Die Spur führte schon wieder nach Irland. Hatten die Täter Angst vor dem gehabt, was das Auslesen des Chips zutage fördern konnte? Nein, dann hätten sie den Hund einfach mitgenommen. Stattdessen hatten sie es vorgezogen, ihn zu vergiften. Womöglich hatten sie gar nichts von dem Chip gewusst. Oder nicht daran gedacht. Und jetzt? Felix anrufen? Nein, sie musste mehr wissen, vielleicht konnte sie dann mit einigen Informationshäppchen bluffen und Einzelheiten aus ihm herauslocken, die er ihr freiwillig wahrscheinlich nicht mitteilen würde.

Sie wählte die Privatnummer des Freiburger Rechtsmediziners. Sie hatte sie noch aus ihren Zeiten bei der Mordkommission Lörrach, die offizielle Leitung wollte sie jetzt lieber nicht mehr nehmen. Sie wusste, Andreas Müller hatte sein Privathandy meist auch am Arbeitsplatz dabei. Er war gemeinhin ein recht zugänglicher Mann, gemütlich, dickbäuchig, fast sechzig, geplagt von Krampfadern in den Beinen und einem empfindlichen Magen, wie er ihr einmal in einer privaten Stunde gestanden hatte. Ab und an, wenn sie in Freiburg gewesen war, hatten sie sich auf ein Bier getroffen.

Es tutete lange. Schließlich ging er ran. »Frau Terheyde! Nein, sagen Sie nichts. Ich ahne schon, was Sie wollen. Ich weiß, Sie haben die Leiche gefunden, die hier bei mir auf dem Tisch liegt. Sie sind also Zeugin. Ich darf und werde Ihnen nichts sagen.«

»Bitte. Es ist wichtig. Gibt es schon ein Ergebnis bezüglich der Frage, wie er gestorben ist?«

»Frau Terheyde!«

»Ich bitte Sie. Sie haben dann auch etwas bei mir gut.«

»Also gut. Weil wir uns schon so lange kennen. Der Mann ist erschlagen worden. Der Wucht nach zu urteilen, von einem Mann. Über das Tatwerkzeug kann ich noch nichts sagen.«

»Gab es auch eine Schussverletzung?«

»Gab es. Aber das war nur ein Streifschuss. Weiß man denn schon, wer das war?«

Iris schwieg eine Weile. »Nein, nicht wirklich. Aber Sie kennen ja Schott vom Landeskriminalamt. Er ist verschwiegen wie ein Grab.«

»Ja, den kenne ich. Inzwischen wurde sogar eine Sonderkommission gegründet, da ist auch ein Verbindungsmann zu Europol mit dabei. Die Soko Rover.«

»Europol auch? Das ist ja interessant. Danke. Eine Frage hab ich noch. Es gab doch Fingerabdrücke auf dem Toten. Gibt es dazu schon Erkenntnisse? Und können Sie mir irgendwas über die mutmaßliche Identität des Toten sagen?«

»Soweit mir bekannt ist, gibt es Erkenntnisse, aber nicht über die Identität des Toten. Wenn Sie mich fragen, ist es ein Europäer. Hatte allerdings schlechte Zähne. Ich fand Hautpartikel unter den Nägeln. Es muss also ein Kampf stattgefunden haben. Jetzt ist es aber genug. Mehr werde ich Ihnen nicht sagen. Machen Sie's gut.« Müller legte auf, ohne Iris Zeit für eine Erwiderung zu lassen.

Sie schaute auf Sykes. Der lag friedlich auf dem Sofa und schnarchte. Er schien okay zu sein. Sie begann, am Nagel des rechten Zeigefingers zu kauen. Sie brauchte unbedingt weitere Informationen, wenn sie Trautmann helfen wollte. Und das wollte sie. Außerdem war inzwischen ihr Jagdinstinkt erwacht. Iris mochte keine ungelösten Fragen, und sie wurde besonders stur, wenn jemand etwas vor ihr geheim halten wollte.

Die Soko Rover fahndete international. Wie passte das mit Trautmann zusammen? Irgendwas hatten die gegen ihn in der Hand. Was war mit den Fingerabdrücken? Und den Hautpartikeln? Sicher gab es dazu bereits Ergebnisse. Felix. Vielleicht konnte sie mit ihm einen Deal machen. Sie könnte ihm bezüglich der Identität des Toten weiterhelfen. Möglicherweise wussten die Barnacles etwas. Falls der Hund tatsächlich ihnen gehörte, mussten sie den Rothaarigen kennen. Es sei denn, der Rothaarige hatte den Wolfshund gestohlen. Aber wer stahl schon einen Wolfshund? Wie auch immer, die Barnacles konnten vielleicht helfen.

Felix war wie erwartet nicht begeistert über den Anruf. »Es gibt starke Verdachtsmomente gegen Trautmann«, war die einzige Auskunft, zu der er sich hinreißen ließ.

»Ich hätte da eventuell etwas, das die Ermittlungen voranbringen könnte«, sagte Iris, um ihn zu locken. »Sind Sie eigentlich inzwischen Mitglied der Soko Rover oder noch an der Hochschule?«, schob sie nach – obwohl sie längst so etwas vermutete, auch wenn er es ihr nicht mitgeteilt hatte.

Felix ging auf seinen derzeitigen Status nicht ein. »Wenn Sie etwas wissen, müssen Sie es der Polizei mitteilen. Das wissen Sie so gut wie ich. Sonst riskieren Sie eine Anklage wegen Verdunkelung einer Straftat, wenn nicht sogar wegen Beihilfe zum Mord.«

»Mord, aha. Der Rothaarige ist demnach tatsächlich *ermordet* worden? Also keine Tat im Affekt, fahrlässige Tötung oder so?«

»Frau Terheyde, Sie sind unglaublich. Die Ermittlungen laufen noch. Dazu kann und werde ich Ihnen nichts sagen. Aber jetzt: Raus damit. Was wissen Sie?«

»Der Hund, Sie wissen schon, der Wolfshund, den ich bei mir aufgenommen habe, ist gechippt.«

»Woher wissen Sie das?«

»Bei mir wurde eingebrochen. Jemand hat versucht, ihn zu vergiften, während ich … also während ich mal kurz aus dem Haus war. Ich habe die Laufenburger Tierärztin gerufen. Und sie hat den Chip entdeckt.«

»Wieso wollte jemand den Hund ermorden?«

»Das frage ich mich auch. Und vielleicht bringt es die Ermittlungen ja weiter, wenn Sie sich mit der Familie Barnacle aus Limerick beschäftigen, der der Hund anscheinend gehört. Wenn Sie in der Soko Rover sind, können Sie die Spur ja mit Hilfe der Europolkollegen einfach weiterverfolgen.«

»Wissen Sie am Ende auch, wo die Barnacles leben?«

»Wären Straße und Hausnummer genehm?«

»Bitte.«

»Stanton Road 15.«

»Gut. Ich gebe das weiter. Und Frau Terheyde, schließen Sie Ihre Wohnungstür gut ab.«

»Warum meinen Sie?«

»Nun, wenn die Einbrecher mitbekommen, dass der Hund noch lebt, könnte es sein, dass sie wiederkommen.«

»Danke für Ihre Sorge um mich.« Iris wusste, der Sarkasmus in ihrer Stimme war unüberhörbar.

»Sie sind unmöglich.«

»Schon klar. Bis bald.«

»Nicht bis bald. Ich werde Ihnen nichts mehr sagen.«

»Na ja, vielleicht über die Ergebnisse der Hundespur? Das sind Sie mir schuldig.«

»Wir werden sehen. Schlafen Sie gut.«

Es war schon gegen zwanzig Uhr, als in Iris' Wohnung endlich Ruhe herrschte. Ihre Schulter schrie mal wieder Zeter und Mordio. Sie nahm die doppelte Dosis Schmerztabletten. Mit dem Ergebnis, dass Sykes und sie selig auf dem Sofa nebeneinander einschliefen, sie eher etwas an den Rand gequetscht, obwohl die Sitzfläche recht breit war.

Irgendwann in der Nacht wachte sie auf, weil es zu eng wurde und sie beinahe auf dem Boden gelandet wäre. Im Halbschlaf tappte sie ins Bett. Sykes tappte mit. Ehe Iris wieder in Tiefschlaf versank, hörte sie den schon bekannten zufriedenen Hundeseufzer und fühlte das Gewicht von Sykes' Kopf auf ihren Beinen.

Und sie vernahm die etwas schrillen, verwaschen klingenden Worte ihrer Mutter: »Tiere haben im Bett nichts verloren.«

»Du hast wieder getrunken, Mama«, antwortete sie mit kindlicher Stimme. »Nächstes Mal mache ich das nicht mehr. Bestimmt. Ich versprech's. Ich sage es Sykes. Morgen.« Dann fiel ihr ein, dass ihre Mutter schon vor Jahren gestorben war.

Mit diesem Gedanken schlief sie ein.

NEUN

Iris erwachte davon, dass ihr Gesicht nass und immer nasser wurde. Jemand stand offenbar mit dem Waschlappen an ihrem Bett. Im Halbschlaf schlug sie um sich, was ihrer Schulter nicht gefiel. Sie hörte ein Jaulen und öffnete die Augen. Sykes. Er leckte ihr Gesicht.

Sie wischte sich mit der Bettdecke ab. »Iiii. Sorry, aber so geht das nicht. Heute Nacht schläfst du allein!«, erklärte sie energisch. »Jedenfalls nicht in meinem Bett.«

Sykes schaute interessiert und wedelte mit dem Schwanz.

»Oh, Hund! Wie viel Uhr ist es denn? Ich fühle mich wie gerädert.« Iris griff nach dem Wecker. Es war sechs Uhr dreißig. Sie stöhnte: »Du Untier, weißt du denn nicht, dass ich Urlaub habe? Und dass ich schrecklich muffig werde, wenn man mich so abrupt aus dem Tiefschlaf reißt? Aufgestanden wird in diesem Haushalt frühestens um neun Uhr. Besonders, wenn ich Urlaub habe. Du bist kein Hund, du bist ein Alptraum.«

Sykes wedelte immer noch freundlich, sprang aus dem Bett, rannte aus dem Schlafzimmer, kam kurz darauf zurück und wiederholte die Aktion. Da hatte er dann schon die Hundeleine im Maul.

Iris gab auf. »Nervensäge! Hast du denn gar kein Mitleid? Okay, ich sehe schon, dir geht es wieder gut und du musst mal Gassi.«

»Wuff.«

»Meine Schulter tut weh«, erklärte Iris anklagend.

Sykes wedelte.

Sie seufzte und schob sich aus dem Bett. »Nein, du hast kein Mitleid. Dann machen wir es so: Ich gehe jetzt mit dir Gassi. Und nachher, also ich meine, sobald du Gassi warst, begleitest du mich zum hiesigen Arzt. Dort lasse ich mir eine Spritze geben. Dich binde ich derweil draußen an, und du bleibst ganz brav sitzen, bis ich wiederkomme. Versprochen?«

Sykes wedelte.

Iris tätschelte seinen Schädel. »Na gut.« Sie betrachtete den Riesenhund, während sie sich mit schmerzverzerrtem Gesicht anzog. Nur das Nötigste. Also oben einen weiten Pullover und unten eine Hose, die gut zuging. Es wurde ihr irgendwie warm dabei, aber nicht wegen der Anstrengung und der Schmerzen, die jede Bewegung mit sich brachte. Eher innerlich. Iris stellte fest, sie begann, sich an das Kalb zu gewöhnen. Nicht nur das, sie mochte ihn, trotz seiner Unsitten. Vielleicht sollte sie doch nicht versuchen, ihn loszuwerden? Vorerst jedenfalls, bis Felix herausgefunden hatte, was es mit diesen Barnacles in Irland auf sich hatte. Und ob sie den Hund zurückhaben wollten.

Andererseits: Warum sollte sie sich das antun? Warum ihr ungebundenes, selbstbestimmtes Leben aufgeben? Das wäre völlig untypisch für sie. Was würden die Leute dazu sagen, wenn sie plötzlich mit einem Hund auftauchte? Wie sollte sie das erklären? Wenn sie es recht bedachte, brauchte sie auf jeden Fall eine passende Geschichte, selbst wenn sie ihn am Ende nicht behielt. Es ging schließlich um laufende Ermittlungen, und sie war offiziell nicht mehr bei der Polizei. Als sie begonnen hatte, undercover fürs Landeskriminalamt zu ermitteln, war die Legende gestreut worden, man habe sie bei der Polizei entlassen. Iris war natürlich klar, dass seither halb Laufenburg rätselte, wovon sie nun eigentlich lebte. Da konnte sie nicht jedem erzählen, dass sie den Hund von einem Toten hatte und in die Ermittlungen, na ja, irgendwie jedenfalls, involviert war. Die eine Version: Sie wolle einem verwaisten Tier ein liebevolles Zuhause geben. Gut, das wäre *eine* Erklärung. Wo sie ihn herhatte? Aus dem Tierheim in Freiburg. Das war wohl weit genug weg, um keine Nachfragen zu provozieren.

Dass sie sich selbst manchmal ein wenig wie ein ausgestoßenes Tier vorkam, würde sie nicht sagen. Denn das brächte den Frager womöglich zur Schlussfolgerung, sie fühle sich einsam. Und das wollte sie auf keinen Fall zugeben. Noch nicht einmal vor sich selbst. Außer in ganz seltenen Momenten.

Wenn sie einen ihrer guten Tage hatte, solche, an denen ihr nach Scherzen zumute war, antwortete sie auf unverblümte oder indirekte Fragen zu ihrem Singledasein mit Selbstironie. Die hatte die vorteilhafte Eigenschaft, dass sie Nachfragen im Keim erstickte. Sie fand sowieso, ihre Lebensweise ging niemanden etwas an. Eine weitere passende Erklärung wäre also: »Ich brauchte endlich einen Mann im Haus. Zu meinem Schutz. Bei all den Verbrechen, die es heutzutage gibt …« Das stimmte sogar halbwegs. Eigentlich sehnte sie sich nach nur *einem* Mann im Haus. Aber dabei blieb es wohl auch, beim Sehnen.

Trautmann liebte sie, und sie liebte ihn, da wenigstens machte sie sich inzwischen nichts mehr vor. Doch das durfte nun mal nicht sein. Es sei denn, sie schied aus dem Polizeidienst aus. Dann wäre sie dem Gesetz nicht mehr verpflichtet. Nur noch der Gerechtigkeit.

Nein, besser, sie machte die Frager anders mundtot. Sie könnte erklären, dass sie sich unbedingt mehr bewegen, etwas für ihre Kondition und die schlanke Linie tun müsse. Was sie mit Sykes eindeutig auch tat. Dann wäre Ruhe. Denn kaum jemand wollte so unhöflich sein, anzumerken, dass zumindest das mit der schlanken Linie sehr löblich, weil offensichtlich sei. Ja, sie war zu dick. Um den Bauch, die Hüften und auch sonst. Was zur Kurzatmigkeit beim Treppensteigen führte.

Iris und Sykes polterten die Treppe hinunter. Sie hätten leiser gehen können. Doch Iris empfand eine gewisse Schadenfreude bei dem Gedanken, dass jetzt auch der eine oder andere Nachbar aus dem Schlaf gerissen wurde.

Sykes schaute einfach nur glücklich. Er schien ein Faible für den Laufenburger Brückenheiligen zu haben, denn er trottete auf dem schnellsten Wege direkt zu ihm. Iris kam kaum hinterher. Sie musste ihn ein weiteres Mal davon abhalten, St. Nepomuk allzu ausgiebig anzustrahlen, führte den Hund stattdessen über die Codman-Anlage mit der Mühlebachbrücke und dem kleinen Wasserfall zur grasumsäumten Stele. Dort landeten die Laufenburger Narronen, die Altfischerzunft, zu Beginn jeder Städtlefasnacht den Plastiksalm an. Deswegen gab es dort auch einen Steg, an dem die Pontons festmachten, wenn der Salm über den Rhein gebracht wurde.

Ja, die Laufenburger Fasnacht hatte viele Besonderheiten. Sie war schon gefeiert worden, als die Narro-Altfischerzunft 1386 gegründet worden war. Im Laufe so vieler Jahrhunderte konnte sich in puncto Besonderheiten einiges ansammeln. Zum Beispiel wurde die Laufenburger Fasnacht zusammen mit den Schweizern gefeiert. Obwohl der Rhein seit den Napoleonischen Kriegen und dem Frieden von Lunéville im Jahre 1801 die Grenze war, ließen sich die Laufenburger davon nicht abhalten. Es gab zwar zwei Zünfte. Auch eine Zunft muss schließlich den jeweiligen Länder-Bürokratismen genügen. Doch gefeiert wurde weiter gemeinsam. Es scherte niemanden, dass die Eidgenossen eigentlich erst rund zwei Wochen später Fasnacht hatten. Der Grund dafür lag irgendwie in verschiedenen Kalendern und in der Überlieferung über den Beginn des Frühlings.

Iris' Mutter, Alkoholikerin und gleichzeitig gläubige Christin sowie in ihren klaren Momenten Heimatforscherin, hatte ihr die Geschichte eingebläut. Sie hörte ihre strenge Stimme bis heute, auch jetzt, als sie mit Sykes die bekannten Wege ging. Und selbst beim nur innerlichen Zuhören und Jahre später bekam sie dabei noch Atemprobleme. Denn ihre Mutter hatte den Text immer derart schnell heruntergerasselt, als habe sie Angst, zu spät zu kommen. Iris hatte sie fasziniert beobachtet. Allerdings nicht, weil es sie interessiert hatte, was die Mutter ihr sagen wollte, sondern weil sie darauf gewartet hatte, dass diese endlich Luft holte. Ein einziges Mal tat sie das, öfter atmete die Mutter nicht. Und Iris hatte unwillkürlich selbst die Luft angehalten.

»Der Aschermittwoch, also der Tag vor dem Beginn der Fastenzeit, liegt sechsundvierzig Tage vor dem Ostersonntag. Und der wird wiederum am ersten Sonntag nach dem ersten Vollmond im Frühjahr gefeiert. Das rührt vom jüdischen Passah-Fest her, das zur Erinnerung des Exodus der Juden aus Ägypten nach dem jüdischen Mondkalender immer am vierzehnten Nissan, also am vierzehnten Tag nach dem ersten Neumond im Frühjahr, gefeiert wird. Es wurde allerdings festgelegt, dass das Osterfest an einem Sonntag stattfinden sollte. Und noch etwas ist wichtig.

Das Frühjahr beginnt nach dem gregorianischen Kalender, der 1582 eingeführt wurde, grundsätzlich am 21. März. Daraus ergibt sich für den Ostersonntag der 22. März als frühestmöglicher Termin, der 25. April als spätester. Somit variiert der Zeitpunkt der Fasnacht, früher Fastnacht, im Kalender innerhalb einer Spanne von fünfunddreißig Tagen. Vor dem Ostersonntag dauert die Fastenzeit vierzig Tage. Damit käme man auf den Dienstag in der sechsten Woche vor Ostern. Nach dem Konzil von Benevent im Jahr 1091 wurden allerdings zusätzlich die Sonntage aus der Fastenzeit ausgeklammert und der Beginn der Fastenzeit deshalb sechs Tage vorverlegt auf den Mittwoch der siebten Woche vor Ostern, den Aschermittwoch. Der früheste Termin für den Aschermittwoch war somit der 4. Februar. In einigen ländlichen sowie in evangelischen Gebieten wurden diese Konzilsbeschlüsse jedoch nicht anerkannt. Hier wurde die Fasnacht also weiterhin eine knappe Woche später am Montag gefeiert. Diese Bräuche haben sich als ›alte Fastnacht‹ oder ›Bauernfastnacht‹ bis heute erhalten. Zum Beispiel bei der Basler Fasnacht.«

Iris schüttelte sich, versuchte, von der Schnappatmung wieder in den üblichen Rhythmus von Ein- und Ausatmen überzuwechseln. Vielleicht sollte sie mal wieder ans Grab der Mutter auf dem Laufenburger Waldfriedhof gehen. Aber nicht heute. Es war ein herrlicher Frühsommermorgen, auf der Wiese lag Tau, der Rhein schwappte kleine Wellen an den Bootssteg und die Treppe aus Beton. Sie setzte sich auf eine Stufe und genoss den jungen Tag. Es war still, alles neu, frisch. Drüben am Schweizer Ufer sah sie niemanden auf der Badmatte. Die meisten Läden in den mittelalterlichen Häusern waren noch geschlossen. Jetzt wurde ein Rollladen hochgezogen, das Geräusch schallte über den Rhein. Sykes, der inzwischen mit seinen Gängen fertig war, setzte sich neben sie.

»Na, was meinst du, soll ich Felix nachher noch mal anrufen? Bin mir unsicher. Der Mann war weit netter, als er noch mein Assistent war und überall ›der Glückliche‹ hieß. ›Felix‹ heißt ›glücklich‹, weißt du.«

Sykes wedelte.

Iris schaute auf die Uhr. Halb acht. »Wie die Zeit vergeht. Ich hab Hunger. Die Bäckerei Hahn müsste schon aufhaben. Ich besorge mir zwei Brötchen, dann gehen wir zum Arzt. Öschger heißt der. Oder anders. Es gibt mehrere Ärzte dort, ist eine Gemeinschaftspraxis. Ich werde den nehmen müssen, der mich gerade dazwischenschieben kann. Danach gehen wir heim und frühstücken. Für dich sind noch Fleisch und Knochen da. Muss die Portion nur noch in der Mikrowelle auftauen.«

Sykes wedelte.

»Na, dann komm.« Iris leinte Sykes wieder an. Er folgte ihr brav. Und er blieb brav. Iris war das beinahe unheimlich. Als sie ihn draußen beim Bäcker anband, machte er folgsam Platz, ließ sie aber nicht aus den Augen. Glücklicherweise kann er mich durch die großen Glasscheiben sehen, dachte Iris, der langsam der Verdacht kam, dass der Hund tatsächlich eine panische Angst bekam, sobald er sich allein gelassen fühlte. Angstparanoia oder so was.

Ähnlich lief es beim Arzt. Draußen auf dem Bänkchen saß ein älterer Herr in der Morgensonne, der sie freundlich grüßte. Es klang ziemlich vertraut. »Oh, Sie sehen nicht sonderlich gut aus. Schmerzen, was? Also, den Hund können Sie nicht mit reinnehmen. Ich warte hier auf meine Frau, das wird noch etwas dauern. Binden Sie ihn einfach da am Fahrradständer an. Ich passe so lange auf ihn auf.«

Da schaltete sie. Das war Polizeihauptwachmeister Buchwald. »Danke«, erwiderte Iris. »Sie haben offenbar immer noch keine Angst vor großen Tieren.«

Buchwald lachte. »Nein, die hatte ich noch nie. Auch nicht, seit ich in Rente bin. Ich dachte schon, Sie erkennen mich nicht mehr. Erinnern Sie sich, der Fall Satorius? Ich war einer der Ersten vor Ort, als die junge Frau im Rhein gefunden wurde. Das waren noch Zeiten. Na, dann gehen Sie mal rein.«

»Polizeihauptwachmeister Buchwald, es ist schön, Sie mal wiederzusehen.«

Er lachte noch mehr. »›Ex‹ bitte, nur noch ›Ex‹. So ähnlich wie Sie, habe ich gehört.« Er schaute sie erwartungsvoll an.

Iris entschied sich, nur zu lächeln. Sie nickte Buchmann zu und ging dann in die Praxis.

Die Sprechstundenhilfe war über den frühen Notfall nicht begeistert. Iris bekam aber ihre Spritze, in der Stadt war sie für die Nachhaltigkeit bekannt, mit der sie durchsetzte, was sie wollte. So ergab sich die Sprechstundenhilfe lieber gleich.

Zufrieden marschierten Hund und Frau danach nach Hause.

Iris richtete sich gerade auf einen gemütlichen Urlaubsvormittag mit nicht allzu vielen Schmerzen ein, dachte über ein kleines Mittagsschläfchen nach dem nächsten Gassigang nach und biss in ihr Morgenbrötchen, als es klingelte.

»Nie hat man hier seine Ruhe!«, beklagte sie sich bei Sykes.

Der wedelte.

Vor der Tür stand Eddi Köster.

»Was machen Sie denn hier? Ist irgendwas? Sie machen so ein ernstes Gesicht?«

»Ich muss mit Ihnen reden.«

»Na, dann kommen Sie rein. Ich hab noch ein Brötchen, wollen Sie mitessen?«

Er blieb im Flur stehen. »Ich habe schon gefrühstückt. Und ich muss auch schnell wieder weiter.«

»Wollen Sie sich nicht wenigstens setzen?«

Eddi schüttelte den Kopf und blieb, wo er war. Wie festgeklebt, dachte Iris.

»Trauen Sie Max Trautmann? Mir scheint, Sie kennen sich schon eine Weile. Das hat wenigstens Karl Schott gesagt, als er vorhin noch einmal zu mir nach Obersäckingen kam.«

»Wieso, was meinen Sie?«

»Haben Sie ihm das Foto des Toten gezeigt?«

»Ja, hab ich.«

»Und? Was hat er gesagt?«

»Dass er ihn nicht kennt.«

»Das hab ich auch gesagt, aber ich hatte mich geirrt. Ich war mir anfangs nicht sicher. Habe mich aber vergewissert. Und Trautmann muss ihn auch kennen.«

»Wieso muss er ihn kennen?«

»Weil der Mann für denselben Sicherheitsdienst gearbeitet hat wie er. Den Namen hab ich vergessen, hab ihn nur ein- oder zweimal bei uns gesehen.«

»Haben Sie das der Polizei gesagt?«

Eddi wirkte jetzt verunsichert. »Ich … also, Herr Schott vom Landeskriminalamt hat angedeutet, dass Sie und Trautmann … Jedenfalls scheint Trautmann zu lügen. Ich wollte Sie warnen. Wer lügt, hat Dreck am Stecken. Vertrauen Sie ihm nicht zu sehr. Vielleicht ist die ganze Amnesie ja nur gespielt. Die Polizei scheint das jedenfalls zu glauben.«

»Und Sie sind sicher? Ich meine, dass der Tote für die Sicherheitsfirma gearbeitet hat.«

»Na ja, ich als Hausmeister habe ja öfter mit den Sicherheitsleuten zu tun. Da merkt man sich die Gesichter. Der Mann lag so komisch, als wir ihn gefunden haben, da hab ich ihn wie gesagt zuerst nicht erkannt. Ich hab Dr. Nufer gefragt. Dem haben Sie das Foto ja auch gezeigt, und ihm ging es ähnlich. Aber nun können wir uns beide erinnern. Der Chef hat meinen Eindruck bestätigt. Jedenfalls wollte ich Ihnen das sagen, weil doch Trautmann und Sie …«

»Wir sind nur gute Freunde. Und Sie müssen das der Polizei sagen.«

Eddi nickte. »Das werde ich tun. Aber zuerst wollte ich Sie warnen. Sie und ich, wir stecken ja ohnehin in der ganzen Sache mit drin, weil wir den Toten gefunden haben.«

»Der Hund hat den Toten gefunden. Und ich stecke nirgendwo mit drin.«

Eddi nickte. »Nun gut, ich habe Sie gewarnt. Ich glaube, Trautmann könnte gefährlich sein.«

»Hat Schott so eine Andeutung gemacht?«

»Hat er. Also dann, bis demnächst.« Damit war Eddi Köster auch schon aus der Tür und ließ sie hinter sich zufallen.

Iris stand wie festgewachsen im Flur. Da stimmte was nicht. Wieso kam Eddi zuerst zu ihr? Versuchte er am Ende, von sich selbst abzulenken? Wieso glaubte eigentlich jeder, Trautmann sei gefährlich? Nun ja, vielleicht war er das auch. Er hatte eine dunkle Seite, eine Vergangenheit, über die er nicht sprach. Auch mit ihr nicht.

Eines war sicher, sie würde diese Fragen klären.

Iris' Handy klingelte.

»Hallo«, sagte Trautmann. Wenn man vom Teufel sprach. »Wir müssen uns sehen.«

»Ich kann jetzt nicht ins Krankenhaus kommen.«

»Kein Problem, ich komme zu dir. Ich bin aus dem Krankenhaus entlassen worden, nachdem mir dieser unsägliche Schott schon wieder auf die Pelle gerückt ist. Ich glaube, er hält mich für den Mörder. Ich muss einfach wissen, was die Ermittlungen ergeben haben, was er gegen mich in der Hand hat.«

»Ich denke tatsächlich, das ist eine gute Idee. Wir könnten uns im Rebstock treffen. So in einer Dreiviertelstunde? Ich muss vorher noch mit dem Hund Gassi.« Iris überlegte, ob sie ihm von den eindringlichen Warnungen erzählen sollte. Sie entschied sich dagegen. Erst wollte sie wissen, wie er auf Eddis Behauptung reagierte, dass er den Toten kennen müsse.

Da war er wieder, der leise Zweifel, ob sie diesen Mann nicht doch um einiges schlechter kannte, als sie es sich einredete. Auch sie war wohl nicht davor gefeit, sich einen Menschen schönzulieben. Besonders sie nicht.

Iris saß bereits draußen auf der Rebstockterrasse über dem Rhein, als Max Trautmann kam. Sie stellte mal wieder fest, dass er auf Frauen wirkte, trotz seiner Jahre, der Glatze, trotz seines Bauches. Vielleicht waren es die warmen Augen, der Blick, der von einem empathischen Mann erzählte, einem, mit dem man über alles reden konnte. Die Bedienung, ein junges Mädchen um die zwanzig, war jedenfalls viel schneller bei ihm, um die Bestellung aufzunehmen, als sie vorhin zu ihr gekommen war. Es konnte natürlich auch an dem Riesenhund an ihrer Seite liegen. Dabei benahm Sykes sich vorbildlich. Gehorchte, behielt brav Platz und schaute von Iris zu Trautmann und wieder zurück.

Iris hatte sich einen Prosecco bestellt. Sie fand, sie hatte sich das verdient. Zum Aufwachen und auch sonst. Trautmann trank

Tee. Das war so gar nicht seine Art, aber sie machte keine Bemerkung dazu. »Gemach, es wird sich alles aufklären«, sagte sie schließlich. Der Trost klang selbst in ihren Ohren schal.

»Ich denke, sie haben sich längst auf mich eingeschossen. Ist ja eigentlich auch logisch. Meinst du, ich weiß das nicht? Mein Handy, die verschwundene Waffe, die Schmauchspuren an meinen Händen …«

»Du hast den Mann nicht erschossen. Das weiß ich sicher. Das kann es also nicht sein.« Iris konnte ein ganzes Gebirge von seinen Schultern fallen sehen.

»Gott sei Dank!«

»Hat Schott das denn nicht gesagt?«

Trautmann schüttelte den Kopf. »Hat er nicht. Woher weißt du das?«

»Ich kenne jemanden in der Rechtsmedizin in Freiburg ganz gut. Das Opfer ist erschlagen worden. Wann genau, weiß ich nicht, hab vergessen, ihn danach zu fragen, wie ich gerade merke, aber ich gehe mal davon aus, dass du zu der Zeit im Museum warst. Das müssten die von S & S doch bestätigen können. Hast du mir nicht mal erzählt, dass du dich in regelmäßigen Abständen melden musst, weil sonst die Polizei informiert wird?«

»Ja, so ist es. Schott sagt aber, es wäre dazwischen genügend Zeit gewesen, den Mann zu töten. Und da ist noch was.«

»Was?«

Trautmann schaute nach unten. »Ich bin während des Wachdienstes eingeschlafen.«

»Oh, Trautmann. Und das glaubt Schott dir nicht?«

»Der Mann glaubt mir überhaupt nichts, er denkt, ich simuliere. Kannst du nicht mal mit ihm reden?«

»Ich denke, das verschlimmert die Angelegenheit nur. Ich habe eine ziemliche Standpauke kassiert, weil ich mich eingemischt habe. Aber mach dir keine Sorgen. Schott ist ein guter Mann. Ich kenne ihn schon lange. Das wird sich alles aufklären.«

»Meinst du?« Er sah so kindlich hoffnungsfroh aus, dass Iris beinahe gelacht hätte. Am liebsten hätte sie ihn in den Arm genommen, getröstet und gesagt: »Alles wird gut.« Sie riss sich zusammen. »Sag mal, kanntest du den Toten wirklich nicht?«

»Das hat mich dein Herr Schott mindestens schon zehn Mal gefragt. Nein, ich habe den Mann noch nie gesehen.«

»Eddi sagt, er sei auch bei S & S beschäftigt gewesen. War also ein Arbeitskollege von dir.«

»Wirklich nicht. Ich bin ja bloß eine Aushilfe und selten im Büro in Waldshut. Ich weiß, da gibt es einen Neuen. Aber ob der das ist, keine Ahnung. Sag mal, vertraust du mir auch nicht? Glaubst du, dass ich lüge?«

»Na ja, soweit ich weiß, ist dein Handy unter dem Toten gefunden worden. Dass er ein Arbeitskollege ist, könnte der Grund sein. Vielleicht hast du es ja bei S & S liegen lassen, und er wollte es dir netterweise während deiner Schicht im Museum vorbeibringen.«

»Oder jemand will mir was anhängen. Jemand, der es irgendwie geschafft hat, an mein Handy zu kommen.«

»Falls das so ist, wird sich das rausstellen. Sicher.«

Trautmann schaute skeptisch.

Sykes erhob sich. Iris versuchte sich an einem Lachen. »Na, ich denke, dieser Hund muss mal. Ehe er in den Laden … also, ich meine …«

»Geh nur, ich übernehme die Rechnung.«

Iris strahlte ihn an. »Danke. Und wirklich, mach dir keine Sorgen.«

Da klingelte Trautmanns Handy. Er wühlte in seiner Jackentasche und förderte eines zutage, das Iris noch nicht kannte. »Mein Neues. Ich kann sagen, was ich will. Schott glaubt mir nicht.«

»Noch nicht«, antwortete Iris.

»Na hoffentlich.« Er drückte das Symbol mit dem grünen Telefon. »Ja?« Dann senkte er das Handy und raunte: »Die Polizei. Wieso wollen sie mich schon wieder vernehmen?« Lauter meinte er: »Hab alles gesagt, was ich weiß, meine Fingerabdrücke und meine DNA-Probe abgegeben. – Was? Nein. – Nein, ich habe nichts zu verbergen. – Wo mein Auto ist? Das steht noch auf dem Parkplatz in Obersäckingen. Die Ärzte haben mir das Autofahren diese Woche verboten. – Frau Terheyde? Ähem, nein, sie kann nicht fahren. Sie hat einen Hund zu hüten und eine kaputte Schulter. – Also gut, ich komme dann mit dem Taxi.«

Max legte auf und seufzte tief. »Das ist alles so absurd. Ich habe das Gefühl, ich wurde im wirklichen Leben niedergeschlagen und bin in einem Alptraum wieder aufgewacht. Ach Iris, was soll ich nur tun?«

»Ich versuche herauszufinden, was die Polizei gegen dich in der Hand hat und warum sie jetzt dein Auto sehen wollen. Wirklich, kein Grund zur Beunruhigung. Wenn du ein neues Handy hast, woher hat Schott dann deine Nummer?«

»Ich habe sie ihm bei der Vernehmung im Krankenhaus gegeben. Wieso fragst du? Du traust mir nicht.«

»Doch, natürlich. Das weißt du. Ist einfach eine schlechte Angewohnheit, diese Nachhakerei, beruflich antrainiertes Misstrauen. Hat nichts mit dir zu tun. Jetzt bestell schon dein Taxi. Ich geh mit Sykes Gassi, und dann telefoniere ich. Ich melde mich, sobald ich was Konkretes habe.«

Es wurde ein langer Spaziergang. Iris hatte viel, worüber sie nachdenken musste. Es ging um Vertrauen, um Pflichterfüllung und im Zusammenhang damit um die Frage, was sie tun konnte, tun sollte, tun wollte. Für sich. Für Trautmann. Für Trautmann und sich.

ZEHN

Karl Schott und drei weitere Männer erwarteten Max Trautmann an dessen Wagen. »Schöner Oldtimer«, sagte Schott.

»Ja, ein Citroën DS, Station Wagon, Baujahr 1972, heißt in Fachkreisen nicht umsonst ›die Göttin‹«, sagte Max stolz.

»Na ja, ich bin ja mehr für den 11 CV, erste Baureihe 1955 bis 1967. Ich hätte neulich einen gut erhaltenen kaufen können. Aber meine Frau ist dagegen.«

»Gilt der 11 CV nicht als Gangsterauto?«

Schott verzog keine Miene. »Ohne Gangster wäre ich arbeitslos. Womit wir beim Thema sind.« Ohne weitere Umstände hielt er Trautmann ein Papier unter die Nase. »Wir würden uns gern mal Ihren Wagen näher anschauen.«

»Ah. Ein Durchsuchungsbeschluss? Was soll das? Ich bin der, der überfallen und bewusstlos geschlagen wurde. Wir stehen auf derselben Seite. Seit wir uns kennen. Schon vergessen? Ich bin Detektiv! Und damals, als wir Frau Terheyde gemeinsam aus den Fängen dieser rechten Psychosekte gerettet haben, waren wir ein gutes Team. Ist das jetzt wirklich Ihr Ernst?«

»Mein voller Ernst.«

»Warum? Ich meine, was erhoffen Sie sich davon, sich meinen Wagen anzuschauen? Die Kollegen sind von der Spurensicherung, nehme ich an.« Max runzelte die Stirn, seine Kinderaugen hinter der starken randlosen Brille wirkten dadurch noch erstaunter.

»Sie als Verdächtigen ausschließen zu können.«

»Wieso bin ich überhaupt verdächtig?«

»Herr Trautmann, wirklich, das fragen Sie noch? Sie haben eindeutig eine ziemlich gewaltgeprägte Vergangenheit – ich sage nur Palästina. Sie sind kein so unbeschriebenes Blatt, wie Sie Ihre Mitmenschen glauben machen wollen. Und Frau Terheyde hat selbst auch schon gegen Sie ermittelt. Ich habe mir die Akten im Fall Satorius angesehen. Ebenso Ihre Personalakte bei S & S. Hinzu kommt noch die unklare Herkunft Ihrer Waffe …«

Max wurde langsam ziemlich mulmig. »Unklar? Aha. Und was schließen Sie daraus?«

»Dass Sie gute Verbindungen nach Irland haben müssen.«

»Wieso glauben Sie das? Und warum ist das überhaupt von Belang?«

»Ihre Waffe, also die Walther P5, die auf Sie registriert ist, wurde früher gern von IRA-Kämpfern benutzt. Woher haben Sie die? Vom Flohmarkt? Aus dem Darknet? Wir haben nachgeforscht, konnten aber keine belegte Quelle finden. Also, woher ist sie? Wissen Sie, was *ich* glaube? Sie haben sie von einem IRA-Kämpfer.«

Max zuckte mit den Schultern. Er beschloss, sich erst mal nicht genauer dazu zu äußern, ihm schwante, dass die Auskunft, woher die Waffe stammte, zu seinem Nachteil ausgelegt werden könnte. Vorher musste er erfahren, was sie wussten. »Wenn Sie meinen. Ich bin ehrlich gesagt ziemlich überrascht von dieser Entwicklung.«

»Wir meinen. Darf ich um die Wagenschlüssel bitten?«

Max kramte in seiner Jackentasche, ein Kriminaltechniker trat auf ihn zu und hielt die Hand auf. Ein junger, fitter Typ, Muckibuden-gestählt, unter dem knapp anliegenden T-Shirt quollen die Muskeln, die Jeans spannte über den Oberschenkeln. Der Mann sah aus wie ein Türsteher. Oder der Mitarbeiter einer Sicherheitsfirma. Oder ein Privatdetektiv. Er selbst sah nicht so aus, obwohl er das war. Auch nicht wie ein Türsteher. Die beschäftigten keine älteren Herren.

»Moment, hab den Schlüssel gleich. Das Kofferraumschloss ist übrigens kaputt«, teilte Max dem Muskelmann mit. »Ist immer offen, der Deckel klemmt allerdings etwas. Muss das bei Gelegenheit mal reparieren lassen …«

»Zum Kofferraum kommen wir später«, erwiderte der Mann.

Da fiel Max ein Witz ein, den er gern den Machos unter seinen Klienten erzählte, um sie etwas aufzulockern. Der Typ sah aus wie ein Macho. Schott war eigentlich kein Macho, jedenfalls nicht, soweit er wusste. Iris hielt große Stücke auf ihn. Na ja, etwas Lockerheit konnte nicht schaden. Schon allein der Umstand, dass er überhaupt als Verdächtiger gehandelt wurde, sorgte dafür, dass ihm mulmig wurde. Er kramte weiter in seiner Jackentasche.

»Ah, hier ist der Schlüssel. Frohes Schaffen. Sie werden aber nichts finden.« Max hielt dem Muskelmann seinen Autoschlüssel hin, der machte einige Schritte, nahm ihn an sich und ging dann zu Max' Wagen. Mit gerunzelter Stirn schaute er ihm hinterher. »Seien Sie bitte vorsichtig!«

Als keine Reaktion kam, entschied Max, sich möglichst entspannt zu geben. »Kennen Sie den?«, meinte er in Richtung Schott, aber so laut, dass alle mithören konnten. »Eine Blondine verdächtigt ihren Freund der Untreue.«

Schott verzog keine Miene, er wartete. Die anderen zeigten ebenfalls keine Regung, soweit Max das sehen konnte, sie hatten die Fahrertür aufgeschlossen, schoben die Vordersitze vor und wieder zurück und schauten darunter.

»Sie überrascht ihn zu Hause im Bett mit einer anderen Frau. Die Blondine zieht eine Pistole und will ihren Freund erschießen, doch plötzlich überwältigt sie Traurigkeit, und sie hält sich die Pistole an den eigenen Kopf. Ihr Freund ruft: ›Tu es nicht!‹ Sie entgegnet: ›Halt's Maul, du bist als Nächster dran.‹«

Schott verzog noch immer keine Miene. Der Mann ist so trocken, dass er selbst nach der morgendlichen Wäsche staubt, dachte Max.

Einer der Herren von der Spurensicherung beförderte eine der Fußmatten auf den Schotterbelag des Parkplatzes. Ein anderer schraubte an der Verkleidung der rechten Seitentür, die inzwischen ebenfalls offen stand. Der dritte gab Anweisungen, wie zu schrauben sei. Die Verkleidung löste sich. Max fand das sehr übertrieben. Sie behandelten ihn wie einen Schwerverbrecher. Und sein Auto musste das ausbaden. Was hofften die denn zu finden? Als ob er ein Drogendealer wäre. Oder Schlimmeres!

»Könnten Sie bitte vorsichtig mit meinem Auto sein? Es ist zwar alt, aber ich mag es. Und ich brauche es noch.«

Keiner der Herren beim Auto reagierte.

»Erzählen Sie mir etwas über Ihre irischen Kontakte, Herr Trautmann«, forderte Schott.

Max wandte sich ihm zu. »Warum kauen Sie dauernd auf diesen irischen Kontakten herum? Sie wollen doch damit nicht etwa andeuten, dass ich mit den Rathkeale Rovers zusammenarbeite, die den Einbruch hier vor einigen Jahren ausbaldowert haben, und nun Diebesgut in meinem Auto horte?«

»Ich deute nichts an. Ich sammle Fakten. Darüber, dass die Walther in Nordirland von der Polizei genutzt wurde, haben wir ja schon gesprochen. Woher genau haben Sie *Ihre* Waffe? Sie haben mir diese Frage vorhin nicht beantwortet. Aus Irland? Aus Baden-Württemberg stammt sie jedenfalls nicht. Ich wüsste da gern Näheres. Und zwar von Ihnen. Gibt es irgendwo einen konkreten Herkunftsnachweis? Einen Kaufvertrag, eine Überlassungserklärung et cetera?«

»Es gibt ein Testament. Allerdings nur ein mündliches.«

»Ein Testament. So. Sie können also nicht schriftlich nachweisen, woher die Waffe stammt?«

»Ich kann es Ihnen erzählen.«

»Ich bin ganz Ohr.«

Die Innenverkleidung der Fahrertür von Max' Wagen landete auf dem Parkplatzschotter.

»Muss das sein? Also wirklich.«

»Das muss sein«, antwortete Schott und nickte seinen Begleitern zu. Die Herren nickten zurück. Einer kroch in den Fond des Autos, kurbelte die Fenster runter und warf die Fußmatten hinaus. Der dritte gab weiter Anweisungen.

Max versuchte, das auszublenden, und konzentrierte sich auf Schott. »Erinnern Sie sich an den Hungerstreik in Irland? 1981?«

»Was für ein Hungerstreik?«

»Ich habe beziehungsweise hatte Freunde unter den republikanischen Widerstandskämpfern im Nordirlandkonflikt, die damals in Haft saßen. Unter üblen Bedingungen. Sie wurden behandelt wie gemeine Schwerverbrecher. Das war übrigens nicht der erste Hungerstreik. Er stand am Ende eines fünf Jahre lang andauernden Protestes republikanischer Gefangener. Sie wollten als politische Gefangene anerkannt werden. Der Hungerstreik hat auch einiges bewirkt. Nach 1981 erzielte die mit der IRA verbundene Partei Sinn Féin erhebliche Wahlerfolge. Und international stieß die unnachgiebige Haltung der britischen Regierung auf heftige Kritik.«

»Aha. Und?«

»Zehn Männer sind damals verhungert, sie gehörten zur Provisional Irish Republican Army und zur Irish National Liberation Army. Einer von ihnen war mein Freund Bernie. Er gehörte zur IRA und war für die Sinn Féin als Abgeordneter ins englische Unterhaus gewählt worden. Er hat mir seine Waffe vermacht. Ich bekam sie per Post direkt von Ihren nordirischen Kollegen.«

»Sie haben für die IRA gekämpft?«

»Nein, habe ich nicht! Aber ich war oft in Irland.«

»Und haben den IRA-Kämpfern Waffen besorgt.«

»Nun aber mal halblang. Sie haben zu viele Kriminalromane gelesen. Nein, ich war kein Waffenhändler. Bernie und ich waren Freunde. Wir kannten uns schon lange.«

»Aus Palästina?«

»Wenn Sie es genau wissen wollen, ja.«

»Was wollten Sie damals eigentlich dort? Waren Sie ein RAF-Sympathisant? Von der Rote Armee Fraktion sind ja einige dort ausgebildet worden.«

»Ich war jung, dumm und idealistisch. Ich dachte damals, eine bessere Welt sei möglich, und wollte unbedingt Wadi Haddad kennenlernen, er war der Vordenker der PFLP, der Popular Front for the Liberation of Palestine, und hat die RAF mit Waffen und Geld unterstützt. Damals fand ich es nicht richtig, was Israel und die verbündeten USA mit den Palästinensern machten. Und es gab zu dieser Zeit ja auch noch viele arabische Staaten mit links orientiertem nationalen Touch wie Libyen, Nordjemen und andere, die die Thesen der RAF und der PFLP teilten.«

»Also haben Sie mitgekämpft.«

»Nein. Ich bin Schriftsteller, wie Sie sehr genau wissen. Wenn auch keiner, der für die literarische Welt von Belang ist. Damals war ich zwar noch ein unerfahrener Jungspund, doch ich fand die Art der USA, mit den Problemen der Welt umzugehen, unerträglich. Auch und vor allem in Bezug auf die Nahostpolitik. Also ging ich in ein Palästinensercamp, um Eindrücke aus erster Hand zu gewinnen. Ich weiß, das klingt wie ein Widerspruch, und dieser Widerspruch war mir auch bewusst. Denn ich war niemals ein Terrorist, auch kein Gefährder, wie man heute sagen würde. Und nein, ich bin bis heute kein Fan der Auslandseinsätze der USA. Ich glaube, dass der Terrorismus damit erst so richtig befeuert wurde.«

»So, glauben Sie. Und was hat das alles mit Irland zu tun?«

»In beiden Ländern ging und geht es den Kämpfern um Fremdbestimmung durch Unterdrückung und Gewalt, um Ungerechtigkeit. Ja, lachen Sie nicht. Vielleicht ist es naiv, zu glauben, dass das jemals enden könnte. Das weiß ich auch. Ich habe Bernie des Öfteren besucht. Weil ich einen Roman über die IRA schreiben wollte. Zu jener Zeit war ich noch ambitioniert, wollte den großen Beststeller veröffentlichen, der die Welt verändert. Ich kann manchmal selbst nicht fassen, wie naiv ich war. Ist natürlich nie etwas draus geworden. Auch nicht aus anderen Büchern. Nur aus diesen Schundheften, den Westernromanen. Und darauf bin ich weiß Gott nicht stolz. Ist schwer heutzutage, von der Schriftstellerei zu leben. Letztlich habe ich auch die Westernromane aufgegeben. Ich verfasse stattdessen nur noch Haikus. Wollen Sie mal eins hören: Gänseblümchen …«

Schott ließ sich nicht ablenken. »Sie haben also, als Sie die Walther P5 auf sich registrieren ließen, keinen Herkunftsnachweis vorgelegt.«

»Das weiß ich nicht mehr. Ist ewig her. Immerhin, die Waffe kam nach Bernies Tod mit der Post, also werde ich schon was gehabt haben. Sie ist ja seit damals auf mich registriert. Und ich erinnere mich nicht, dass es Probleme gab. Wie auch? Erst seit 2003 müssen Waffenhändler sämtliche Verkäufe an die zuständige Behörde melden, damit diese sie mit den Meldebescheinigungen der Käufer vergleicht. Die Registrierung wird in den örtlichen, meist kommunalen Waffenbehörden vorgenommen. Und deren Datensysteme wurden bis 2013 nicht zusammengeführt. Ich habe die Waffe seit 1981. Also. 1982 habe ich zudem woanders gelebt, vielleicht ist der Herkunftsnachweis verloren gegangen oder verstaubt in irgendwelchen Archiven. Aber ich bekomme langsam den Eindruck, dass Sie längst alles darüber wissen. Was soll das also? Wollen Sie herausfinden, ob ich lüge, ob ich ein Terrorist bin? Das ist einfach lächerlich. Schauen Sie mich an. Ein Plumpudding hat mehr Muskeln als ich.«

»Sie haben recht. Das war ein Test. Wir wissen viel über Sie. Von den Ordnungsbehörden wurde der Hinweis auf Besitzer einer waffenrechtlichen beziehungsweise sprengstoffrechtlichen Erlaubnis aber bereits lange vor 2013 an das zuständige Einwohnermeldeamt übermittelt. Und dieser Hinweis zog mit der jeweiligen Person, also in unserem Fall mit Ihnen, auch um, er wurde an das neue Einwohnermeldeamt weitergeleitet. Von Ihnen liegt in Laufenburg allerdings keine Anmeldung vor. Von Ihnen liegt *nirgendwo* eine Anmeldung vor.«

»Oh, das muss ich wohl vergessen haben.«

»Haben Sie wohl. Das sollten Sie schnellstens nachholen. Sie wissen sicher, dass es in Deutschland eine Meldepflicht gibt. Allerdings scheinen Sie ein Mann zu sein, der sich nicht viel merken kann. Wie auch immer. Die Angabe, ob eine Person legal Waffen oder Sprengstoffe besitzt, wird Polizeivollzugsbeamten bei einer EMA-Abfrage mitgeteilt. Ihr Bernie wurde wegen des Besitzes von Handfeuerwaffen verurteilt. Ich glaube kaum, dass er die Walther im Gefängnis aufbewahrt hat. Wie konnte er sie Ihnen also zukommen lassen? Mit der Post? Das ist absurd.«

Max wurde langsam mehr als mulmig. Es war, wie Iris sagte, Schott verstand sein Handwerk. Sie hatten ihn und seine Vergangenheit bis in die letzte Verästelung durchleuchtet. Sehr gründlich. Und sehr schnell. Das ließ nur einen Schluss zu: Er stand ganz oben auf der Verdächtigenliste. Sehr wahrscheinlich wurde er sogar abgehört. Hatten sie am Ende seine Telefongespräche mitgehört? Gab es Wanzen in seiner Wohnung, Kameras? Nein, das war ohnehin Technologie von gestern. Richtmikrofone, Drohnen, Vorratsdatenspeicherung, das waren inzwischen die Mittel der Wahl. Vielleicht hatten sie sich ja auch gegenüber bei

Iris einquartiert, um ihn zu überwachen. Andererseits, warum sollten sie, das konnte das Gänseblümchen genauso gut erledigen. Konnte sie? Wollte sie? Würde sie so weit gehen? Würde sie ihn derart verraten? Ob er Schott danach fragen sollte? Nun, der würde ihm auf eine solche Frage bestimmt keine Antwort geben. Also sachlich bleiben, später würde er seine Wohnung genau inspizieren.

»Ein Freund von Bernie, ein Gefangenenwärter oder ein Polizist, ich kenne ihn nicht, hat sie mir geschickt. Und dazu die Mitteilung, dass Bernie mir seine Lieblingswaffe vermacht habe. Und, ehe Sie fragen, ja, Bernie war ein beeindruckender Mensch. Er hatte sogar Freunde unter englischen Polizisten.«

»Also haben Sie doch für die IRA gekämpft. Warum sonst sollte Ihnen jemand eine Waffe schenken?«

»Das klingt ja, als wäre ich Rambo. Wenn Sie glauben, dass ich ein Terrorist bin, verhaften Sie mich doch! Ich trage eine Waffe, weil das in meinem Beruf notwendig ist. Ich habe schon seit Ewigkeiten nicht mehr damit geschossen. Auch nicht mit einer anderen Waffe. Bernie war ein Freund, es sollte eine Erinnerung an ihn sein, mehr nicht.«

»Wer weiß, vielleicht verhaften wir Sie tatsächlich. Schließlich haben Sie, wie wir ja beide wissen, sehr wohl mit der Walther geschossen. Es sei denn, Sie haben noch eine andere Neun-Millimeter, die nicht gemeldet ist. Haben Sie? Nein? Nun, dann muss es die Walther gewesen sein. Die Schmauchspuren an Ihren Händen beweisen das. Deshalb haben wir das Museum auch noch einmal durchsucht und schließlich die Patrone gefunden. Neun Millimeter. Passt wirklich perfekt.«

»Es gibt noch andere Waffen mit Neun-Millimeter-Munition, die sich *nicht* in meinem Besitz befinden.«

»Mag sein. Eine zumindest gehört aber Ihnen. Diese spezielle Kugel hat die Ecke einer der Vitrinen gestreift und ist dann sehr viel weiter hinten im Sockel einer anderen stecken geblieben. Noch einmal, und bitte ersparen Sie uns weitere Hinweise auf Gedächtnislücken: Wo ist die Waffe? Dann werden wir ja feststellen, ob die Kugel aus Ihrer Walther abgefeuert worden ist.«

»Ich weiß es nicht. Ich weiß es wirklich nicht. Außerdem habe ich nicht damit geschossen.«

»Doch. Geschossen haben Sie. Das sagen die Schmauchspuren.«

»Es kann einfach nicht sein. Ich meine, ich würde mich doch erinnern. Man erinnert sich normalerweise, wenn man auf einen Menschen schießt und ihn womöglich tötet.«

Schott sagte nichts dazu. Mit seiner unbewegten Miene ging er Max langsam auf die Nerven.

Einer der Techniker, die Max' Wagen auseinandernahmen, tauchte in den Kofferraum ab und kurz darauf wieder auf. Er hielt einen Golfschläger in der Hand. »Hallo, was haben wir denn hier?«

Max war völlig perplex. »Wo kommt der denn her?«

»Aus Ihrem Kofferraum.«

»Nein, das kann nicht sein. So was. Ich weiß nicht, wo der Golfschläger herkommt, den muss jemand da reingelegt haben. Aber ich werde keine Anzeige erstatten«, schob er nach.

Schott war weiterhin nicht zu einem Lächeln zu bewegen. »Es gibt viel, was bei Ihnen nicht sein kann, finden Sie nicht? Laut Rechtsmedizin könnte die Mordwaffe ein Golfschläger gewesen sein.«

»Mordwaffe. Aha. Jetzt sprechen Sie es doch endlich offen aus, anstatt dauernd um den heißen Brei herumzufragen! Sie glauben, ich habe etwas mit dem Tod des Mannes zu tun, der von Frau Terheyde am Ende der Driving Range gefunden wurde. Wenn das die Mordwaffe sein könnte, habe ich den Mann aber wohl nicht erschossen, oder? Höchstens auf ihn *ge*schossen. Habe ich? Denn erschlagen habe ich ihn ganz sicher nicht. Und schon gar nicht mit dem Ding da.«

Schott gab auch jetzt keine Antwort.

»Jeder hätte den Golfschläger da reinlegen können. Der Kofferraumdeckel ist immer offen.«

»Wie praktisch, nicht wahr? Und was meinen Sie, wer könnte das gewesen sein? Wer hatte am Tatabend und an den Tagen davor Zugang zum Aufbewahrungsort der Golfschläger?«

»Dr. Nufer, Eddi Köster – und ich. Ein weiterer Schlüssel liegt bei der Firma S & S im Tresor. Mehr als diese vier Schlüssel gibt es meines Wissens nicht. Was ist mit dem Hausmeister? Diesem Köster?«

»Eddi Köster war zur Tatzeit nicht vor Ort und auch nicht in der Nähe, soweit wir wissen.«

»Und wie kommen Sie darauf?«

»Sein Handy war woanders eingeloggt.«

»Er kann es ja absichtlich woanders hingelegt haben.«

»Vieles ist möglich. Aber eines wissen wir genau. *Ihr* Handy befand sich ganz in der Nähe, denn es lag unter der Leiche. Und Sie behaupten, keine Kenntnis davon zu haben, wie es da hinkam. Bemerkenswert viele Erinnerungslücken, finden Sie nicht? Ein Handy unter der Leiche, ein Golfschläger im Kofferraum, gute Verbindungen nach Irland ... Dazu eine Waffe, die zu der Patrone passen würde, die wir gefunden haben. Mal ganz abgesehen von Ihrer einschlägigen Vergangenheit. Alles nur Zufälle? Würden Sie das glauben, wenn Sie an meiner Stelle wären?«

Max bekam plötzlich schreckliches Schädelweh. »So ist es aber. Ich kann mir das Ganze nicht erklären. Außerdem bin ich noch krankgeschrieben. Schwere Gehirnerschütterung. Ich habe ein Attest. Soll ich es Ihnen zeigen?«

Schott verzog leicht den Mund.

»Kann ich jetzt heim?«

Schott schaute fragend zu den drei Herren. Einer nickte. »In Ordnung, wir sind fertig mit Ihrem Auto. Wir melden uns bei Ihnen, wenn wir die Ergebnisse der Spurenauswertung haben.«

»Und wer baut mein Auto wieder zusammen?«

Schott schaute von Max zum Auto und vom Auto zu Max. »Sollen wir den Abschleppdienst anrufen?«

Max zitterte, als er zu Hause ankam. Er hatte begriffen, vieles deutete auf ihn. Iris. Warum hatte sein Gänseblümchen ihn nicht gewarnt? Wusste sie von dem Durchsuchungsbeschluss? Hatte sie ihn am Ende absichtlich ins Messer laufen lassen?

Er musste mit ihr reden. Sofort. Er zückte sein Prepaidhandy, zögerte kurz. Nein, er glaubte nicht, dass sie das abhörten. Und Iris wurde nicht überwacht. Das würde Schott nicht tun. Nicht bei ihr. Sie war eine von denen. Ein Bulle.

Eine von denen … Wie oft hatte er das früher gedacht. Bis er sie besser kennengelernt hatte.

Sie meldete sich nicht. Er überquerte die Hauptstraße und läutete an ihrer Tür. Niemand öffnete. Sie *wollte* nicht mit ihm reden. So musste es sein. Sie hatte ihn verraten.

Max ging nach Hause und versuchte, etwas Schlaf zu finden. Doch er wälzte sich bloß in seinem Bett hin und her. Hatte sie ihn verraten, ließ sie ihn im Stich? Warum war sie nicht zu sprechen? Sie hatte nicht gesagt, dass sie wegwollte. Er stand wieder auf, rief sie erneut an, sprach auf den AB: »Ruf mich an! Es ist dringend.«

Doch sie rief nicht zurück. Er versuchte es noch mal und dann noch einmal. Behielt das Telefon im Blick und schaute durch das Fenster auf die Straße, wartete auf ihre Rückkehr.

Trotzdem bekam er nicht mit, wie Iris und Sykes von ihrem Nachtspaziergang heimkehrten und ins Haus gegenüber seiner Wohnung gingen. Als das geschah, war er gerade weggenickt. Iris schaute auch nicht auf ihr Handy, das sie zu Hause vergessen hatte, sie sah also nicht, dass Max angerufen hatte. Sie war zu müde von den ganzen Schmerzmitteln und erleichtert, als sie endlich im Bett lag. Mit Sykes. Sie hatte jeden Widerstand aufgegeben, nachdem der Hund am Nachmittag in einem Anfall von Einsamkeitsangst angefangen hatte, an ihrem neuen Berberteppich, ihren Lieblingspumps, den Hausschuhen und dem Sofakissen zu nagen.

Dabei war sie nur schnell im Supermarkt gewesen, um zwanzig Dosen Hundefutter zu holen.

ELF

»Oh Sykes, gib Ruhe und leg dich wieder hin. Nur noch ein paar Minuten, ich gehe ja gleich mit dir Gassi«, murmelte Iris und versuchte, das geistige Halbschlafschlingern zu bewahren, das sie so gern mochte. Es war angenehm warm, hatte keine Schärfe. Sie fühlte, dass sie existierte, aber es gab noch nichts, was die angenehmen Gefühle störte. Sie war geschützt, ein wenig wie ein Embryo im Mutterleib.

Gassi. Ein blödes Wort, dachte Iris unwillkürlich, besonders in Verbindung mit einem so großen Hund. Zudem mochte sie keine Verniedlichungen. Obwohl sie in Baden-Württemberg lebte. Nein, wahrscheinlich deshalb. Sie dienten oft dazu, Unangenehmes weniger unangenehm klingen zu lassen, änderten aber nun mal nichts an der Sache selbst. Diese Form des Umgangs mit Realitäten mochte sie nicht. Wie schnell man doch dazu überging, blöde Worte zu benutzen, nur weil alle sich so ausdrückten. Ihr fiel aber nichts Besseres ein. Gassi also. Bis auf Weiteres. Zur Sicherheit murmelte sie es noch mal. Nur falls Sykes es noch nicht kannte. Oder sich nichts dabei dachte. »Aber später, bitte. Noch fünf Minuten. *Bitte!*«

Sykes dachte nicht daran, Ruhe zu geben. Hoch aufgerichtet saß er im Bett und winselte penetrant.

»Sykes!« Der Dösfaktor war unwiderruflich dahin.

»Wuff.«

Iris öffnete vorsichtig ein Auge. Sie vertrug keine schnellen Bewegungen am Morgen, dabei wurde ihr schlecht. Ihr Kreislauf bestand beim Aufwachen darauf, ganz unten zu sein, je früher die Morgenstunde, umso tiefer. Am liebsten schlich sie sich in den Tag. Sie schielte zum Wecker. »Oh nein, es ist *sechs* Uhr! Du bist kein Hund, du bist eine Katastrophe.«

»Wuffwuff!«

Wie durch Watte drangen in diesem Augenblick Stimmen in Iris' Wahrnehmung vor. Laute Stimmen. Sie kamen von der anderen Seite der Hauptstraße. Was war da los? Sie öffnete vorsichtig das andere Auge, griff nach dem fadenscheinigen Morgenmantel auf dem Stuhl neben dem Bett, der noch von ihrer Mutter stammte, stand auf und tapste zum Küchenfenster. Sykes tapste schwanzwedelnd mit. Iris spähte hinunter, entdeckte Männer auf der Hauptstraße. Einer davon war Trautmann. Im selben Moment schaute dieser zu ihr hoch. Er trug Handschellen. Und wurde abgeführt.

Iris stand da wie vom Donner gerührt. Ja, war denn jetzt die ganze Welt verrückt geworden? Hatte die Soko Rover nichts anderes zu tun, keine einzige andere Spur? Es war nicht zu fassen! Sie musste Felix anrufen, herausfinden, was da los war.

Es läutete Sturm an ihrer Tür, einige Sekunden später ertönte das Geräusch bei anderen Einwohnern des Hauses. Jemand musste den Türöffner gedrückt haben, denn es folgte das Hallen von Schritten im Treppenhaus. Iris seufzte und ging zur Tür. Bald darauf begriff sie, dass sich der Anruf beim Glücklichen erübrigt hatte. Felix höchstselbst, ziemlich morgenbleich, kam die Stufen hoch, direkt hinter ihm Schott. Auch er machte einen übernächtigten Eindruck.

»Sind Sie verrückt geworden?«

»Was für eine Begrüßung. Könnten wir bitte einen Kaffee bekommen?« Felix trat ein. »Wir müssen reden.«

»Und ob wir reden müssen!« Iris war ihre ganze Empörung anzuhören.

»Es gibt einiges, das Sie wissen sollten«, meldete sich Karl Schott zu Wort. »Frau Terheyde, ich weiß, Sie haben Temperament, aber ehe Sie an die Decke gehen, sollten Sie erst einmal zuhören.«

Iris betrachtete ihren langjährigen Verbindungsmann zum LKA und versuchte, ihre Empörung in den Griff zu bekommen. Was er sagte, klang vernünftig, das musste sie zugeben. Und wahrscheinlich würde sie auch mehr für Trautmann tun können, wenn sie sich kooperativ zeigte. Schott war ein Mann mit Verstand, der ebenso wie sie mehr als einmal darüber frustriert gewesen war, dass es zwar eine Rechtsprechung gab, aber damit einhergehend nicht unbedingt Gerechtigkeit. Sie waren sehr unterschiedlich in ihren Herangehensweisen bei Ermittlungen. Sie war die Instinktgesteuerte, er der Vernunftmann. Das ergänzte sich gut, weil jeder dem anderen Raum ließ. Als Pragmatiker baute er auf Fakten, aber nicht phantasielos oder gar engstirnig, er war also durchaus bereit, auf Menschen wie sie zu hören. Sie respektierte ihn. Sie wusste, das beruhte auf Gegenseitigkeit. Wenn sie beide nicht so sehr auf ihren persönlichen Fluchtraum bedacht wären, wären sie vielleicht sogar Freunde. Und wenn er jetzt hier auftauchte, mit dem Glücklichen als Geleitschutz, dann sollte sie zuhören. Sich gesprächsbereit zeigen.

Sykes lehnte sich an sie und winselte. »Oh dieser Hund, hat eine Blase wie ein Konfirmand. Also gut, reden wir. Aber vorher muss ich mit diesem Vieh hier Gassi gehen. Felix, Sie kennen sich in meiner Küche aus, Sie wissen, wo alles steht. Ich werde mir schnell was anziehen. Und dann führe ich kurz dieses Untier aus. So viel Zeit muss sein.«

»So viel Zeit habe ich nicht.« Das war Schott.

»Dann müssen Sie mitkommen.«

»Ich mache derweil Kaffee«, schlug der Glückliche vor. »Ich kann jetzt wirklich einen brauchen. Schott kann Ihnen ja alles berichten.«

Zu dritt ging es die Stufen hinab, aus der Tür und auf die Laufenburger Hauptstraße. Sykes hatte dazugelernt, er ignorierte den heiligen Nepomuk und zog Iris zielstrebig auf die Stele am Rheinufer zu. Bis dahin schwiegen sie. Iris, um wach zu werden. Schott, weil er wohl nicht wusste, wie anfangen, vermutete sie. Während Sykes sein Werk, die Stele und die Gegend beschnüffelte, setzten sich Iris und Schott wie auf ein geheimes Kommando auf die Betonstufen am Rhein.

»Also, was ist los? Warum haben Sie Trautmann festgenommen? Versuchen Sie erst gar nicht, das abzustreiten. Ich habe es gesehen.«

»So, haben Sie? Ehrlich gesagt, ich glaube nicht, dass er den Rothaarigen totgeschlagen hat. Das einmal vorweg. Aber es gibt einfach zu viele Indizien, die gegen ihn sprechen.«

»Jetzt mal langsam. Wie kommen Sie darauf?«

»Wir haben einen Golfschläger im Kofferraum von Trautmanns Wagen gefunden. Dabei handelt es sich eindeutig um die Tatwaffe. Es kleben Blut und Haare des Ermordeten dran. Und dann ist da noch Trautmanns angeblich verschwundene Waffe, gepaart mit seiner ziemlich dubiosen Vergangenheit.«

»Was ist damit?«

»Er hatte in den Achtzigern freundschaftliche Kontakte nach Irland, zu einem IRA-Mann. Das hat er zugegeben. Ganz sicher auch noch zu anderen irischen Republikanern. Vielleicht sind die ehemaligen Terroristen ja inzwischen weniger gewalttätig und haben sich ausgeklügelten Raubzügen in Museen zugewandt? Möglich, dass die Rovers auch eine solche Vergangenheit haben. Wir müssen das noch verifizieren.«

»Trautmann war nie ein Terrorist. Glauben Sie mir. Er war einfach ein naiver Weltverbesserer, der sich zeitweise mit den falschen Leuten eingelassen hat. Ich kenne ihn. Ich habe ihn im Fall Satorius genau durchleuchtet.«

»Nein, ich denke auch, er war und ist kein Terrorist. Selbst wenn uns das Wort derzeit von allen Straßenecken entgegenschallt. Ich halte nichts von der aktuellen Panikmache. Wir müssen vorsichtig sein. Ja. Gewappnet. Ja. Aber wir brauchen keine neuen, schärferen Gesetze. Wir brauchen eine bessere Vernetzung der verschiedenen Ermittlungsbehörden. National und international. Die Verbrecher haben das längst. Aber das ist meine ganz persönliche Meinung. Offiziell würde ich sie so nicht äußern. Ich sage Ihnen das auch nur, weil ich weiß, dass Sie ähnlich denken. Doch zurück zum Thema.«

Iris nickte. »Die Theorie ist also, Trautmann steckt mit den Einbrechern, die vermutlich aus Irland stammen, unter einer Decke, weil er dahin Kontakte hatte? Es kam zum Streit unter den Komplizen, und Trautmann hat einen von ihnen erschlagen. Und seine Gedächtnislücken sind nur vorgeschützt. In etwa so?« Die letzten Worte hörten sich harscher an als beabsichtigt.

»Jetzt werden Sie nicht schon wieder wütend. Was würden Sie denn denken? So viele Zufälle gibt es einfach nicht. Das wissen

Sie selbst. Und seine spärlichen Angaben über den Abend des Einbruchs sind sehr … sagen wir mal, wenig überzeugend. Er behauptet, in einem Hinterzimmer eingeschlafen zu sein, bis ein Geräusch ihn aufweckte, und dann sei er von hinten niedergeschlagen worden, nachdem er – möglicherweise – auf einen der Einbrecher geschossen hatte. Er kann sich aber nicht mehr richtig erinnern, auch nicht, ob er ihn getroffen hat. Und an sein Handy, das er angeblich vor Tagen verloren hat und das unter dem Toten gefunden wurde, muss ich Sie wohl nicht erinnern …«

»Ich glaube nie und nimmer, dass Trautmann der Komplize der Einbrecher ist.«

»Er kann einfach keine vernünftigen Erklärungen bieten. Alles, was er sagt, klingt nach Ausflüchten.«

»Aha. Und das macht ihn dann gleich zum Totschläger? Geben Sie es zu, Sie haben einfach keinen anderen greifbaren Verdächtigen. Das ist doch klar wie Kloßbrühe.« Iris begann am Nagel ihres linken Zeigefingers zu kauen. »Jemand will Trautmann was anhängen.«

»Der Verdacht kam mir auch schon. Da ist aber noch etwas anderes.«

»Und was?«

»Frau Terheyde, ich erzähle Ihnen das alles nur, weil ich davon ausgehe, dass Sie es für sich behalten und sich zudem raushalten. Also kein Gespräch mit Trautmann darüber. Schwören Sie mir das? Sonst sorge ich dafür, dass Sie wegen der Behinderung von Ermittlungen sehr viel Ärger bekommen.«

»Ich behindere hier gar nichts. Wieso sind Sie überhaupt zu mir gekommen, wenn Sie mir nicht trauen?«

»Ich kenne Sie und Ihre Sturheit. Ich mache mir Sorgen um Sie. Felix auch. Wir wissen beide, dass Sie dazu neigen, sich in Schwierigkeiten zu bringen. Felix hat mich angerufen. Und mir von Ihren Gesprächen berichtet. Auch wenn Trautmann sich noch so geläutert und harmlos gibt, er hat Erfahrung mit Waffen. Wer weiß, wozu er im Affekt fähig ist. Vielleicht auch gegen Sie.«

»Felix hat gepetzt? Der kann was erleben. Außerdem hat Max

Trautmann mir schon mal das Leben gerettet, wie Sie sehr gut wissen. Er würde mir niemals etwas tun.« Iris' Mund wurde schmal.

»Sehen Sie, das ist genau das, was ich meine. Sie können sehr uneinsichtig sein. Besonders, wenn Sie jemanden mögen. Ich schätze Ihre Loyalität. Aber seien Sie sich nicht zu sicher. Die Menschen tun manches, von dem sie selbst nicht gedacht hätten, dass sie dazu fähig sind, wenn sie sich in die Enge getrieben fühlen. Wir wissen noch immer nicht, was genau in jener Nacht im und vor dem Museum geschehen ist. Wir wissen nur, dass es einen Einbruch gab und wir einen Toten gefunden haben. Und dass immer mehr Indizien auf Trautmann hindeuten. Den Verdacht, dass es eine Verbindung zwischen dem Toten und dem Einbruch geben könnte, hatten Sie ja selbst. Und Sie haben ebenfalls selbst die Vermutung geäußert, dass auch dieses Mal der irische Clan die Finger im Spiel gehabt haben könnte. Dann finden wir heraus, dass Trautmann Beziehungen nach Irland hat, dass seine Waffe von dort stammt. Zusammen mit all dem anderen – was würden Sie denn denken, worauf das hindeutet?«

»Hindeutet, aha. Die verschwundene Waffe, der Golfschläger, Gedächtnislücken, das Handy. Das sind also die Indizien.«

»Es gibt noch mehr. Und daran haben Sie mitgewirkt. Felix hat das Foto, das Sie von dem Toten gemacht haben, an die Kollegen von Europol weitergeleitet. Heute Nacht kam die Antwort. Dort ist er bekannt. Er heißt Tom O'Toole und gehört zu den Toomsdale Tinkers. Da haben Sie Ihren irischen Clan. Es sind zwar nicht die Rathkeale Rovers, bei den Toomsdale Tinkers handelt es sich aber ebenfalls um eine Gemeinschaft von Fahrenden, und soweit wir wissen, sind die beiden Clans erbitterte Konkurrenten. Die Tinkers haben sich wie neuerdings auch die Rovers auf den Diebstahl chinesischer Artefakte spezialisiert.«

»Das ist interessant. Könnten dann nicht zwei irische Clans hier bei uns auf deutschem Boden ihre Fehde um ein größeres Stück des Kuchens ausgetragen haben? Und dabei ist ein Mensch erschlagen worden. Könnte doch sein, oder? Und Trautmann hat nichts damit zu tun.«

»Das finde *ich* dann doch etwas weit hergeholt. Alles zusammengenommen ist die Indizienkette zudem eine andere.«

»Und warum? Gibt es da noch etwas?«

»Wir haben auf der Kleidung des Toten ein Haar gefunden.«

In Iris' Augen standen hundert Fragezeichen.

»Und Hautpartikel unter seinen Fingernägeln.«

Beinahe wäre Iris damit herausgeplatzt, dass sie das schon wusste. »Und?«

»Das Haar konnten wir zuordnen.«

»Ich kann mir denken, wem es gehört.«

»Es gehört Trautmann.«

»Natürlich. Das beweist doch nichts. Es kann auf jede nur erdenkliche Weise dahin gekommen sein. Sie sagten, Sie wissen nicht genau, was in der Nacht abgelaufen ist. Vielleicht gab es ja eine Rangelei, an die Trautmann sich nicht mehr erinnert. Hautpartikel, sagten Sie. Das würde doch darauf hindeuten.«

»Die Hautpartikel konnten wir noch nicht zuordnen.«

Jetzt war Iris ganz Ohr. »Ach. Na also. Das würde für meine These sprechen. Da war jemand anders im Spiel. Haben Sie denn auch noch weitere Spuren verfolgt? Die Sicherheitsfirma mal ganz genau unter die Lupe genommen?«

»Gegen Daniel Herder, den Chef von S&S, liegt nichts vor. Absolut saubere Weste, an den Mitarbeitern sind wir noch dran, doch auch da ist bisher alles im grünen Bereich. Sie wissen vielleicht, dass ein ehemaliger Polizeikollege bei S&S arbeitet? Der hat erklärt, alle Mitarbeiter würden vor der Einstellung genau durchgecheckt. Sogar die Aushilfen werden eingehend befragt, was sie vorher gemacht haben. Diese Aussage ist absolut glaubwürdig. Wer bei einer Lüge oder einer Halbwahrheit ertappt wird, der fliegt sofort. Trautmann behauptet, dass er den Toten nicht kennt. Das war allerdings in einer früheren Vernehmung, bevor uns von Europol der Name mitgeteilt wurde. Mal sehen, was er jetzt dazu aussagt. Wir werden ihn nachher noch einmal dazu befragen, oder besser, ihn in die Mangel nehmen. Die Zeit der Rücksichtnahme ist vorbei. Er wurde nach Waldshut gebracht. Dort sitzt er jetzt in Untersuchungshaft.«

»Aha, da bin ich gespannt. Ich glaube nicht, dass er lügt. Er wird bei seiner Geschichte bleiben. Haben Sie die DNA des Chefs und der Mitarbeiter von S&S genommen? Leute, deren Mäntel zum Beispiel mal neben Trautmanns Sachen an der Garderobe gehangen und die dadurch von seinen Sachen ein Haar von ihm mitgeschleppt haben, das schließlich auf dem Toten gelandet ist?«

»*Sehr* weit hergeholt, Frau Terheyde. Das müssen Sie zugeben. Und warum sind Sie sich so sicher, dass er bei seiner Geschichte bleibt?«

»Weil es gar nicht so weit hergeholt ist. Ich habe den Verdacht, dass jemand anders lügt. Eddi Köster behauptet, der Tote sei ein Mitarbeiter des Sicherheitsunternehmens gewesen. Hat er Ihnen nichts davon gesagt?«

»Nein. Hat er nicht. Sehr interessant. Insbesondere vor dem Hintergrund unserer neuen Erkenntnisse über Tom O'Toole. Leider spricht das in meinen Augen mehr gegen als für Trautmann. Er könnte ihn gekannt haben, wenn der Tote tatsächlich für dasselbe Unternehmen gearbeitet hat.«

»Er könnte, muss aber nicht. Warum sollte er lügen? Damit würde er sich nur selbst schaden. Ich sehe da eher einen weiteren Ansatzpunkt für Ermittlungen. Warum sagt Eddi Köster das nur mir und noch dazu unter ziemlich konspirativen Umständen? Er ist hierhergekommen und wollte mich vor Trautmann warnen. Warum mich? Warum geht er nicht zur Polizei? Ich habe ihn das sogar gefragt. Er hat gesagt, er sei sich anfangs nicht sicher gewesen. Dr. Nufer habe ihn aber in seiner Ansicht bestätigt. Und jetzt werde er zur Polizei gehen. Was er bisher offensichtlich nicht getan hat. Sie müssen da weiterforschen, vielleicht auch noch mal mit Dr. Nufer reden. Was, wenn Eddi lügt? Erinnern Sie sich, da ist auch noch dieser Mann, der am Tag vor dem Einbruch in aller Herrgottsfrühe sowohl Köster als auch Dr. Nufer begegnet ist. Wurde das verifiziert? Könnte der Mann etwas mit dem Einbruch zu tun haben? Viellcicht hat er die Gegend ausspioniert und hatte sich dafür im Hotel eingemietet.«

»Die Personenbeschreibung, die Nufer und Köster uns gegeben haben, war sehr ungenau. Wir haben den Mann, um den es laut den Hotelmitarbeitern gehen könnte, unter der im Hotel angegebenen Adresse in Salzwedel noch nicht erreicht. Scheint ein Geschäftsmann zu sein, der viel unterwegs ist. Angeblich ein Außendienstmitarbeiter. Was er verkauft und für welche Firma, stand allerdings nicht in der Hotelanmeldung.«

»Spielt der Mann Golf?«

»Soweit wir wissen, nicht.«

»Aha. Nicht sicher. Scheint. Soweit wir wissen. Viele Unsicherheiten. Also gut. Gehen wir für den Moment mal davon aus, dass das, was der Mann bei der Hotelanmeldung angegeben hat, stimmt. Dann bleibt für mich nur einer übrig, der was mit dem Einbruch zu tun haben könnte. Denn Max Trautmann ist ganz sicher nicht der Mann, den Sie suchen. Er hat weder etwas mit dem Einbruch zu tun noch mit dem Toten. Ich sage Ihnen was: Jemand will Trautmann reinreiten. Und ich werde das Gefühl nicht los, dass es Köster sein könnte. Aus irgendeinem Grund, den ich nicht kenne, mauert er schon die ganze Zeit. Ist *er* derjenige, der mit den Einbrechern unter einer Decke steckt? Will er von sich ablenken? Wo kommt nebenbei der Golfschläger her?«

»Ah, deswegen haben Sie gefragt, ob der Hotelgast Golf spielt. Wie wir inzwischen herausgefunden haben, stammt der Schläger aus dem Aufbewahrungsraum beim Indoor-Golf.«

»Ich bin mir sicher, als Hausmeister hat Eddi Köster dafür einen Schlüssel. Er könnte ihn also in Trautmanns Kofferraum gelegt haben. Soweit ich weiß, ist der kaputt. Haben Sie ihn denn mal durchleuchtet, hat er womöglich auch Verbindungen nach Irland? Vielleicht war er ja nicht immer Hausmeister.«

»Ist doch Ihr Bekannter. Wissen Sie das nicht?«

»Wir kennen uns nicht so gut, als dass er mir seine ganze Lebensgeschichte erzählt hätte.«

Schott nickte. »Ich werde mich darum kümmern. Bekomme ich jetzt noch einen schnellen Kaffee? Felix und ich müssen danach gleich weiter. Wir treffen uns mit den anderen Kollegen der Soko Rover.«

Aha. Felix gehörte demnach auch zu dieser Soko. Ihm konnte sie also nicht mehr trauen, ihre Informationsquelle war damit versiegt. Aber dass Trautmann den Mann erschlagen haben und mit den Einbrechern unter einer Decke stecken sollte? Nie und nimmer. Und Felix würde sie sich noch zur Brust nehmen. Sie so zu hintergehen, zu petzen! Das verzieh sie ihm nie. »Kaffee? Bekommen Sie. Falls Felix welchen gemacht hat. Komm, Sykes.«

Sykes reagierte sofort. Sie sah nach, stellte fest, dass er keinen Haufen gemacht hatte, und war erleichtert. Sie hatte die Tüte vergessen, mit der ein korrekter Hundehalter so etwas aufsammelte. Und Hundehalterin war sie inzwischen. Irgendwie.

»Braver Hund«, sagte Schott.

»Ist er.«

Felix hatte Kaffee gemacht. Iris ignorierte ihn trotzdem, tat, als wäre er nicht da. Je mehr sie über seinen Verrat nachdachte, umso saurer wurde sie. Der Glückliche bekam noch nicht einmal ein Abschiedslächeln.

»Ich rufe Sie an«, sagte er noch schnell, ehe sie die Wohnungstür hinter ihren Besuchern schloss.

Iris setzte sich aufs Sofa, Sykes reklamierte sofort seinen Platz neben ihr. Sie nahm es kaum wahr. Fingernägelkauend dachte sie nach. Was konnte sie tun? Und wieso hatte Trautmann nach dem letzten Gespräch nichts mehr von sich hören lassen? War er völlig ahnungslos gewesen, dass sich da etwas gegen ihn zusammenbraute? Das konnte doch nicht sein. Schließlich hatten sie den Golfschläger in seinem Wagen gefunden. Und das hieß, die Soko hatte einen Durchsuchungsbeschluss gehabt. Hatte er das nicht ernst genommen? Oder hatte er sie doch angerufen? Das Handy hing noch an der Ladestation. Seit gestern. Sie stand auf und sah nach. Tatsächlich, es gab verpasste Anrufe.

Kurz darauf ließ sie das Handy sinken. Mist. Trautmann hatte gestern mehrmals versucht, sie zu erreichen. Warum zum Kuckuck hatte sie nach ihrer Heimkehr nicht aufs Handy geschaut, um nachzusehen, ob es neue Nachrichten gab? Sie konnte die Panik in seiner Stimme hören, umso deutlicher, je öfter sie seine Worte abhörte. Er hatte zu Recht das Schlimmste, nämlich seine Festnahme, befürchtet.

Iris fühlte sich, als habe sie ihn im Stich gelassen, als er sie am meisten brauchte. Und nun war es zu spät, er saß in Haft, sie konnte nicht mehr mit ihm reden. »Das wird nicht wieder passieren. Nie«, erklärte sie Sykes.

Der Hund gab ihr schwanzwedelnd recht.

»Und was machen wir nun? Noch einmal Gassi gehen? Dabei kann ich ohnehin besser nachdenken. Sobald ich die Füße bewege, gehen meine Gedanken mit. Sollte man nicht vermuten, wenn man meinen Hüftumfang so sieht, was?«

»Wuff«, befand Sykes.

»Ja, ich weiß, war ein schlechter Scherz.«

Sykes wedelte erneut, trabte in den Flur und kam mit der Leine im Maul zurück. Das Wort »Gassi« kannte er inzwischen offenbar tatsächlich.

Frau und Hund trotteten erneut die Laufenburger Hauptstraße entlang. *Same procedure.* Iris setzte sich wieder auf die Treppe am Rhein, wartete, bis Sykes sein Geschäft erledigt hatte. Dieses Mal hatte sie daran gedacht, eine Plastiktüte zwecks Entsorgung der Hundehaufen mitzunehmen. Sykes konnte große Haufen machen.

Die Rheinwellen plätscherten freundlich gegen Stufen und Steg. Doch Iris' Gemüt konnte das nicht beruhigen. Sie war sauer auf Felix, und sie machte sich Vorwürfe. Letzteres war wohl das Schlimmste, denn wenn sie ehrlich zu sich war, konnte sie das Verhalten des Glücklichen durchaus verstehen. Sie hätte vermutlich ähnlich gehandelt.

Also gut. Sie brauchten einen anderen Ermittlungsansatz. Einen erfolgversprechenden. In der Frage des ominösen Hotelgastes würde sie kaum mehr herausfinden können als die Kollegen. Welche Möglichkeiten hatte sie noch? S & S. Die Firma war einfach zu gut, um wahr zu sein. Dort arbeitete auch ein ehemaliger Kriminalkommissar, kein Wunder also, dass Schott der Überzeugung war, dort gehe alles mit rechten Dingen zu. Trautmann hatte gesagt, er kenne den Rothaarigen nicht. Sie glaubte ihm. Bei S & S musste man ihn aber kennen, falls stimmte, was Eddi gesagt hatte.

Was konnte sie tun? Sie musste Trautmann aus der U-Haft holen. Er würde dort mit der Zeit eingehen wie eine Primel. Er wirkte zwar wie ein großer, gemütlicher Bär, doch hinter dieser Fassade verbarg sich ein sensibler Mensch mit vielen Unsicherheiten und einem unbändigen Gerechtigkeitssinn. Er hasste es zudem, eingesperrt zu sein. Als Erstes würde sie ihm einen guten Anwalt besorgen. Oder besser eine Anwältin. Sie kannte Olga Tschertschenko aus früheren Gerichtsverfahren, in denen sie als Zeugin ausgesagt hatte. Sie war eine gute Strafverteidigerin. Vor allem immer gut vorbereitet, sie arbeitete sich akribisch in die Fälle ein.

Olga, Tochter einer deutschstämmigen Übersiedlerfamilie aus der Ukraine, war in Deutschland geboren und deutsche Staatsbürgerin, Spross einer Familie also, die Krieg, Vertreibung, Hoffnungslosigkeit und Tod miterlebt hatte. So etwas prägte. Vielleicht nahm sie die Sache mit der ausgleichenden Gerechtigkeit aus diesem Grund nicht so locker wie manche ihrer Kollegen. Sie engagierte sich zudem im Weißen Ring.

Zurück in ihrer Wohnung rief sie Olga Tschertschenko an. Die war nicht begeistert. Weil sie Mandanten auch mal ehrenamtlich verteidigte, war sie immer gut ausgelastet. Ein Problem hatte sie zudem damit, dass Trautmann nichts von Iris' Aktion wusste. Aber Iris ließ sich nicht abwimmeln, erklärte, sie sei im Nebenberuf ab und an Detektivin, arbeite mit Trautmann zusammen und werde mithelfen und eigenständige Recherchen anstellen, um ihn zu entlasten. Sie sei fest von seiner Unschuld überzeugt. Letztlich erklärte sich Olga Tschertschenko bereit, sich zumindest mal mit Trautmann zu unterhalten.

Iris' nächster Anruf galt dem Glücklichen. Auf dem Privathandy. Sie ließ ihm kaum die Zeit, sie zu begrüßen. »Sie hätten mir sagen müssen, dass Sie für die Soko Rover arbeiten.«

»Das kam auch für mich überraschend. Ich wurde kurzerhand hinzubeordert. Ich habe gute Kontakte zu den Kollegen bei Europol und Interpol, von denen wir jetzt profitieren können. Eine internationale Dimension des Falles liegt ja durchaus im Bereich des Wahrscheinlichen.«

»Warum wurde Trautmann dann verhaftet?«

»Der steckt da irgendwie mit drin. Auch er hat ja internationale Kontakte. Aber mehr sage ich jetzt nicht dazu.«

»Müssen Sie auch nicht. Aber ich hätte schon erwartet, dass Sie mir gegenüber mit offenen Karten spielen.

»Halten Sie sich raus.«

»Sie sind mir noch eine Antwort schuldig. Was haben die Recherchen bezüglich des Chips ergeben?«

»Der Hund gehört einer Familie namens Barnacle.«

»Das weiß ich schon, habe ich Ihnen selbst gesagt.«

»Na, dann brauchen Sie mich ja nicht weiter.«

»Ich weiß auch, dass der Tote Tom O'Toole heißt und zu den Toomsdale Tinkers gehört, die in Konkurrenz zu den Rathkeale Rovers stehen. Beide Clans sind derzeit an wertvollen chinesischen Artefakten interessiert. Was ich aber noch nicht weiß: Hat dieser O'Toole was mit den Barnacles zu tun?«

»Wenn Sie versprechen, sich rauszuhalten, beantworte ich Ihnen diese letzte Frage.«

Iris murmelte etwas Unbestimmtes.

Der Glückliche seufzte. »Also gut. Er scheint ein Bekannter der Familie zu sein. Jedenfalls hat er den Hund nicht gestohlen. Die Ermittlungen zu seinem sonstigen Hintergrund laufen noch. So. Jetzt ist aber genug.«

»Hat dieser Tom Dingsbums was mit S & S zu tun?«

»Ich sagte doch, jetzt ist genug.«

»Und so was nennt sich Freund.«

»Ich nenne mich nicht Freund. Ich *bin* einer. Deswegen wiederhole ich meinen guten Rat: Halten Sie sich raus. Endgültig.«

Iris dachte nicht daran, sich rauszuhalten. Wenn sie keine Antworten bekam, würde sie selbst nachforschen. Wozu war sie schließlich speziell für Undercovereinsätze ausgebildet worden? Annette Groß. Ein hübscher Name, fand sie. Sie googelte die Telefonnummer von Safe & Solid. Sollte sie gleich nach Tom O'Toole fragen? Nein, besser nicht. Erst mal langsam anpirschen. Das machte sie besser in einem persönlichen Gespräch, dann konnte sie ihrem Gegenüber ins Gesicht schauen. Die Körpersprache verriet viel.

»S & S, Sicherheit fürs Leben, Betty Bider am Telefon. Wie kann ich Ihnen helfen?«

Die Stimme klang sympathisch, fand Iris. Sie meinte, einen leichten Akzent auszumachen. Vielleicht kam diese Frau Bider aus den neuen Bundesländern. Viele von dort hatte es in den vergangenen Jahren an den Hochrhein gezogen. Baden-Württemberg punktete mit wirtschaftlicher Stärke, der Mittelstand bot viele Arbeitsplätze. Die Grenznähe ebenfalls. Besonders gut gezahlt wurde in der Schweiz. Das kam auch Firmen wie S & S zugute, unter solchen Umständen gab es einiges zu bewachen. »Mein Name ist Annette Groß. Ich bin vor Kurzem in die Gegend gezogen. Wissen Sie, es gibt immer mehr Einbrüche …«

»Ja, und so wenige davon werden aufgeklärt«, assistierte Betty Bider freundlich. »Viele unserer Kunden haben damit ein Problem. Tatsächlich hat sich die Zahl von 2015 auf 2016 nahezu verdoppelt. Trotz der vor einigen Jahren eingerichteten Einsatzgruppe Einbruch, die es im Landkreis Waldshut gibt. Im Landkreis Lörrach ist die Zahl der durchreisenden Täter größer, die spielen in Waldshut keine so große Rolle. Wo leben Sie, wenn ich fragen darf?«

Iris entschied sich, auf die letzte Frage keine Antwort zu geben. »Ja, also, ich bin Witwe. Nicht unvermögend, wenn ich das so sagen darf.«

»Und nun befürchten Sie, dass das Einbrecher anlocken könnte.«

»Ja, das ist das eine. Das andere, ich glaube nicht, dass Überwachungstechnik allein wirklich sicher ist …«

»Nun, das kann ich gut verstehen. Menschen sehen manchmal mehr als Kameras, können ungewöhnliche Anzeichen interpretieren, was eine Kamera nun mal nicht kann. Der menschliche Faktor ist in diesem Gewerbe immens wichtig.«

»Ich bin so froh, dass Sie das sagen. Ich dachte schon, Sie halten mich für einen Angsthasen.«

»Oh nein, ganz sicher nicht. Sie stehen mit dieser Ansicht

nicht allein, glauben Sie mir. Aber weil wir schon beim menschlichen Faktor sind, was halten Sie davon, wenn Sie einfach mal bei uns vorbeikommen? Dann können Sie uns besser kennenlernen und entscheiden, ob Sie Ihren Schutz jemandem von S&S anvertrauen wollen. Denn das ist schon eine Frage des Vertrauens, zumal wir ja auch in Ihr Haus kommen müssen, um uns einen Überblick zu verschaffen.«

»Oh ja, ich glaube, das werde ich tun. Ich will aber erst noch mal darüber nachdenken.«

»Tun Sie das. Sie sind immer herzlich willkommen. Und Sie werden sehen, es ist auch weniger kostspielig, als Sie jetzt vielleicht denken.«

»Das ist es nicht. Geld spielt keine Rolle. Ich würde mir nur gern noch andere Unternehmen dieser Art anschauen.«

Die Frau namens Betty Bider lachte fröhlich, keineswegs pikiert. »Tun Sie das. Natürlich. Es muss ja auch die Chemie stimmen.«

Iris lehnte sich zufrieden zurück. Der Anfang war gemacht. Jetzt galt es, einen weiteren Anruf zu tätigen. Sie wollte mit den Barnacles reden. Stanton Road, Limerick. Die Telefonnummer müsste doch rauszufinden sein. »Sykes, jetzt musst du gut aufpassen«, erklärte sie. »Jetzt rede ich mit den Leuten, denen du angeblich gehörst. Mal sehen, was die dazu sagen, dass du bei mir bist.«

Sie fand die Nummer. Es tutete ausländisch. Eine Frauenstimme meldete sich, wie in englischsprachigen Ländern üblich, ohne einen Namen zu nennen.

Iris versuchte sich in holprigem Englisch, erklärte, wer sie war und dass sie einen Irischen Wolfshund gefunden hatte, dessen Chip besagte, dass er einer Familie namens Barnacle gehöre. Ob das sein könne?

Die Antwort war Stille.

»Hallo?«

Eine Frauenstimme mit einem deutlichen irischen Akzent bestätigte, dass sie da war. Und dass sie Iris' Anruf ziemlich seltsam fand.

Seltsam? Was war daran seltsam?

Wieder herrschte einen Moment lang Stille. Dann erfuhr Iris, dass sich die Polizei tags zuvor bei den Barnacles erkundigt hatte, ob sie jemanden namens Tom O'Toole kennen würden.

Iris war ganz aufmerksam. Die Barnacles waren nach O'Toole gefragt worden; das versprach interessant zu werden. »Und, kennen Sie ihn?«, hakte sie nach.

Statt einer Antwort wollte Iris' Gesprächspartnerin wissen, woher sie den Wolfshund hatte.

Wo sie den Hund herhatte? Immer langsam. Sie wich aus und teilte der irischen Dame stattdessen mit, dass sie den Hund Sykes getauft hatte. Und dass er ein ausgesprochen freundliches Tier sei.

Die Antwort verstand Iris nicht sofort, erfuhr aber auf Nachfrage, dass der Name des Hundes Jerry war.

Jerry also. Und gehörte er nun der Familie?

Die Antwort war kryptisch: nicht wirklich.

Was sollte das denn heißen? Iris erkundigte sich noch einmal und erfuhr: Der Hund gehörte eigentlich besagtem Tom O'Toole, der ein Untermieter der Barnacles gewesen war. Tom und Jerry. Das passte. Mrs. Barnacle ergänzte, O'Toole sei seit einigen Wochen verschwunden. Ob Iris wisse, wo er sei? Ob ihm etwas passiert sei?

Dazu könne sie nichts sagen, erwiderte Iris. Und dann schilderte sie die Umstände ihres ersten Treffens mit Sykes/Jerry. Den Toten erwähnte sie nicht.

»Mike, sie haben Jerry in Deutschland gefunden«, rief Mrs. Barnacle jemandem zu.

»Was zum Teufel macht der Hund in Deutschland?«, entgegnete eine Männerstimme.

»Vielleicht ist Tom da auch irgendwo«, antwortete Mrs. Barnacle.

Ja, Tom O'Toole war tatsächlich irgendwo in Deutschland. Iris hätte das bestätigen können, tat es aber nicht. Ob sie vielleicht besser zur Polizei gehen sollten, um ihren Untermieter als vermisst zu melden, fragte Mrs. Barnacle sie verunsichert. Bisher hätten sie und ihr Mann das nicht getan. Tom sei schließlich vierzig Jahre alt und damit erwachsen, er sei auch früher schon mal länger weg gewesen. Aber inzwischen mache sie sich Sorgen. Was denn mit dem Hund sei? Nur falls Tom O'Toole verschwunden bliebe? So langsam befürchte sie, dass ihm etwas geschehen sein könnte.

Iris murmelte etwas. Und fragte dann auf Englisch, ob das Ehepaar den Hund denn gern wieder in Irland hätte.

Mrs. Barnacle lachte leise. Iris mochte dieses Lachen. »Ja, gern«, lautete die Antwort. Iris erfuhr, dass die Enkelkinder der Barnacles das Kalb liebten. Ob sie nicht vielleicht samt Hund nach Irland kommen wolle, um ihn zu ihnen zu bringen? Freunde von Jerry seien auch ihre Freunde.

Iris fand die Idee gut und sagte das auch. Aber jetzt werde sie erst einmal versuchen herauszufinden, was mit Tom O'Toole geschehen sei, ergänzte sie. Was, wie sie fand, zumindest keine Lüge war. Sie versprach, sich wieder zu melden, sobald sie Näheres wisse. Dann legte sie auf.

Gut. Jetzt war sie einen Schritt weiter. Iris schaute auf die Uhr. Es war bereits Nachmittag. Kaum zu glauben. Ob sie nach Waldshut zu dieser Sicherheitsfirma fahren sollte? »Was meinst du, Sykes?«

Der Hund stimmte zu, indem er wedelte.

»Dann müsste ich mal den Kleiderschrank durchforsten. Ich glaube, da sind noch ein paar alte Sachen von meiner Mutter drin. Ich hätte sie längst wegwerfen sollen. Aber man weiß ja nie, wozu man so etwas mal brauchen kann, was?«

»Wuff.«

Iris schaute zweifelnd auf den Hund. »Vielleicht ist es besser, ich lasse dich erst mal hier. Weißt du was, ich werde dich einfach zur Driving Range bringen. Zu Eddi Köster. Wenn es sich ergibt, kann ich ihm gleichzeitig noch etwas auf den Zahn fühlen. Außerdem hat er ja auch eine gewisse Verantwortung für dich, schließlich haben wir dich zusammen gefunden.«

»Wuff.«

»Vorher anrufen? Hm. Nein, ich denke, es ist besser, wir tauchen da einfach auf. Dann wird er es nicht schaffen, uns abzuwimmeln.«

Sykes wedelte.

Er wedelte auch noch, als Eddi Köster wenig begeistert auf die Ankömmlinge reagierte, argumentierte, er sei schließlich hier, um zu arbeiten. Er bekomme sein Geld für seine Tätigkeit als Platzwart und Hausmeister und nicht als Hundesitter. »Außerdem sehen Sie irgendwie komisch aus«, fügte er an.

Das wusste Iris selbst. Die Kleider ihrer Mutter standen ihr nicht besonders. Sie wies auf die dunkelgrau drohenden Blumenkohlwolken, die inzwischen am Himmel aufgezogen waren, und beschloss, das Auf-den-Zahn-Fühlen zu verschieben. »Erstens sehe ich niemanden auf der Driving Range, den Sie betreuen müssen. Zweitens kommt gleich ein Gewitter. Sie müssen also sowieso rein. Und da können Sie Sykes auch mitnehmen. Vielleicht gefallen ihm ja die ganzen toten Tiere im Museum. Solange Sie ihn nicht allein lassen, ist er total brav. Sie *müssen* einfach. Ich habe einen Termin, zu dem ich ihn nicht mitnehmen kann. Einen wichtigen Termin. Vielleicht finde ich etwas mehr über diesen Toten heraus. Das dürfte doch auch in Ihrem Interesse und im Interesse Ihres Chefs sein. Ich bin außerdem bald wieder da.

»Dürfen Sie denn so einfach eigene Ermittlungen anstellen?« Eddi schaute skeptisch. Sehr skeptisch. Skeptischer als nötig, fand Iris.

»Die können ja mal versuchen, mich dran zu hindern«, meinte sie grimmig.

»Wuff«, erklärte Sykes.

Das oder der Grimm in Iris' Stimme schien Eddi Köster zu überzeugen. »Also gut. Eine Stunde.«

»Anderthalb«, erwiderte Iris. »Eine Stunde brauche ich schon nach Waldshut und wieder zurück. Wenn es auf der B 34 keinen Stau gibt.«

»So, Sie müssen nach Waldshut? Was wollen Sie denn da?«

Doch Iris hatte sich schon abgewandt und war auf dem Weg zu ihrem gelben Twingo. Eddi bekam keine Antwort.

ZWÖLF

Betty Bider war eine rotbäckige, ansonsten eher bleichhäutige, sommersprossige, gefärbte Schwarzhaarige. Ihr Gesicht wirkte wie das einer Frau, die im Leben wenig ausgelassen hatte. So um die dreißig vielleicht? Jedenfalls jünger als sie selbst, aber schwer einzuschätzen, befand Iris, als sie etwas genervt von den ewigen Staus auf der B 34 bei S & S eintrudelte. Trotz ihrer leicht verlebten Züge wirkte die Sekretärin jedoch ebenso sympathisch, wie sie am Telefon geklungen hatte. Sie saß am Computer, der auf einem Schreibtisch hinter dem Empfangstresen stand, als Iris unter dem Gebimmel der Türglocke eintrat. Alles im Empfangszimmer war in Hellgrau gehalten. Grau scheint die Farbe der Zeit zu sein, dachte Iris unwillkürlich. Andererseits strichen viele Menschen ihre Häuser in sehr bunten Farben, Rot, Orange, Blau, zumindest von außen, so als wollten sie einen Gegenakzent zum inneren Grau setzen. »Mein Name ist Groß, ich hatte –«

»Ja, ich weiß schon, wir haben telefoniert. So schnell hatte ich nicht mit Ihnen gerechnet.« Betty Bider stand auf, ging um den Tresen herum und streckte ihr die Hand entgegen. »Schön, dass Sie den Weg zu uns gefunden haben, Frau Groß. Es ist immer besser, sich von Angesicht zu Angesicht zu unterhalten. Schließlich geht es ja um Vertrauen.«

Iris nickte, zückte die kleine alte Großmutterhandtasche aus dem mütterlichen Erbe, so eine mit Bügelgriff, und kramte ein von Häkelspitzen umrahmtes Taschentuch hervor. Damit tupfte sie sich zunächst die Region unter den Augen ab, dann prustete sie hinein und fragte sich im selben Moment, ob sie nicht zu dick auftrug. Doch ein schneller Blick in Betty Biders Gesicht überzeugte sie, dass dem nicht so war. In den blassblauen Augen las sie nichts als Mitgefühl.

»Oh, Sie hatten wohl einen schlimmen Verlust zu verkraften. Wenn ich mich recht erinnere, dann sagten Sie am Telefon, dass

Sie erst kürzlich in diese Gegend gezogen sind. Hängt es damit zusammen? Wenn Sie darüber reden wollen …«

Iris versenkte kurz das Gesicht im Taschentuch. Dann schüttelte sie den Kopf. »Mein Mann, wissen Sie. Wir waren zwanzig Jahre verheiratet. Es ist so schwer, und alles muss ich jetzt allein –«

»Nein, nicht alles. Wir helfen Ihnen. Der Chef ist heute nicht da, sonst könnten Sie gleich mit ihm selbst reden. Wir sollten einen Termin für eine Hausbesichtigung machen. Aber das sagte ich ja schon am Telefon.«

»Sie sind so mitfühlend«, entgegnete Iris schniefend. »Danke, das tut so gut.« Sie machte eine Kunstpause, um ihre Worte besser wirken zu lassen. »Ich habe da, ich weiß gar nicht mehr, wer mir das gesagt hat, wissen Sie, ich bin so furchtbar durcheinander, jedenfalls habe ich von einem Wachmann gehört, der für Ihr Unternehmen arbeitet, also nur Gutes. Wäre es möglich, ihn mal kennenzulernen?«

»Aber sicher. Wir legen größten Wert darauf, dass die Chemie zwischen unseren Leuten und unseren Klienten stimmt. Wie heißt er denn?«

»Ich … Moment, es war ein ausländischer Name. Tom. Ja, Tom O'Toole. Könnte ich mal mit ihm sprechen? Ich meine, vielleicht …«

Die Temperatur im Raum sank um gefühlte zehn Grad.

»Da müssen Sie sich täuschen. Für uns arbeitet kein Tom O'Toole«, antwortete Betty Bider schließlich. Sie wirkte angefasst.

Iris riss die Augen auf. »Oh, habe ich etwas Falsches gesagt? Ich dachte, ich meinte, also … ich war mir sicher. Bei Ihnen arbeitet wirklich kein Tom O'Toole? Rothaarig, knapp eins achtzig, so um die vierzig Jahre alt?«

»Das würde ich wissen.«

»Hm, dann Entschuldigung. Da habe ich wohl was verwechselt. Also ich komme dann noch mal wieder, wenn der Chef da ist.«

»Tun Sie das«, sagte Betty Bider.

Aber hallo, dachte Iris. Da stimmte etwas ganz entschieden nicht. Seltsames Benehmen. Erst die Freundlichkeit in Person, und kaum kam die Sprache auf Tom O'Toole, holte Betty Bider das Eis hervor. Kalt wie eine Hundeschnauze. Nun gut, es bestand ja immer noch die Möglichkeit, dass Eddi Köster gelogen hatte und der Tote gar kein Mitarbeiter von S & S gewesen war. Zumindest bei ihm würde sie sich jetzt Klarheit verschaffen, herausfinden, ob er log oder nicht log.

Auf der Fahrt nach Bad Säckingen, genau auf der Höhe der Zufahrt zur Laufenburger Altstadt, prasselte das Gewitter los. Iris wurde es ziemlich mulmig, so wild zuckten die Blitze, so tief und gefährlich grollte der anschließende Donner. Glücklicherweise war das Faltdach des Twingos dicht. Als sie auf den Parkplatz der Golf- und Freizeitwelt Hochrhein einbog, riss der Himmel bereits wieder auf. Der Duft von kürzlich gemähtem Gras stieg ihr in die Nase, die Luft war so klar, wie sie es nur nach einem Regenschauer sein kann.

Eddi war nirgends zu entdecken. Also rief sie ihn auf dem Handy an.

»Sykes und ich sind im Restaurant neben der Driving Range«, bekam sie zu hören.

»Fein, ich komme.«

Sykes wedelte heftig und fiepte glücklich, als Iris zur Tür hereinkam.

»Alles gut gegangen? Braver Hund«, meinte sie und tätschelte den großen grauen Kopf. »Er heißt Jerry«, verkündete sie dann. »Ich habe mit … seinen Besitzern in Irland telefoniert.«

Eddi schaute irritiert.

»Ja, aber ich habe entschieden, dass ich ihn weiter Sykes nenne.«

Eddi schaute noch immer irritiert.

»Ist was, ist was passiert?«

»Nein, alles in Ordnung.«

»Das ist schön. Übrigens war ich gerade bei S & S. Ich habe mich nach dem Toten erkundigt, der dort gearbeitet haben soll, wie Sie sagen. Aber dort ist er unbekannt.«

»Das kann nicht sein. Mit wem haben Sie denn gesprochen?«

»Mit einer Frau namens Betty Bider.«

»Aha«, sagte Eddi. Dann nichts mehr. Er widmete sich seinem Bier. Das Glas war noch halb voll, kurz danach nicht mehr.

Iris war nicht bereit aufzugeben. »Was soll das heißen, ›aha‹? – Bedienung, für mich bitte auch ein Bier. Ein kleines Pils.«

»Nichts. – Ich hätte auch gern noch eins.«

»Wie, nichts? Kennen Sie diese Betty Bider? Sympathische Person. Aber dass sie Tom O'Toole nicht kennt, obwohl Sie doch gesagt haben, er würde bei S & S arbeiten, ist schon seltsam. Sie schauen so komisch. Was ist? Sie kennen sie.«

Eddi nickte. Die beiden Biere kamen. Eddi trank. Iris auch.

»Raus mit der Sprache. Wir kennen uns nicht sonderlich gut, aber gut genug. Ich weiß, dass hier etwas nicht stimmt.«

»Halten Sie sich raus«, knurrte Eddi.

»Da sind Sie nicht der Einzige, der das gern hätte. Vergessen Sie's«, war die scharfe Antwort.

Pause. Erneut sank der Spiegel in den Gläsern.

Iris schaute erwartungsvoll.

»Also gut. Also Betty und ich – jedenfalls, ja, es stimmt, sie ist sehr sympathisch.«

»Sie haben sich Hoffnungen gemacht?«

Eddi nickte, er wirkte jetzt irgendwie bedröppelt. »Ja, aber …«

»Sie wollte nicht?«

»Da war dieser Rothaarige. Sie waren ein Liebespaar, glaube ich. Ich habe einmal gesehen, wie sie ihn umarmt hat.«

»Der Tote? Sie kannten ihn?«

»Ich war mir nicht sicher, als wir ihn gefunden haben. Ich habe ihn nur dieses eine Mal gesehen.«

»Das stimmt nicht. Ich habe Ihnen das Foto gezeigt.«

»Ja, aber … ich weiß auch nicht.«

»Aha. Und jetzt sind Sie sicher?«

»Ja, inzwischen. Ich glaube, das Verhältnis ist in die Brüche gegangen. Betty hat gesagt, er ist weg.«

»Hat sie Ihnen gesagt, wie er hieß?«

Eddi schaute unglücklich. »Nein, hat sie nicht. Nur, dass er auch bei S & S arbeiten würde.

»Und weshalb hat er damit aufgehört und ist weg?«

»Könnte mir vorstellen, er war gefrustet. Na, sie hat sich lieber den Chef von S & S geschnappt, diesen Daniel Herder. Lackaffe. Die Frauen scheinen auf ihn zu fliegen.«

»Das klingt aber eher nach Berechnung denn nach Liebe«, stellte Iris fest und trank ihr Bier aus. »Weiß die Polizei davon?«

Eddi schüttelte den Kopf.

»Wieso nicht?«

»Na ja, ich meine, ich dachte ...«

»Sie haben befürchtet, dass die Polizei Ihnen die gleichen Fragen stellt wie ich, und es war Ihnen peinlich, zuzugeben, dass Sie abgewiesen worden sind?«

»So in etwa.« Es klang kläglich.

Iris fand das einleuchtend und stand auf. Kurz darauf stand auch Sykes. »Sie sollten zur Polizei gehen. Sie *müssen* denen das sagen. Ich übernehme die Rechnung. Danke, dass Sie auf den Hund aufgepasst haben.«

Eddi nickte. Iris marschierte zum Tresen und bezahlte. Ehe sie zur Tür des Restaurants hinausging, drehte sie sich noch einmal um, um ihm zuzuwinken. Eddi hatte offenbar nicht damit gerechnet und nicht die Zeit, sein Mienenspiel zu korrigieren. In seinen Augen lag ein seltsamer Ausdruck. Irgendwie feindselig, fand Iris.

Als sie und Sykes gerade losgefahren waren, klingelte das Handy. Mangels Freisprecheinrichtung im Auto rief Iris zurück, sobald sie zu Hause war. Sie erkannte die Telefonnummer nicht sofort. Es war die von Olga Tschertschenko.

»Gut, dass Sie so schnell zurückrufen«, sagte sie zur Begrüßung.

»Was ist los?«

»Herr Trautmann will sich nicht von mir helfen lassen. Er hat mich weggeschickt mit der Begründung, er sei unschuldig, er brauche keinen Anwalt. Ich schicke Ihnen dann meine Rechnung.«

»Tun Sie das«, sagte Iris völlig perplex und beendete das Gespräch. Dieser sture, dämliche, alte … Dann fluchte sie lange. Und sehr laut.

Sykes erschrak sich und fing an zu winseln.

DREIZEHN

»Jetzt geben Sie es endlich zu! Leugnen hilft auch nichts. Sie sind keineswegs der harmlose Kerl, als der sie sich so gern gerieren, der harmlose Schreiberling, aus dessen Büchern nichts wurde, sondern ein Mann mit einer geheimen Vergangenheit als gewalttätiger, skrupelloser Killer. Palästina, RAF, IRA – eine beeindruckende Karriere! Wir haben eine Aussage, die das untermauert. Und jetzt haben Sie hier bei uns zugeschlagen. Im eigentlichen Sinn des Wortes.« Karl Schott wurde selten wütend, ließ sich im Allgemeinen keine Gefühle anmerken. Doch an diesem Tag tat er es.

»Das stimmt nicht! Wie um Himmels willen kommen Sie darauf?« Max hatte zunächst nicht glauben können, was er da hörte. Doch Schott blieb dabei, sooft er es auch abstritt. Gleichzeitig wollte er nicht damit herausrücken, wie er zu dieser Erkenntnis kam. Er schaute in die Gesichter der Männer, die ihm gegenübersaßen. Felix, der Glückliche, Cyberfreak und Internetfachmann. Karl Schott vom Landeskriminalamt und sein Kollege Schütte vom Verfassungsschutz. Alle kannte er durch Iris.

»Nun hören Sie endlich auf, alles abzustreiten!« Schott brüllte inzwischen.

Max überlegte fieberhaft, wer dieser ominöse Zeuge sein mochte. War jemand aus seiner Vergangenheit aufgetaucht? Nicht einmal das Gänseblümchen wusste alles. Am meisten hatte er noch Daniel Herder von S&S erzählt. Der Mann war ein ehemaliger Militär, hatte bei Frontex gearbeitet und Max überhaupt nur *wegen*, nicht *trotz* seiner Erfahrungen eingestellt. Obwohl er zu Recht eingewandt hatte, er sei eigentlich zu alt und wirke ziemlich untrainiert. Herder wusste aber auch, dass Taktik und Gelassenheit in brenzligen Situationen mindestens ebenso wichtig waren wie Körperkraft. Es wäre wohl besser gewesen, zu schweigen. Das hatte er hinterher noch oft gedacht. Doch er hatte diesen Job unbedingt haben wollen, das war seine letzte

Chance, das Geld für die größere Wohnung zusammenzubekommen. Den Traum, mit Büchern Geld zu verdienen, hatte er längst begraben.

Der Mensch war schon ein seltsames Wesen. Die Sehnsucht konnte manchmal jede Vernunft aushebeln. Also war er das Risiko, diese Wette auf das Schicksal, eingegangen und hatte Herder im Vertrauen mehr von sich erzählt, als unter normalen Umständen über seine Lippen gekommen wäre. Nichts Schriftliches natürlich. Hatte er sich verzockt? Aber Herder konnte eigentlich nicht der besagte Zeuge sein. Er kannte keine Details bezüglich der unerwähnten Zeit in seinem Lebenslauf. Palästina, ja, darüber hatten sie geredet. Aber nicht über die RAF. Und Irland? Herder hatte ihn nach weiteren Auslandsaufenthalten gefragt. Da war Irland zur Sprache gekommen, aber ebenfalls ohne Details. Da Herder auch schon da gewesen war und die Insel mochte, hatten sie sich kurz über Land und Leute unterhalten. Ganz harmlos. Wie kamen sie also auf die RAF und darauf, dass er im Irlandkrieg Menschen getötet hatte? Da wollte ihm jemand den Rest geben. Deckel auf, rein in den Sarg und Deckel zu.

»Wer auch immer dieser Zeuge sein mag, er lügt! Ich war niemals Mitglied der RAF. Und ich habe nie in Irland für die IRA gekämpft. Das habe ich Ihnen schon mehrfach gesagt. Ich wollte in Irland ein Buch schreiben.«

Schott schien sich zusammenreißen zu müssen, um nicht wieder loszuschreien. Er lehnte sich mit verkniffenem Gesicht zurück. Inzwischen bereute Max Trautmann, die Anwältin fortgeschickt zu haben.

Schott und Schütte. Schütte, der Leutselige, der keinem Klischee entsprach – von wegen verspiegelte Sonnenbrille, Schlapphut und Regenmantel. Er pflegte Scherzchen zu machen und präsentierte sich als gemütlicher Zeitgenosse. Doch mit ihm war nicht zu spaßen, das wusste Max. Sie kannten sich seit der Suche nach dem »Wächter«, einem Bombenleger, der gedroht hatte, bekannte Politiker, darunter Günther Oettinger, in die Luft zu sprengen, weil ihm deren Umweltpolitik nicht gefiel.

»Mehr haben Sie nicht dazu zu sagen?«, fragte jetzt Schütte. »Es wäre besser, Sie geben alles zu. Unsere Quelle ist glaubwürdig, das kann ich Ihnen versichern.«

Max beschloss, es mit Ausweichen zu versuchen. Er war so unendlich müde, brauchte Zeit, um darüber nachzudenken, was diese mysteriösen Anschuldigungen für ihn bedeuten könnten. »Was hat der Einbruch ins Museum eigentlich mit dem Verfassungsschutz zu tun?«, fragte er also.

»Ich bin nicht mehr beim Verfassungsschutz, sondern bei Interpol. Über diese Vernehmung werde ich aber auch den Kollegen vom Verfassungsschutz berichten.«

Max wurde mulmig. Er versuchte sich an einem schiefen Grinsen. »Ja, wir entwickeln uns alle weiter. Jetzt erinnere ich mich, Sie haben maßgeblich zur Aufklärung der Rhinohorn-Diebstähle beigetragen. Nun sind Sie also bei Interpol.«

»Lenken Sie nicht ab. Wir wissen sicher und gegenüber unserem Zeugen von Ihnen bestätigt, dass Sie ein RAF-Sympathisant waren. Und dass Sie sich in Palästina zum Kämpfer ausbilden ließen. Sie sind Sie ein Gewalttäter, ein Guerilla-Söldner und Hemingway-Verschnitt, aber ein ziemlich erbärmlicher. Er hat es mit ›Wem die Stunde schlägt‹ wenigstens noch geschafft, ein Buch über seinen Einsatz im Spanischen Bürgerkrieg zu schreiben. Wurden Sie dadurch inspiriert? Kommen Sie schon, geben Sie es zu.«

»Sie sind kein Träumer, sondern ein Gefährder«, attestierte nun Martin Felix. »Ein Mann, dem ein Mord wie der, in dem wir ermitteln, durchaus zuzutrauen ist. Und Sie haben ein Motiv. Ich sage Ihnen, warum Sie den Mann umgebracht haben. Der Tote war Ire. Er hat schon in ganz jungen Jahren für die IRA gekämpft und getötet. Genau wie Sie. Er hat Sie wiedererkannt. Er wusste, wer Sie hinter dieser harmlosen Fassade wirklich sind. Darum haben Sie ihn umgebracht. Hat er gedroht, Sie auffliegen zu lassen? Hat er Sie erpresst? Wollte er Geld? Oder was wollte er sonst? Sollten Sie für ihn ins Museum einbrechen, und dann ging was schief?«

Dieser Vorwurf war zu kurios. Max lachte auf. »Das ist absurd. Schauen Sie mich doch an! Dicke Wampe, kaum noch Haare, keine Kondition, ohne meine Brille sehe ich fast nichts. Und sollte ich tatsächlich so ein ausgebuffter Verbrecher und Mörder sein, wie Sie behaupten, dann lasse ich sicher nicht mein Handy unter einem Toten liegen oder fahre mit einer Tatwaffe im Kofferraum herum. Wie blöd muss man denn da sein?«

»Wir haben, was das angeht, andere – und sehr belastbare – Erkenntnisse. Sie waren etwa achtzehn Jahre alt, als Sie über Ihre Mitgliedschaft in der RAF zu den Palästinensern ins Ausbildungscamp kamen. Später sind sie dann nach Irland, um beim Bürgerkrieg mitzumischen, und haben da gemordet.«

»Wo haben Sie das bloß her? Das stimmt nicht. Ja, ich war in Palästina. Ja, ich war in einem Ausbildungscamp. Mit achtzehn, nach dem Abitur. Aber ich war *nie* Mitglied der RAF! Ich gebe es ja zu, als Teenager habe ich mit allen sympathisiert, die versprachen, aus dieser Welt eine bessere, gerechtere, solidarischere zu machen, anfangs sogar mit Ulrike Meinhof, Andreas Baader, selbst mit dem Sozialismus. Das mag heutzutage anachronistisch klingen. Aber mehr war da nicht. Schauen Sie in Ihre Datenbank. Es wird in keinem Land der Welt nach mir gefahndet. Und dann war ich angeblich auch noch ein Kämpfer in Irland? Das ist wirklich so was von absurd. Ich weiß nicht, woher Sie diese kruden Erkenntnisse haben, aber so war es definitiv nicht. Ich war in Irland. Ja. Um ein Buch zu schreiben. Gemordet habe ich dort sicherlich nicht. Womit hätte mich der Mann, den ich angeblich ermordet haben soll, also erpressen sollen? Ich habe ihn in meinem ganzen Leben noch nie gesehen.«

»Trautmann, hören Sie endlich auf mit den Spielchen. Geben Sie es schon zu, Sie haben den Mann umgebracht. Um Ihre gewalttätige Vergangenheit, insbesondere Ihre Zeit als Kämpfer für die IRA, zu vertuschen.«

»Ich fasse es nicht! Ich gebe gar nichts zu. Ich will einen Anwalt.«

»Sie hatten eine Anwältin und haben sie weggeschickt. Wenn wir das richtig sehen, wurde sie von Frau Terheyde beauftragt.

Warum haben Sie sie weggeschickt? Weiß Frau Terheyde eigentlich von den dunklen Stellen in Ihrem Lebenslauf?«

Was sollte das? Zogen sie jetzt auch noch das Gänseblümchen mit hinein? »Bei mir gibt es keine dunklen Stellen, Ich habe Ihnen alles erzählt, was es über meine Vergangenheit zu wissen gibt. Und ich habe niemanden umgebracht.«

»Also wirklich, für wie dumm halten Sie uns? Sie haben den Mann erkannt, als er bei Ihnen beziehungsweise bei S&S auftauchte. Und er Sie. Dann hat er versucht, Sie zu erpressen. Hat er doch, nicht wahr?«

Max schüttelte entgeistert den Kopf. »Sie können das so lange wiederholen, wie Sie wollen. Es wird trotzdem nicht wahr.«

»Wie gesagt, Leugnen wird Ihnen auch nicht weiterhelfen. Es passt alles. Tom O'Toole hätte Sie auffliegen lassen können, also brachten Sie ihn um. Sie sind ein Terrorist. Und ein Mörder.«

Max war so perplex über die Absurdität dieser Anschuldigungen, dass er nichts mehr zu sagen wusste außer: »Eigentlich sah mein Plan ja vor, das Bad Säckinger Wildlife-Museum in die Luft zu sprengen. Weil mich der Rothaarige aber daran hindern wollte, habe ich ihn umgebracht. Hat Ihr ominöser Zeuge Ihnen vielleicht auch noch weisgemacht, dass ich inzwischen zum Islam konvertiert bin? Ich fasse es nicht. Wo haben Sie diese Märchen her?«

»Das werden wir Ihnen bestimmt nicht verraten«, erwiderte Schütte. »Frau Terheyde hat schon bei den Ermittlungen im Fall Satorius vermutet, dass Sie jede Menge zu verschweigen haben. Wieso haben Sie die Anwältin weggeschickt?«

»Erstens, weil ich mir keiner Schuld bewusst bin. Zweitens: Sie glauben doch nicht etwa, dass ich eine Anwältin akzeptiere, die quasi von einer von Ihnen geschickt worden ist? Hier werden Tatsachen verdreht und mit unwahren Behauptungen und Bruchstücken meiner Vita zusammengerührt, um ein Mordmotiv für mich zu konstruieren. Jemand will mich reinlegen. Ob Sie es glauben oder nicht. Und ich habe keine Ahnung, warum.«

Die Herren standen auf. »Nun gut, Herr Trautmann. Sie wollen es ja nicht anders. Wie es aussieht, werden Sie in Untersuchungshaft bleiben. Ich glaube kaum, dass der Untersuchungsrichter Sie beim Haftprüfungstermin wieder gehen lässt. Aber wir sind ein Rechtsstaat. Sie sollen Ihren Anwalt bekommen. Wünschen Sie einen Pflichtverteidiger?«

»Nein, nur die Möglichkeit, ein Telefonat zu führen.« Max war sich sicher, dass alles ein großer Irrtum war. Aber wer war dieser ominöse Zeuge?

Der gewährte Anruf ging ins Leere. Iris hatte das Telefonklingeln nicht gehört. Sie war gerade unterwegs zu Eddi Köster gewesen, um Sykes abzuholen. Als sie wieder zu Hause war und den AB abhörte, setzte sie sich sofort mit Olga Tschertschenko in Verbindung. Die versprach nach einigem Zögern, sich noch einmal mit Max Trautmann zu beschäftigen.

In dieser Nacht schlief Max Trautmann kaum. Und das lag nicht nur an der harten Pritsche im Untersuchungsgefängnis.

VIERZEHN

Schon die Art des Läutens machte Iris klar, dass hier etwas im Argen lag. Stakkato, ungeduldig, drängend. Da wusste jemand, dass sie zu Hause war. Und so, wie sie ihre Kollegen kannte, war das einer von ihnen. Womöglich wurde sie beschattet. Sie hatte Urlaub, hätte also durchaus mit Sykes unterwegs sein können. Doch wer immer da draußen stand, im Frühtau noch dazu, der glaubte nicht an diese Möglichkeit. Tot stellen half offenbar nichts.

Das Läuten hörte nicht auf. Jetzt fing Sykes an zu bellen. »Psst«, machte Iris und legte den Finger auf die Lippen. Sie brauchte Zeit zum Nachdenken. Außerdem war ihr nicht nach irgendwelchen Standpauken. Doch Sykes bellte weiter, um zu verscheuchen, wer auch immer dort draußen stand. Er erreichte aber vermutlich das Gegenteil. Jetzt konnte sie nicht mehr so tun, als sei sie nicht daheim.

Iris seufzte. Sie war unausgeschlafen, fühlte sich wie gerädert, hatte die ganze Nacht überlegt, wie zustande gekommen sein könnte, was man Trautmann zur Last legte. Absurde Behauptungen. Er war ja alles Mögliche, aber ein Terrorist und Mörder war er nicht. Ganz sicher nicht. Wer hatte die Aussage gemacht, die angeblich untermauerte, dass er ein Terrorist sein sollte, und zwar einer mit einer ganz beachtlichen Laufbahn? Und warum hatte dieser Jemand sich überhaupt die Mühe gemacht? Um von sich selbst abzulenken? Das war die wahrscheinlichste Variante. Aber wer? Eddi? Nein. Der wusste zu wenig von Trautmann, um Wahrheit und Fiktion vermischen zu können. Damit schied er aber auch aus den Reihen der Verdächtigen aus. Es sei denn, er hatte Komplizen.

Nun, einen Schritt nach dem anderen. Erst mal die erste Frage klären. Wer konnte so etwas tun und diese gefälschten Informationen dann der Polizei zuspielen? Ihr fiel nur eine einzige mögliche Quelle ein: S & S. Die hatten mit Sicherheit einen Lebenslauf von Trautmann in ihren Personalunterlagen. Dort arbeitete zwar ein ehemaliger Polizist, der Stein und Bein zu schwören schien, dass die Firma koscher war. Es könnte unter den Sicherheitsdienstkollegen aber sicher den einen oder anderen geben, der von sich ablenken wollte. Unschuldslämmer waren die Leute in diesem Job fast alle nicht, auch wenn Schott und Co. bisher keine Hinweise darauf gefunden hatten. Aber die Überprüfung der Mitarbeiter lief ja noch.

Je länger Iris darüber nachdachte, umso sicherer wurde sie. Da war zum Beispiel die Sekretärin. Dass diese Betty Bider behauptet hatte, Tom O'Toole nicht zu kennen, war ohnehin merkwürdig, gelinde gesagt. Zumindest, wenn Eddi die Wahrheit gesagt hatte.

Na, dem würde sie auf den Grund gehen. Vielleicht sollte sie noch einmal in der Niederlassung vorbeischauen, aber dieses Mal mit Sykes. Wenn Tom O'Toole sein Herrchen gewesen war und bei S & S gearbeitet hatte, kannte Sykes möglicherweise auch Betty. Es sei denn, die erlaubten dort keine Hunde. Betty Bider. War *sie* am Ende bei ihr eingebrochen, um Sykes zu töten? Nein, dann hätte sie vermutlich gewusst, wer sie war, und sofort gemerkt, dass sie unter falschem Namen auftrat, dass die Geschichte von der reichen Witwe erfunden war. Wenn sie andererseits mit Sykes dorthin ging und Betty den Hund kannte, bestand ebenso die Gefahr, dass sie aufflog. Doch auch das bedeutete Erkenntnisgewinn, und der war keinesfalls zu verachten.

Bei diesem Stand der Überlegungen hämmerte jemand an ihre Wohnungstür. »Frau Terheyde! Machen Sie auf!«

Das war Schotts Stimme.

»Ja, machen Sie auf, damit hier endlich Ruhe ist!«

Das war die Nachbarin.

Iris streifte sich den Morgenrock über, ging zur Tür und öffnete sie einen Spalt. »Was wollen Sie?«

Schott sah eindeutig missgelaunt aus. »Lassen Sie mich rein. Ich muss mit Ihnen sprechen.«

»Aber ich nicht mit Ihnen.«

»Ich kann Ihnen nur raten, mich reinzulassen. In Ihrem eigenen Interesse. Vor allem aber, wenn Ihnen etwas an Max Trautmann liegt.«

Das half. »Also gut. Ich sehe schon an Ihrem Gesicht, das gibt ein Gewitter. Kaffee, wie gehabt?« Sie zog die Tür auf und ließ ihn eintreten.

Es gab ein Gewitter. Allerdings wurde es nicht ganz so laut wie befürchtet. Der Kaffee schien Schotts Zorn zu dämpfen, Iris beschloss, sich das zu merken. Zur Sicherheit servierte sie noch Kekse. Trockene. Aber immerhin.

»Ich bin wütend auf Sie, wissen Sie das?«, begann Schott. »Sie sollten sich raushalten. Und was tun Sie? Ermitteln. Was haben Sie gestern bei S & S gemacht?«

»Woher wissen Sie, dass ich dort war?«

»Das fragen Sie mich doch jetzt nicht im Ernst, oder? Es ist bekannt, dass Sie Trautmann nahestehen. Wundert es Sie wirklich, dass nun alle hoffen, durch Sie zu mehr Informationen über ihn zu kommen? Sagen wir es mal so: Wir behalten Sie im Auge. Und wie Sie sich vielleicht denken können, haben wir aufgrund unserer Ermittlungen auch einen regen Kontakt zu S & S. Da erfahren wir so einiges.«

»Wie bitte? Ich bin eine Kollegin, oder? Mit mir kann man reden. Das darf doch nicht wahr sein, dass jetzt schon die eigenen Leute bespitzelt werden«, entgegnete Iris schmallippig.

»Das haben Sie sich selbst zuzuschreiben und Ihrer Sturheit. Aber für einen gewissen Verdächtigen kann das vielleicht sogar positiv sein. Man kann mit Ihnen reden, sagen Sie? Also gut, ich frage Sie jetzt ganz direkt. Was haben Sie bei S & S gemacht? Und was genau wissen Sie noch über Trautmanns Vergangenheit, außer dass er in einem Palästinensercamp war?«

Iris spürte, wie Wut in ihr hochstieg. Was glaubten die eigentlich, wer sie war? Sie stand auf der Seite der Guten. Und sie hatte noch niemals jemandem Anlass gegeben, darüber zu spekulieren, ob sie vielleicht die Seiten gewechselt hatte. Am liebsten wäre sie Schott an die Gurgel gegangen. Er war allerdings nur der Überbringer der schlechten Nachricht. Trotzdem stellte sich ihr irgendwie die Frage, ob sie bei so einem Verein überhaupt noch bleiben wollte. Im Auge behalten, hatte er gesagt. Die bespitzelten die eigenen Leute!

Positiv sein kann … Die Worte schickten unverdrossen versöhnliche Signale an ihren Verstand. Es bestand demnach Hoffnung. Sie wusste, es war vernünftiger, sich wieder zu beruhigen. Auch wenn es schwerfiel. Besser, sie ging auch hier eins nach dem anderen an. Die Frage nach ihrer eigenen Zukunft würde sie sich später stellen. Jetzt drehte sich erst einmal alles um Trautmann. Sie konnte nicht mit Sicherheit sagen, ob Schott von Trautmanns Nachricht auf ihrem AB wusste. Klar war allerdings, dass sie über das, was sie ihm vorwarfen, noch nicht persönlich mit Trautmann geredet haben konnte, denn er war ja in Untersuchungshaft. Da kam sie nicht so einfach an ihn heran. Also erst einmal abwarten, was sich durch das Gespräch ergab.

Iris machte ein möglichst erstauntes Gesicht und quittierte Schotts Frage mit dem unschuldigsten Augenaufschlag, der ihr zur Verfügung stand. »Palästina? Darüber hatten wir doch neulich schon gesprochen. Da war er noch jung, und er ist, glaube ich, auch nicht lange geblieben, sondern recht bald wieder abgehauen. Weil ihm das, was er da vorfand, nicht gefiel.«

»Und sonst? Was wissen Sie sonst? Hat er danach bei der IRA mitgekämpft? Gehörte er zur RAF? Hat er mit denen terroristische Aktionen durchgeführt?«

»Na, jetzt servieren Sie aber die volle Pulle. Nie und nimmer. Ich kenne Trautmann, seit ich ein Teenager war, sogar noch länger. Er ist keiner, der sich leicht in militaristisch organisierte Strukturen einbinden lässt. Das war früher schon so, und ich wüsste nicht, dass es ein Ereignis gab, das das geändert haben könnte. IRA, RAF, das kann nicht sein. Wo haben Sie diese Verschwörungstheorien bloß her?«

»Es gibt starke Indizien dafür.«

»Lächerlich. Und was hat das alles mit dem Toten und dem Einbruch zu tun?«

Schott ließ sich nicht aus dem Konzept bringen. »Wissen Sie davon, dass er in Irland war?«

»Ja, wieso? Er hat es irgendwann mal erwähnt, aber nur ganz nebenbei, und das ist auch schon eine Weile her. Er wollte da ein Buch schreiben – über die irische Freiheitsbewegung und so. Ist aber nie etwas draus geworden. Hat er was anderes erzählt?«

»Nicht direkt. Und wann war das?«

Iris runzelte die Stirn. »Fragen stellen Sie! Na ja, Sie werden Ihre Gründe haben. Lassen Sie mich überlegen. Ich bin zunächst auf die Laufenburger Hans-Thoma-Realschule gegangen, war nur die letzten drei Klassen in Bad Säckingen. Nein, da war er schon weg. Und danach ...« Sie brach ab. »Warum? Wieso wollen Sie das so genau wissen? Und was soll das überhaupt mit Irland? Was hat das mit unserem Fall zu tun?«

»Wir haben eine Aussage, der zufolge er nach seiner Rückkehr aus Palästina in Berlin war, als Mitglied der RAF. Außerdem hat er für die IRA gekämpft. Daher hat er wohl auch seine Waffe. Die Geschichte mit dem Buch ist demnach eine Erfindung.«

»Meinen wir beide denselben Trautmann?«

»Davon gehe ich aus. Aber nein, er sagt nichts anderes. Er leugnet alles. Bis auf die Ausbildung in Palästina.«

»Na also. Er und die RAF? Lächerlich. Ebenso die Geschichte mit der IRA. Nie und nimmer.« Sie schaute Schott geradeheraus an.

»Wussten Sie denn immer, wo er gerade steckte und was er gemacht hat?«

Iris musste zugeben, dass sie ihn nach seinem Schulabgang für einige Jahre aus den Augen verloren und erst bei den Ermittlungen zum Fall Satorius wiedergetroffen hatte.

»Sie wissen es auch nicht genau, sehen Sie!«

Sie ließ sich nicht irritieren. »Das glaube ich nie und nimmer. Gibt es denn nicht irgendwelche Leute, die bestätigen können, wo er in der fraglichen Zeit war? Zum Beispiel ehemalige Klassenkameraden?«

»Die suchen wir gerade. Das dauert ein bisschen.«

»Und was ist bis dahin?«

»Wir können nicht ausschließen, dass Trautmann ein Terrorist und ein äußerst gewaltbereiter Mann ist, der bisher nur noch nicht erwischt wurde. Und er hat laut unserem Zeugen ein ziemlich plausibles Mordmotiv. Es passt alles zusammen.«

Iris war so entgeistert, dass ihr der Mund offen stehen blieb. »Der Zeuge spinnt. Und Sie spinnen auch. Ich glaube, ich bin im falschen Film.«

Das kam anscheinend so überzeugt, dass Schott schmunzeln musste. »Wissen Sie was«, sagte er, »eigentlich hoffe ich das. Wir haben ihn ziemlich unter Druck gesetzt. Er ist nicht eingeknickt, hat sich auch nicht in Widersprüche verwickelt. Aber es gibt nun mal durchaus ernst zu nehmende Hinweise auf dunkle Episoden in seiner Vergangenheit.«

»Und von wem? Darf ich das nun endlich erfahren?«

»Das dürfen Sie nicht. Aber wir müssen dem nachgehen. Und Sie wussten schon davon, als ich kam, geben Sie es zu. Ich sehe es ihnen an.«

»Haha, sehr lustig. ›Ich sehe es Ihnen an‹! Was soll das? Sie hören Trautmanns Telefonate ab. Ich sehe *Ihnen* an, dass sie das tun. Ja, ich wusste davon. Trautmann hat es mir erzählt, genauer, auf meinen AB gesprochen. Ich kann Ihnen wirklich nur raten, werfen Sie diese merkwürdigen Erkenntnisse in den Papierkorb. Sie wissen selbst, dass die Dinge manchmal nicht so sind, wie sie auf den ersten Blick erscheinen. Da kommt eins zum anderen, ein falscher Zungenschlag, eine Aussage mit verdrehten Fakten, und schon ergibt sich ein unzutreffendes Bild, steht ein Mann im Verdacht, ein Terrorist zu sein. Oder ein Mörder. Das ist nichts als gequirlte Sch… als gequirlter Mist.«

»Ich wiederhole mich, unsere Quelle sagt etwas anderes. Und wir sehen keinen Grund, warum diese Person lügen sollte. Es sei denn, Ihnen fällt einer ein?«

Iris begann, am Nagel des rechten Ringfingers zu kauen. Sie trank einen Schluck Kaffee. Ihre Kehle fühlte sich plötzlich staubtrocken an. »Ja, genau das ist die entscheidende Frage.«

Es läutete erneut. Sykes, der bisher brav zu ihren Füßen gelegen hatte, richtete sich auf. Iris stöhnte. »Heute geht es hier mal wieder zu wie im Bahnhof.« Sie ging zur Tür, gefolgt von Sykes, und drückte den Buzzer.

»Wuff«, erklärte Sykes.

Iris tätschelte ihm den Kopf. »Ruhig, das ist vielleicht ein Freund. Zumindest hoffe ich das.«

Martin Felix kam die Treppe hoch. Iris bat den Glücklichen mürrisch herein. Sie hatte noch nicht entschieden, ob er tatsächlich weiterhin als Freund zu betrachten war. Sie verstand zwar, dass er mit den anderen Mitgliedern der Soko Rover über ihre Unterhaltungen gesprochen hatte, trotzdem war sie sauer.

»Ich muss mit Ihnen reden.« Felix stapfte, ohne eine weitere Einladung abzuwarten, an Iris vorbei ins Wohnzimmer, pflanzte sich in einen der beiden englisch geblümten Sessel und schaute zum ebenso gestylten Sofa. »Ah, Schott. Sie sind auch schon hier?«

»Wie Sie sehen.«

Felix musterte Iris, die sich nun in den anderen Sessel setzte. Die zog noch immer ein mürrisches Gesicht. »Jetzt kriegen Sie sich mal wieder ein. Ich habe Sie nicht verraten. Im Gegenteil. Und ich habe etwas herausgefunden, das Sie interessieren könnte. Ich stehe auf Ihrer Seite.«

Iris' Miene hellte sich etwas auf. »Diese angeblichen Jahre als Terrorist und dann auch noch der Mordverdacht … das ist der größte Mumpitz, von dem ich jemals gehört habe«, erklärte sie.

»Dennoch können wir nicht einfach so tun, als gäbe es diese Hinweise nicht«, wandte Schott ein weiteres Mal ein. »Nicht solange wir sie nicht widerlegen können.«

»So ist es. Aber ich habe etwas herausgefunden, das Frau Terheyde und Sie sehr interessieren wird.«

»Dann raus damit«, grollte Iris, »oder wollen Sie mir mal wieder erklären, dass Sie mir das nicht sagen dürfen, weil es sich um laufende Ermittlungen handelt?«

Der Glückliche schaute zu Schott, Schott schaute mit ernstem Gesicht zurück. Dann nickte er.

»Es gibt dem Anschein nach tatsächlich eine Person, die ein Interesse haben könnte, von sich abzulenken.«

Iris war ganz Ohr.

»Ich habe mal meine Quellen angezapft, mich im Darknet als

Vietnamese ausgegeben, der dringend auf der Suche nach Rhinopulver ist, um seine Potenz aufzumöbeln. Ja, Herr Schott, ich weiß, das war nicht abgesprochen. Aber die Rechnung ist aufgegangen. Es hat sich ein Tom O'Toole gemeldet und mir das Pulver zum Verkauf angeboten. Da O'Toole aber, wie wir ohne jeden Zweifel wissen, mausetot ist, muss jemand anders seinen Namen benutzt haben. Und fragen Sie mich jetzt bitte nicht, wie ich das herausgefunden habe, es hat mich viel Zeit gekostet und war auch nicht ganz ... nun ja. Jedenfalls, ich weiß, wer es war. Am Ende bin ich nämlich auf einem Server gelandet, der von einem Provider in Irland betrieben wird.«

Zwei Augenpaare schauten erwartungsvoll.

Der Glückliche kräuselte die Nase und sog die Luft ein. »Hm, riecht gut nach Kaffee hier. Bekomme ich auch einen?«

Iris war in Windeseile in der Küche und mit einem Kaffee wieder zurück.

Martin Felix genoss die Situation sichtlich, entschied sich dann aber angesichts von Iris' Miene, mit der Sprache herauszurücken. »Natürlich kann, wer immer sich mir gegenüber als O'Toole ausgegeben hat, von überall auf der Welt auf diesen Server zugreifen.«

»Was ist daran jetzt die weltbewegende Erkenntnis?«

»Die irische Kontonummer, auf die das Geld gehen sollte.«

»Uuuuund?«

»Das Konto gehört einer gewissen Betty O'Toole.«

»Betty?«

»Ja, Betty. Und jetzt kommt's, ich habe ein bisschen über sie recherchiert. Diese Betty O'Toole hat eine Strafakte. Nichts Gravierendes, also keine Kapitalverbrechen oder so. Aber immerhin: Urkundenfälschung, Heiratsschwindel, solche Sachen. Sie gehört zu den nordirischen Toomsdale Tinkers.«

»Ah, zum Konkurrenzclan der Rathkeale Rovers«, sagte Schott.

»Genau wie ihr Bruder, Tom O'Toole.«

»Aber hallo«, sagte Iris.

Felix grinste und trank seinen ersten Schluck Kaffee. »Schade, schon kalt. Na ja, jedenfalls bin ich bei meinen Recherchen auch auf ein Bild der Dame gestoßen. Und was meinen Sie, wem sie ähnlich sieht? Es liegt gewissermaßen auf der Hand, schließlich haben sie auch denselben Vornamen.«

»Na so was, noch eine Betty. Oder wohl doch eher dieselbe«, sagte jetzt Schott. »Die Sekretärin von S & S ist also die Schwester dieses Tom O'Toole. Das könnte passen.«

Felix nickte.

»Was hat Daniel Herder dazu gesagt? Schott meinte, Sie stünden in regem Kontakt«, stellte Iris fest.

»Er weiß es noch nicht. Aber ja, wir haben einen sehr intensiven Austausch. Herder ist kooperativ. Natürlich. Er ist daran interessiert, den guten Namen seiner Firma zu schützen. Zuletzt ging es um die Klärung der Frage, ob es in der jüngsten Zeit bei weiteren Klienten Einbrüche gab. Was nicht der Fall war. Er hilft uns auch bei der Suche nach Leuten, die in der Vergangenheit für ihn gearbeitet haben und demnach nicht auf der Liste der aktuellen Mitarbeiter stehen, die er uns gegeben hat. Das ist die nächste Neuigkeit. Hat der Kollege Schott schon was dazu gesagt?« Felix schaute zu ihm. Schott schüttelte den Kopf. »Darf ich?«

Schott nickte.

»Gut, also: Dabei sind wir auf den Namen Fred Bider gestoßen.«

»Ach was. Irgendwie verwandt oder verschwägert mit Betty O'Toole alias Bider?«

»Daniel Herder gegenüber hat sie behauptet, er sei ihr Ex-Mann, als er vorletzten Monat in Waldshut auftauchte und einen Job suchte. Freundschaftliche Trennung und so. Bider war nicht lange da, nur einige Wochen. In der Personalakte mit dem Namen Fred Bider haben wir jedoch kein Foto gefunden. Unsere Unterhaltung mit Herder war übrigens auch darüber hinaus ausgesprochen aufschlussreich. Es stellte sich raus, dass er private und sehr detaillierte Aufzeichnungen über seine Mitarbeiter geführt hat. Gesprächsnotizen und solche Dinge. Mit Datum und Uhrzeit. Da geht es um Interna, die nicht in den offiziellen

Personalakten stehen. Der Mann ist sehr akribisch. Das erleichtert uns die Ermittlungen natürlich.«

Schott schaute zu Iris, denn sie schien etwas sagen zu wollen, ließ es dann jedoch.

»Eddi Köster hat Tom O'Toole für einen Mitarbeiter bei S & S und Bettys Geliebten gehalten«, fuhr Felix fort. »Obwohl sie und Herder abgestritten haben, einen Tom O'Toole zu kennen. Es gibt bei S & S auch tatsächlich keine Personalakte über einen Mann mit diesem Namen. Inzwischen hat Betty Bider aber wohl mit ihrem Chef angebandelt. Der ist bis über beide Ohren verliebt in sie und vertraut ihr völlig. Aufgrund meiner jüngsten Recherchen bin ich zu der Überzeugung gekommen, dass Bider und besagter Tom ein und dieselbe Figur sind.«

»Ohne Foto können wir das jedoch nicht verifizieren«, wandte Schott ein.

Felix grinste nacheinander Schott und Iris an. »Das ist ja meine Neuigkeit. Ich habe mir erlaubt, eine Anfrage an einen mir bekannten irischen Kollegen zu richten, inoffiziell. Und bingo, er hat ein Foto geschickt. Von einem Mann, der unter dem Namen Fred Bider in Irland vor einigen Jahren unangenehm aufgefallen ist. Die Aufnahme stammt von einer Frau, die sich in ihn verliebt hatte. Und schließlich Anzeige wegen Heiratsschwindel gegen ihn erstattet hat. Da es sich um eine nationale Angelegenheit handelte, erfuhr Europol nichts davon, die damit befassten Kollegen sahen jedenfalls keinen Grund, es weiterzugeben. Lange Rede, kurzer Sinn: Hinter dem Namen Fred Bider verbirgt sich – Tom O'Toole. Tom und Betty O'Toole sind sicher Geschwister, und sie reisen mit gefälschten Ausweisen. Der Grund, warum sie sich bei S & S eingeschlichen haben, ist damit klar. Dort ist es einfach, für die Toomsdale Tinkers an Informationen darüber zu kommen, wo es Wertvolles zu stehlen gibt. Sie nehmen prompt das Museum ins Visier. Beim Einbruch kommt es zum Streit, der Bruder will vielleicht aussteigen oder fällt sonst wie aus der Rolle und wird umgebracht. Ehe Betty jedoch Zeit hat, die Personalakte Fred Bider verschwinden zu lassen, tauchen wir auf, das Foto hat sie wahrscheinlich gerade noch entfernt.«

Schott nickte. »Die Anfrage in Irland hätten Sie ruhig mit mir absprechen können, Kollege. Aber nun gut, es bringt uns weiter. Und es fügt sich ins Gesamtbild. Wir haben bei der Durchsuchung von Trautmanns Wohnung und seinem Computer zwar nichts gefunden, was seine Angaben stützt, aber eben auch nicht den geringsten Hinweis darauf, dass er seinen Lebenslauf gefälscht hat.«

Iris hörte ihm nur mit halbem Ohr zu. Die nach außen so sympathische Betty. Schau, schau. Das passte tatsächlich gut ins Bild. War wohl doch kein ostdeutscher Akzent gewesen, den sie bei ihr herausgehört hatte, sondern eher ein irischer. Hatte die dralle Sekretärin am Ende gar den eigenen Bruder erschlagen? Nein, der Rechtsmediziner hatte erklärt, dass es aufgrund der Wucht des Schlages ein Mann gewesen sein musste. Doch da war noch etwas, das Schott gesagt hatte. Es gab bei S & S private Aufzeichnungen des Chefs. Natürlich auch über Trautmann! Da konnte sie ansetzen.

Sykes winselte. Iris kannte dieses Winseln. Er musste mal, er wollte raus. Sie stand vom Sofa auf. In derselben Sekunde schälte sich aus dem Durcheinander ihrer Überlegungen, wie sie Trautmann aus dem Gefängnis holen konnte, ein Entschluss. Sie kannte dieses Kribbeln im Bauch, das immer dann einsetzte, wenn sie einen Weg einschlug, der das Versprechen des Erfolgs in sich barg. Ihr Herz schlug schneller.

»Frau Terheyde. Ich sehe es Ihnen an, Sie brüten etwas aus. Wo wollen Sie hin?«

Iris schaute zu Schott. »Sykes. Er muss mal. Ich, also …«

»Raus damit. Wir kennen uns schon lange. Und ich weiß, dass Sie bei einer unklaren Gemengelage oft richtiggelegen haben, öfter als ich. Das wissen wir, was, Felix?«

Der Glückliche nickte. »Das wissen wir.«

Es ist gut, Freunde zu haben, dachte Iris. Auf einmal war die Welt wieder ein Stück weit in Ordnung.

»Sie müssen nicht immer die einsame Streiterin für Recht und Gerechtigkeit geben«, fügte Felix an.

Iris lachte lauthals. Ein Teil des Drucks, der auf ihr lastete, wich. Ihre Mauer aus Einsamkeit bröckelte, ließ Luft hindurch, sie atmete leichter. »Können Sie Gedanken lesen?«

»Nun, was haben Sie im Sinn? Bitte vertrauen Sie uns. Ich musste Sie davon abhalten, sich einzumischen, das wissen Sie. Und natürlich musste Felix mit mir über Ihre eigenmächtigen Vorstöße reden. Dennoch, wir meinen es gut mit Ihnen. Die Sturheit, die Sie mal wieder an den Tag legen, zeigt uns, dass wir auch mal nach links und rechts schauen müssen. Selbst dann, wenn alle Indizien eine andere Sprache sprechen. Wir denken inzwischen auch, dass an Ihrer Theorie etwas dran sein muss.«

»Welche Theorie?«

»Jetzt schauen Sie doch nicht so verblüfft. Sie benehmen sich, als glaubten Sie, Trautmann sei unschuldig in diesen ganzen Schlamassel geraten. Und als er drin war, versuchte jemand, ihn Stück für Stück noch weiter hineinzumanövrieren. Das haben Sie deutlich genug zum Ausdruck gebracht.«

Iris schaute von einem zum anderen. »Ja, so ist es.«

»Und wo suchen wir nun den oder die Schuldigen?«, fragte der Glückliche.

Sie kaute am Nagel des kleinen Fingers ihrer linken Hand. Schott und Felix grinsten und warfen sich einen vielsagenden Blick zu, so als wollten sie sagen: Schau, die kaut Nägel, also denkt sie. Iris ließ die Hand sinken. »Ehrlich gesagt, ich weiß es nicht. Nicht genau jedenfalls, aber ich habe tatsächlich eine Theorie. Sie hängt mit dem Hund zusammen. Sykes. Ist allerdings noch ziemlich unausgegoren. Erzähle ich Ihnen, wenn ich mit dem Hund Gassi war. Der muss wirklich dringend.«

»Wuff.« Der Wolfshund winselte erneut und richtete sich auf. Sie tätschelte seinen Kopf. Dabei betrachtete sie die Kollegen, und in ihrem Inneren breitete sich ein warmes Gefühl aus. Sie waren gar nicht so uneinsichtig. Im wirklichen Leben gab es, anders als in Fernsehkrimis, auch einsichtige Vorgesetzte und Kollegen. Solche, die zuhörten, keine entführten Kinder oder drogensüchtigen Ehefrauen hatten und auch nicht in ständigem Clinch mit den Kollegen lagen. Sie hatte diese Form des Drehbuchs ohnehin langsam satt. Obwohl sie zugeben musste, dass dergleichen natürlich auch existierte. Dennoch hatte sie so eine Ahnung, dass sie drauf und dran war, mal wieder unvernünftig zu agieren und sie ein weiteres Mal zu vergrätzen. Sie musste Zeit gewinnen. Überlegen. Mal vorher überlegen, nicht erst danach. Jemand versuchte, Trautmann reinzureiten. Und seit gerade eben hatte sie eine Vermutung, wer das sein könnte. Aber eines war ebenso glasklar: Die Kollegen mauerten nach wie vor. Die Informationen, die sie ihr zukommen ließen, waren keineswegs uneigennützig, sie sollten vor allem dazu beitragen, Informationen von ihr zu bekommen.

»Ich mache mir Sorgen um Sie«, sagte Felix in Iris' Gedanken hinein. »Was, wenn noch einmal jemand versucht, bei Ihnen einzubrechen und den Hund umzubringen?« Er schüttelte den Kopf. »Ich habe kein gutes Gefühl. Am Ende kommen Sie auch noch zu Schaden. Wer so etwas tut, muss ziemlich verzweifelt sein. Und den Hund aus irgendeinem Grund fürchten. Deshalb haben Schott und ich einen Plan geschmiedet.«

Iris horchte auf. Ihr schwante Übles. »Plan? Was für einen Plan?«

»Der Hund bringt Sie in Gefahr. Weiß der Kuckuck, wie viele Clanmitglieder hier bei uns operieren. Ich habe mitbekommen, dass die irischen Teerkolonnen wieder in Aktion sein sollen. Es gab sogar schon eine Warnung in »WISO«, der Fernsehsendung. Die Rathkeale Rovers hatten sich darauf spezialisiert, wie wir aus der Vergangenheit wissen. Vielleicht sind dieses Mal Leute von den Toomsdale Tinkers unterwegs, dann wäre unsere Betty nicht allein.«

»Sülzen Sie nicht, Felix. Was für ein Plan?« Iris wurde immer mulmiger. »Außerdem brauchen Sie sich keine Sorgen zu machen. Soweit wir wissen, gab es weder bei den Aktionen der Rovers noch bei denen der Tinkers bisher Verletzte oder Tote. Die Clans scheinen nicht zu Gewalt zu neigen.«

Jetzt griff Schott ein. »Nichts da, Frau Terheyde. So etwas ändert sich, wenn Menschen unter Druck geraten. Das müssten Sie wissen. Sie brauchen Schutz. Kollege Felix könnte sich vorstellen, sich für eine Weile bei Ihnen einzuquartieren, nicht wahr, Felix?«

»Könnte ich.«

»Sie wollen mich bloß noch besser überwachen können. Da bin ich dagegen!«

»Sie brauchen aber Schutz«, beharrte Schott.

Iris begriff, sie kam nicht drum herum. Am besten tat sie so, als würde sie einlenken. Sie musste unbedingt verhindern, dass ständig jemand in ihrer Wohnung saß und sie im Auge behielt. Also gab sie sich einsichtig. »Na gut. Mag sein. Aber nicht hier. Ich habe den Schlüssel zu Trautmanns Wohnung. Dort kann Felix sich einquartieren. Alles andere wäre sowieso zu verräterisch. Von gegenüber kann er meine Wohnung gut einsehen.«

»Das wäre Hausfriedensbruch.«

»Trautmann sitzt in U-Haft, und so lange habe ich die Schlüsselgewalt. Ist also kein unbefugtes Eindringen.«

Schott runzelte die Stirn. »Nein, wir müssen ihn fragen. Das sollte allerdings weder ich noch der Kollege Felix tun. Nicht zuletzt deshalb, weil er uns nicht traut. Zu Recht. Wir ermitteln nach wie vor gegen ihn.«

»Was jedoch nicht heißt, dass wir keine anderen Spuren verfolgen, wie inzwischen wohl klar geworden sein dürfte«, ergänzte der Glückliche. »Ich werde zum Beispiel als Nächstes versuchen herauszufinden, was die Barnacles über Tom und Betty wissen.«

»Gut. Ich gebe Ihnen die Telefonnummer der Familie Barnacle. Nette Leute, soweit ich das feststellen konnte. Allerdings kann ich mich auch täuschen, ich habe keine Ahnung, wie deren Verbindungen zu irischen Clans aussehen. Das werden sie einer Fremden ja auch kaum auf die Nase binden.« Sie machte eine Pause. »Nein, wenn ich so darüber nachdenke, glaube ich, das sollte ich besser selbst machen. Ich kann meinen erneuten Anruf ja mit meiner Sorge um Sykes erklären. Danach wissen wir vielleicht genauer, worauf wir uns einstellen müssen. Anschließend werde ich mit Trautmanns Anwältin reden. Sie kann das Unterbringungsproblem mit ihm klären.«

»Ach, mit den Barnacles haben Sie also auch schon telefoniert.« Die Ironie in Schotts Stimme war nicht zu überhören.

»Hätte ich wissen müssen. Gut, tun Sie das, Frau Terheyde. Tun Sie das. Und wir, Felix, gehen derweil frühstücken. Die Bäckerei Hahn ist nicht weit weg. Sollen wir Ihnen ein belegtes Brötchen mitbringen?«

»Ich wäre Ihnen außerordentlich verbunden. Aber vorher muss ich jetzt wirklich schnell mit Sykes Gassi gehen. Anwälte sind vor neun Uhr meistens sowieso nicht zu erreichen. Und in Irland ist es wegen der Zeitverschiebung zu früh für so ein Telefonat. Sie können ja schon mal versuchen, die Angelegenheit mit meinem Personenschutz mit der Leitenden Oberstaatsanwältin Susanne Venlo abzuklären. Denn das müssen Sie doch, oder? Auch wenn es um Personenschutz für eine Kollegin geht. In der Küche steht die Kaffeekanne, und Kekse finden Sie da auch.«

Ohne eine Antwort abzuwarten, überließ sie die beiden Kollegen im Wohnzimmer sich selbst.

FÜNFZEHN

Sie musste nachdenken. Dringend. Länger. Sollten die Kollegen in ihrer Wohnung eben warten. Erst musste sie sich über einiges klar werden: Sollte sie mit den Kollegen darüber reden, was ihr als Ermittlungsmöglichkeit so im Kopf herumging? Gleich? Später? Doch nicht? Es würden sicherlich jede Menge Bedenken kommen. Und bis das offiziell durch war, das konnte dauern. Vielleicht zu lang.

»Wollen wir einen größeren Spaziergang machen? Es schadet den beiden im Wohnzimmer nicht, wenn sie etwas ausharren müssen«, teilte sie Sykes auf dem Weg nach unten mit.

»Wuff.«

Iris betrachtete das als Zustimmung. Dieses Mal ging es also nicht nach rechts die Hauptstraße hinunter, sondern nach schräg rechts, eine kleine, versteckte Treppe zum Rheinuferweg hinab, und anschließend nach links, in Richtung Tausendfüßler und Biberburgen. Vor Jahren hatte die Stadt den Neubau der Kanalisation mit dem Bau eines Rheinuferwegs verbunden. Über der Kanalisation verlief er nun bis etwa zur Höhe der Andelsbachmündung auf Betonpfählen, weshalb ihm die Laufenburger den Namen »Tausendfüßler« verpasst hatten. Der Uferbereich hatte sich mit den Jahren in eine Art Auwald verwandelt, den inzwischen mehrere Biberpaare nutzten, um ihre Burgen anzulegen. Mit der neuen Hochrheinrücke im Osten der Stadt ergab das einen herrlichen Zwei-Brücken-Spaziergang. Die Strecke führte nach der Überquerung der neuen Brücke am Schweizer Ufer entlang in die Altstadt des eidgenössischen Laufenburg und dann über die Altstadtbrücke zurück in das badische Gebiet. Ein solcher Spaziergang dauerte etwa eine Stunde.

Iris wusste, sie brauchte die Zeit. Und am Ende hatte sie tatsächlich einen Entschluss gefasst. Sie würde nicht auf die Ergebnisse der weiteren Ermittlungen warten, auch nicht darauf, ob ihre Aktion bei S & S von der Leitenden Staatsanwältin genehmigt wurde. Und wenn es sie den Job kostete. Sie würde Trautmann keine Minute länger im Gefängnis schmoren lassen als unbedingt notwendig. Sie konnte sich lebhaft vorstellen, wie er sich fühlen musste. Verzweifelt, mit nur wenig Hoffnung. Sie war sein einziger Halt. Na gut, eine Anwältin gab es auch noch. Trotzdem. Sie musste einfach etwas tun. Jetzt. Es konnte aufgrund der Ermittlungen der Soko Rover durchaus sein, dass Betty inzwischen ahnte, dass sie Gefahr lief, aufzufliegen. Dann wäre sie weg. Iris wunderte sich ohnehin, dass das noch nicht geschehen war. Weil Herder ihr die Ehe versprochen hatte? Oder ging es da eher um kostbare chinesische Antiquitäten im Museum? Am Ende plante sie einen zweiten Einbruchsversuch, nachdem es beim ersten nicht geklappt hatte.

Auf dem Rückweg versuchte Iris vom Handy aus, die Barnacles zu erreichen. Es tutete wieder ausländisch, aber es meldete sich niemand.

Gut, dann eben nicht. Sie passierte ihre Wohnung, als sie von der Altstadtbrücke aus weiter bergauf zum Waldtor marschierte. Und auch die von Trautmann, die allerdings nicht rheinseitig lag, sondern am Berg, direkt über dem Brunnen. Als sie daran vorbeikam, hielt sie inne, schaute kurz zu ihrem Küchenfenster hoch. Die beiden saßen wahrscheinlich schon ungeduldig da oben und warteten auf ihre Rückkehr. Hinaufgehen? Nicht hinaufgehen. Schott und Felix würden sie bloß davon abhalten wollen, die Initiative zu ergreifen. Vielleicht waren sie ja auch schon weg. Bestimmt waren sie schon weg. Den Anflug eines schlechten Gewissens vertrieb sie. Trautmann brauchte ihre Hilfe. Natürlich riskierte sie, dass Betty den Hund erkannte und begriff, dass keine Kundin, sondern eine Ermittlerin vor ihr stand. Auf eine gewisse Weise begab sie sich damit tatsächlich in Gefahr. Andererseits, was sollte schon passieren?

Iris schlug den Weg zum Parkhaus Brunnenmatt ein, wo sie einen Platz für ihren gelben Twingo gemietet hatte. Eine halbe Stunde später stieg sie vor der Niederlassung von S & S aus dem Wagen und leinte Sykes an.

Die Tür zum Empfangsraum klingelte. »Komme gleich«, rief Betty Bider aus einem Nebenzimmer.

»Alles klar«, rief Iris zurück.

Ein Männerkopf tauchte vor ihr auf, offenbar hatte der dazugehörige Mann etwas hinter dem Tresen gesucht. Und der sonst so brave Sykes verwandelte sich völlig unvermittelt in eine Furie. Es begann mit einem leisen Grollen, das aus seinem mächtigen Körper nach oben stieg, dann bellte er, winselte und heulte in einem, während er heftig an der Leine zu zerren begann. Iris konnte das tobende Tier kaum noch halten. Der Hund stemmte sich hoch, versuchte, auf den Tresen zu kommen, der Mann hielt schützend die Arme vors Gesicht. Sykes schnappte nach dem Arm des Mannes und riss ihm ein Stück Stoff aus dem Hemd.

»Sykes! Platz, ruhig!« Iris versuchte, das Tier zu beruhigen, zerrte, zog. Doch gegen den Hund hatte sie keine Chance. Wenige Sekunden kamen ihr vor wie Minuten. Der Hund reagierte einfach nicht. Er schien ihre Bemühungen überhaupt nicht wahrzunehmen. Er wollte nichts anderes, als dem Mann hinter dem Tresen an die Kehle zu gehen.

Betty Bider tauchte im Türrahmen auf. Ihre Augen weiteten sich. »Was ist hier …?«

Iris hatte keine Zeit für eine Antwort, sie war mit dem tobenden und geifernden Hund beschäftigt. Sie hörte kaum, wie die Tür aufging.

»Dachte ich es mir doch«, sagte Schott. Der Glückliche hechtete hinzu, riss Iris die Leine aus der Hand und zerrte den wütenden Wolfshund nach draußen. Iris trabte hinterher. Sie war völlig erschöpft.

Schott folgte. Er sah grimmig aus, tat aber so, als kenne er Iris nicht. »Gnädige Frau, Sie sollten Ihren Hund besser im Griff haben.« Sein Blick wanderte leicht in Richtung Tür. Dort stand Betty Bider in einer Art Schockstarre, mit noch immer geweiteten Augen.

Sykes beruhigte sich allmählich, ein Stofffetzen hing ihm aus dem Maul. Iris zog daran und steckte den vom Hundespeichel nassen Fetzen automatisch in ihre Jackentasche.

»So was.« Mehr brachte sie nicht heraus.

»Das kann man wohl sagen. Es ist besser, Sie nehmen den Hund und bringen ihn nach Hause. Sonst sehen wir uns noch genötigt, ihn zu erschießen.«

»Wagen Sie es nicht!« Iris blitzte Schott wütend an, registrierte aber, dass Schott nicht darauf anspielte, dass sie eine Kollegin war. Und auch nicht darauf, dass sie mal wieder einen Alleingang unternommen hatte. So war er eben. Er hatte die Lage trotz des Chaos binnen weniger Momente eingeschätzt. Und da er sich nicht sicher war, ob Iris' Rolle als Witwe durchschaut worden war, hatte er sich entschlossen, sie nicht auffliegen zu lassen.

»Allerdings wird der Hund die Unfähigkeit der Halterin, ihn zu bändigen, ausbaden müssen. Wir können die Angelegenheit nicht auf sich beruhen lassen«, meldete sich jetzt auch der Glückliche zu Wort. Iris begriff sehr genau, dass der Tadel vor allem ihr galt.

»Dieser Hund ist gefährlich«, assistierte Betty Bider, die langsam wieder zu sich kam, von der Eingangstür her. »Gut, dass Sie gekommen sind.«

»Na, wir werden nicht immer so freudig empfangen. Es gäbe da noch einige Fragen zu klären. Wollen Sie Anzeige wegen des Hundes erstatten? Wo ist Herr ... der Mann, den der Hund angegriffen hat?«

»Auf der Toilette, nehme ich an.«

»Und, wollen Sie Anzeige erstatten?«

Die Sekretärin schüttelte den Kopf. »Nein, Frau Groß ist eine Kundin. Na ja, eine mögliche jedenfalls. Es reicht, wenn sie verspricht, den Hund künftig zu Hause zu lassen. Sykes heißt er? Wie lange haben Sie ihn denn schon, ist er immer so angriffslustig?«

»Oh, nein, ich verstehe das überhaupt nicht. Er war noch nie so«, erwiderte Iris. »Sykes, Sykes, was ist nur mit dir los? So kenne ich dich gar nicht.«

Betty Bider schaute skeptisch. Iris hoffte, dass sie die Antwort schluckte und sie tatsächlich immer noch für eine Kundin hielt. Sicher war sie sich allerdings nicht. Ansonsten – sie hatte wirklich ein ziemliches Chaos angerichtet. Sie musste den Hund wegbringen, schnellstens.

Sie versuchte sich zu fassen und lächelte Betty Bider zu. »Danke. Er ist sonst wirklich ein ganz friedlicher Hund. Ich weiß auch nicht, was in ihn gefahren ist. Ich bringe ihn heim und melde mich später telefonisch bei Ihnen. Ich, ich ... hätte da noch ein Anliegen. Und den Herren danke ich für die Hilfe.«

Iris meinte, einen Rest von Misstrauen in den Augen der Sekretärin auszumachen. Doch Betty Bider nickte nur. Halbwegs erleichtert nahm Iris von Felix die Hundeleine entgegen.

Schott wandte sich von ihr ab. »Frau Bider, können wir uns jetzt unterhalten?«

»Natürlich. Ich denke, der Chef wird auch gleich wieder auftauchen. Er wird sich nur kurz frisch machen und umziehen.« Betty Bider hielt den beiden die Tür auf. Sie hatte sich wieder gefangen.

»Verständlich«, sagte Schott, und Felix nickte. Der Blick, den Schott Iris zuwarf, ehe er wieder hineinging, hatte es in sich. Dieses Mal, sagte der, ist Ende der Fahnenstange.

Als sie Sykes endlich im Auto hatte, schnaufte Iris erschöpft durch. Was hatte den Hund nur so aufgeregt? Jetzt lag er völlig ermattet im Kofferraum. Welch ein Schlamassel. Dass die Kollegen wütend auf sie waren, konnte sie verstehen. Wie hatte sie auch nur so unvernünftig sein können! Aber der Umstand, dass Trautmann gesiebte Luft einatmete, ausgerechnet er, der ein so großes Freiheitsbedürfnis besaß, war ihr einfach unerträglich.

Also noch einmal: Wieso war der Hund so ausgerastet? Gegen Betty Bider schien er nichts zu haben. Sonst wäre er ja auf sie losgegangen. Ergo musste das rote Tuch der Mann gewesen sein, der da so plötzlich hinter dem Tresen aufgetaucht war. Der Chef. Sie musste mehr über ihn herausfinden. Aber nach dem, was gerade passiert war, wäre es vermutlich besser, sie hielt den Ball eine Weile flach. Und blieb zu Hause. Denn Schott und Felix würden sich melden. Darauf konnte sie Gift nehmen.

Immerhin, Schott hatte geistesgegenwärtig reagiert und ihre Legende nicht auffliegen lassen. Sie hätte allerdings schon gern erfahren, woher die beiden gewusst hatten, wohin sie fuhr. Hatten sie ihr einen Sender verpasst? Dann konnten sie sich aber warm anziehen. Das ging gar nicht.

Sie machte einen kurzen Zwischenstopp in der Bucht einer Bushaltestelle und untersuchte ihre Klamotten und danach das Auto, so gut sie das auf die Schnelle konnte. Kein Sender. Dann musste sie die Klärung dieser Frage wohl aufs nächste Gespräch mit Schott und Felix verschieben.

Sykes war nach der Rückkehr nach Laufenburg sogar zu erledigt, um Gassi zu gehen. Er hatte sich völlig verausgabt und trottete ohne weitere Umstände zu seiner Schmusedecke auf dem geblümten Sofa. Kurz darauf schnarchte er.

Iris nutzte die Zeit der Ruhe, um sich die Website von S&S anzuschauen. Sie wurde schnell fündig, die Firma präsentierte dem geneigten Kunden die ständigen Mitarbeiter inklusive Foto. Da war er, der Mann aus dem Laden. Es war tatsächlich Daniel Herder, der Firmenchef. Dunkle Haare, etwas schräg stehende dunkle Augen, dicke Brauen, ein verbindliches Lächeln um den Mund mit den schmalen Lippen. Vielleicht hat er sich in der Muckibude überanstrengt, dachte Iris boshaft, auch wenn sie nur seinen Kopf sah, nicht die Arme. Der Hals war stiernackig genug, um zu einer solchen Vermutung zu kommen. Zu viel Ehrgeiz verursachte schmale Lippen und Falten in den Mundwinkeln.

Das war also der Mann mit der laut den Kollegen ach so sauberen Weste, der Kooperative, der die Ermittler mit Informationen versorgte. Aber nur häppchenweise. Ganz so, wie es ihm zupasskam. Private Aufzeichnungen, diese Formulierung von Felix ging ihr nicht aus dem Kopf. Konnte Trautmann ihm mehr erzählt haben als ihr? Warum bloß? Sie konnte sich einfach keinen plausiblen Grund dafür vorstellen. Nun, an Herders weißer Weste schien nicht so viel zu sein, wenn man dem Verhalten des Hundes trauen konnte. Und das tat sie.

Iris wartete lange. Doch weder Schott noch Felix tauchte bei ihr auf, niemand, der sie zusammenstauchte, niemand der ihr eine Standpauke hielt. Das Warten darauf war schlimmer als die Standpauke selbst. Die Ruhe verunsicherte Iris immer mehr. Schließlich wählte sie die Nummer von Felix. Es ging nur der Anrufbeantworter dran. Bei Schotts Handy war es das Gleiche. Auch ein Anruf in der Freiburger Rechtsmedizin brachte kein Ergebnis. Herr Müller sei nicht da, beschied man sie kurz angebunden. Iris vermutete, er ließ sich verleugnen, um weiteren Fragen ihrerseits aus dem Weg zu gehen.

»Oh, oh«, sagte Iris, und dieser Laut vereinte sich mit dem Schnarchen von Sykes. Sie fühlte sich plötzlich sehr allein, vermisste es sogar, wegen ihrer Sturheit angeranzt zu werden. Schott und Felix gehörten zu ihrem Leben, so viele Jahre schon. Waren, bei Licht betrachtet, die einzige Familie, die sie hatte. Und nun schienen sie am Schutz ihrer Person gar nicht mehr so dringend interessiert zu sein. Es sah eher so aus, als wollte ihre Familie nichts mehr mit ihr zu tun haben. Sie hätten Fragen, hatte Schott Betty Bider gegenüber behauptet. Was für Fragen?

Olga Tschertschenko rief an. Der Haftrichter habe beim Haftprüfungstermin angeordnet, dass Trautmann in Haft bleiben müsse. Er sah Fluchtgefahr.

»So ein Scheißtag, Sykes«, sagte Iris. Der Hund hob den Kopf und wedelte mit dem Schwanz, allerdings nur ansatzweise.

Iris achtete nicht darauf. Sie hatte alles versiebt, oder? Irgendwo in ihrem Hinterkopf begann dieses gewisse Schwurbeln, das sie so gut kannte. Sie stellte sich ihre graue Gehirnmasse dann jedes Mal in Wellenbewegungen vor. So ähnlich wie der Bauch einer werdenden Mutter bei den Wehen. Gehirnwehen in diesem Fall. Um die Geburt der Gedanken zu erleichtern, kaute sie Nägel. Sie begann mit dem Nagel ihres kleinen linken Fingers. Und schon schälten sich die Umrisse eines weiteren Plans aus ihren Gehirnwindungen. Als sie beim Mittelfinger angekommen war, wusste sie, was sie tun konnte.

Ob sie Schott oder Felix anrufen sollte? Nein, wenn die sich nicht meldeten, würde sie das auch nicht tun. Mal abwarten. Sicher war es besser, wenn sich deren Zorn erst einmal abkühlte. Dann waren sie vielleicht wieder zugänglicher.

Obwohl sie sich bewusst war, dass sie sich mit ihren Alleingängen nur weiter in die Bredouille brachte, wählte sie stattdessen die Telefonnummer vom »Chef«, wie Eddi zu sagen pflegte. Dr. Nufer fand den Plan gut. Er werde sofort die entsprechenden Schritte einleiten und dann zurückrufen, erklärte er.

Der Rückruf kam eine Viertelstunde später. Iris erfuhr, Nufer hatte nur die Sekretärin erreicht. Die habe versprochen, die Nachricht weiterzuleiten. Nun, besser als nichts.

Als auch bis zum Abend kein Anruf von Schott oder Felix gekommen war, begriff Iris, sie würde dieses Mal nicht mehr mit einer Gardinenpredigt davonkommen. Und sie würde wohl doch den ersten Schritt machen müssen. Wieder wählte sie. Dieses Mal kam die Verbindung zustande.

»Was wollen Sie?« So kalt hatte Iris den Glücklichen noch nie erlebt.

»Ich hätte da einen Plan.«

»Ihre Pläne interessieren mich nicht mehr. Sie halten sich an keine Absprachen, tun, was Sie wollen, und ruinieren damit nicht nur unsere Ermittlungen, sondern bringen sich selbst in Gefahr. Nur gut, dass Schott und ich auf dem Rückweg von der Bäckerei Hahn gesehen haben, wie Sie mit Ihrem Twingo aus der Tiefgarage geschossen kamen. Da stand ich, mit der Brötchentüte in der Hand, und kam mir vor wie ein Idiot. Natürlich sind wir Ihnen gefolgt. Wir haben den Personenschutz abgeblasen. Auf Sie wartet ein Disziplinarverfahren, wenn Sie aus dem Urlaub zurückkommen. Schott hat die entsprechenden Schritte bereits eingeleitet. Sie verderben es sich aber auch mit wirklich allen. Sind Sie so dumm, oder haben Sie es nicht mitbekommen? Wir waren auf Ihrer Seite. Mit Betonung auf ›waren‹.«

Iris schluckte. Das klang nicht gut. Gar nicht. Kurz darauf setzte die Gegenreaktion ein: Sie merkte, wie sie bockig wurde. Das hatte sie nicht verdient. Nicht nach all den Jahren des Einsatzes. Okay, was sie getan hatte, war nicht ganz in Ordnung gewesen. Aber deswegen gleich mit Kanonen auf Spatzen schießen? Überhaupt, dieser Felix, wie kam er dazu, so mit ihr zu reden? Leider glaubte sie sich ihre eigenen Rechtfertigungsversuche selbst nicht ganz. Das machte sie noch ärgerlicher. Sie bemühte sich dennoch um einen sachlichen Ton. »Ich weiß. Aber ich hatte doch recht, oder? Nicht Trautmann ist der Täter. Sykes hat uns in die richtige Richtung geführt. Bei S & S stimmt was nicht, mal abgesehen von der Dame Betty. Da bin ich mir sicher. Die stecken bis zur Halskrause drin. Wir müssen es nur noch beweisen. Und ich weiß auch schon, wie.«

»Vielleicht hatten Sie recht, vielleicht nicht. Sicher ist nur eins, mit Ihrer unvermittelten Aktion haben Sie eine mögliche Trumpfkarte für die Ermittlungen leichtfertig aus der Hand gegeben. Vielleicht sogar die beste. War doch klar, dass wir dort weiterforschen würden, nachdem wir jetzt wissen, wer Betty Bider wirklich ist. Aus Gründen, die ich Ihnen nicht erläutern werde, haben wir sie jedoch noch nicht festgenommen. Sie können es sich vielleicht nicht vorstellen, doch auch wir sind in der Lage, Strategien zu entwickeln, obwohl man das, was Sie sich da geleistet haben, nicht wirklich eine Strategie nennen kann, das war einfach nur unüberlegt. Außerdem: So geht man nicht mit Kollegen um. Kein Wort, nichts, Sie sind einfach verschwunden, haben uns sitzen lassen wie bestellt und nicht abgeholt. Also lassen Sie mich künftig in Ruhe.« Das Eis in Felix' Stimme klirrte.

»Ich habe aber einen Plan. Und ich brauche Ihre Hilfe. Auch die von Schott.« Das klang schon nicht mehr so forsch.

»Nein danke. Behalten Sie den Plan für sich. Am besten lassen Sie ihn ganz.«

»Das geht nicht, ich meine, also … ich, ich habe schon alles in die Wege geleitet.«

»Das darf doch nicht wahr sein! Schott wird Sie umbringen. Jetzt fliegen Sie endgültig raus.«

»Das nehme ich in Kauf.« Nur ja keine Schwäche zeigen. »Felix? Felix, sind Sie noch da?«

Keine Antwort. Iris starrte auf den Hörer. Der Glückliche hatte einfach aufgelegt.

Und jetzt? Ihr fiel nur Susanne Venlo ein, die Leitende Oberstaatsanwältin. Wenn sie Glück hatte, wusste diese noch nichts von ihren Alleingängen. Und wenn sie noch mehr Glück hatte, hörte sie ihr zu. Vielleicht, ganz vielleicht war sie sogar bereit, mitzuspielen und Unterstützung zu schicken. Und wenn nicht? Nun, dann würde sie das eben allein durchziehen. War ja jetzt sowieso schon alles egal. Iris schob die Unterlippe nach vorn.

Susanne Venlo meldete sich nicht. Iris sprach auf den Anrufbeantworter.

SECHZEHN

Das Gebäude des Wildlife-Museums wirkte, als würde es ebenso auf etwas warten wie sie selbst. Die Driving Range lag verwaist im Dunkeln. Und in der Spielhalle für die Kinder waren das Gelächter und die letzten Kreischer längst verklungen. Die Bedienung hatte die Tür des Restaurants gegen zweiundzwanzig Uhr geschlossen und war gegangen. Nur im Hotel oben auf dem Hang beschienen die Lichter den Rasenabschnitt davor. Doch bis zu ihrem Versteck reichten sie nicht.

Heute würde es keinen Wachdienst im Museum geben. Dafür hatte Nufer gesorgt. Er hatte den Vertrag mit sofortiger Wirkung gekündigt. Die Begründung: S & S sei unfähig. Das habe sich beim Einbruch gezeigt. Mitarbeiter der Firma hätten ab sofort Hausverbot. Zudem sei ab morgen kein Überwachungsauftrag mehr nötig. Iris schmunzelte in sich hinein. Nufer war einer, der ausreichend Phantasie und ein Faible für unorthodoxe Pläne hatte. Da waren sie sich ähnlich. Vermutlich mochte sie ihn deshalb. Bestimmt hatte er in den schillerndsten Farben die Veränderungen geschildert, die bevorstanden. Nämlich, dass alle chinesischen Artefakte, jede einzelne der kostbaren Vasen, die Jadesteine und alles andere von Wert noch vor Morgengrauen weggebracht werden würde. Die Kinder des Erblassers Erwin Himmelseher seien angeblich doch noch mit der Anfechtung des Testamentes durchgekommen und ließen die Exponate abholen. Was nicht stimmte. Die Angelegenheit war längst durch alle Instanzen und damit vollends geklärt. Aber das wusste die Wachfirma nicht. Und die Geschichte war nah genug an der Wahrheit, um glaubwürdig zu sein.

Wenn das kein perfekter Köder war, dann wusste sie es auch nicht. Heute Nacht würde das Museum offen sein wie ein Scheunentor. Für Einbruchsversuche zumindest.

Iris' Umrisse verschmolzen mit der Dunkelheit in der zur Driving Range offenen Pergola, genau wie die von Sykes, der neben ihr ausharrte. Glücklicherweise war abnehmender Mond, das Licht also ohnehin spärlich. Iris hörte ein Knacken. Dann leise Schritte auf Schotter. Da kam jemand. Sie griff nach der Pistole im Holster. Und auch Sykes setzte sich auf. Ob das schon die Einbrecher waren?

»Na, sind sie schon da?« Das war Günther Nufer. Er hatte darauf bestanden, bei der Aktion dabei zu sein. Iris schüttelte den Kopf.

Nufer kicherte leise. »Die kommen. Falls Ihr Verdacht stimmt. Ich habe denen unmissverständlich klargemacht, dass sie heute Nacht handeln müssen, wenn sie noch etwas zu stehlen haben wollen, und sicherheitshalber auch noch mal alle Überwachungskameras überprüft. Wir kriegen die, was wir beide anpacken, das klappt.« Seine Stimme klang wie die eines kleinen Jungen, der ein Abenteuer erlebt.

Iris musste unwillkürlich schmunzeln, obwohl ihr ganz und gar nicht danach war. »Na. Hoffen wir das Beste. Wo haben Sie Ihr Auto gelassen? Ich habe gar keines gehört?«

»Steht auf dem vorderen Parkplatz. Eddi Köster habe ich wie besprochen dieselbe Geschichte erzählt. Obwohl ich nicht verstehe, was das soll. Auf Eddi können wir uns verlassen.«

Iris war sich da nicht so sicher.

»Wo verstecken sich denn Ihre Kollegen? Ich kann niemanden sehen. Aber na ja, das sind natürlich alles Fachleute, die verstehen sich auf Überwachungen und darauf, dass die Verbrecher sie nicht sehen, was?«

»Hm. Psst.« Iris überlegte kurz, ob sie ihm sagen sollte, dass es keine Kollegen gab. Falls die Leitende Oberstaatsanwältin nicht doch ihren AB abgehört und reagiert haben sollte. Woran sie aber nicht so recht glaubte. Nein, der arme Mann würde nur Angst bekommen. Eigentlich hatte sie ihn auch nicht dabeihaben wollen und alles versucht, ihn davon abzuhalten. Doch Nufer hatte darauf bestanden, argumentiert, dass er schließlich der Vorsitzende der Himmelseher-Stiftung sowie der Geschäftsführer der Golf- und Freizeitwelt sei und dass es diesen Einsatz ohne ihn überhaupt nicht geben würde. Womit er natürlich recht hatte.

Iris zog die Schultern hoch. Es war frisch, die Nächte noch nicht annähernd so warm wie die Tage.

Sie hörte, wie Nufer kramte, er zog etwas aus der großen Sporttasche, über die sie sich schon gewundert hatte. »Hier, ich habe uns Kissen und eine Decke mitgebracht. Bin ja auch nicht mehr der Jüngste.«

Dieser Mann war wahrlich ein Chef. Er war umsichtig, fand Iris und strahlte. Dann fiel ihr ein, dass Nufer das nicht sehen konnte, und sie sagte leise: »Danke.« Anschließend setzte sie sich neben Nufer auf das Kissen, das erstaunlich breit war. Sykes fand das auch. Er fiepte sehnsüchtig. Iris machte ihn los, woraufhin der Wolfshund sich zwischen sie drängte und seinen Kopf mit einem zufriedenen Seufzer auf Iris' Beine sinken ließ.

Eine Stunde später war ihr linkes Bein eingeschlafen. Sie schaute auf die Uhr. Es war eine halbe Stunde vor Mitternacht. Iris wackelte mit den Zehen, versuchte, das taube Gefühl loszuwerden. Das Ergebnis war ein unangenehmes Kribbeln. Sie verlagerte ihr Gewicht auf die andere Pobacke. »Kannst du nicht mal weggehen?« Sie zerrte an Sykes Halsband und zog die Beine an, im Versuch, aufzustehen. Sykes konnte nicht. Iris gab nach.

Es war eine friedliche Nacht. Hin und wieder krächzte ein Vogel im Schlaf. Wolken schoben sich vor das Mondviertel, das über den Himmel wanderte, und zogen weiter. Sykes begann zu schnarchen.

»Ob die noch kommen?«, flüsterte Nufer eine weitere Stunde später. »Womöglich haben die bei S & S doch nichts mit den Einbrüchen zu tun.«

»Wir warten«, erklärte Iris.

Kurz danach hörten sie einen Motor, dann ein Knirschen auf dem Schotter des Parkplatzes. Das Motorengeräusch erstarb, es wurde wieder still. Eine Autotür wurde leise geschlossen, und Schritte kamen über den Steinbelag auf sie zu. Nufer und Iris drückten sich tiefer in den Schatten. Sie sahen eine eher untersetzte Gestalt, schwarz gekleidet, die eine Leiter trug.

Sykes hob den Kopf und winselte leise.

»Psst!«

Doch der Hund ließ sich nicht beruhigen.

Iris hielt ihm das Maul zu und warf die Decke über seinen Kopf. »Du verdirbst uns die ganze Aktion!«, zischte sie.

Die Gestalt hatte nichts gehört, ging weiter in Richtung Wildlife-Museum. Sie legte die Leiter an genau jener Stelle der Seitenwand an, wo die Einbrecher 2012 und vor einer Woche durch ein Oberlicht eingestiegen waren.

»Hoppla«, sagte Dr. Nufer. »Also hatten Sie recht. Die Wachfirma und die Einbrecher von damals haben irgendwas miteinander zu tun.«

»Hmm«, sagte Iris, die gerade nach Kräften zu verhindern versuchte, dass sich der Hund aus dem Dunkel der Decke befreite.

Dann geschahen zwei Dinge gleichzeitig. Nufer und Iris hörten Glas klirren. »Jetzt zerschlägt der Einbrecher das neu eingesetzte Oberlicht«, flüsterte Nufer. Iris konnte nicht antworten, denn Sykes hatte es geschafft, die Decke loszuwerden. Im Nu war er auf den Beinen und rannte bellend auf die Leiter zu. Die Figur oben hielt inne, wandte sich um, die Leiter wankte. Gestalt und Leiter kippten um, als der Hund dagegensprang, und blieben danach reglos liegen, die Leiter auf der Gestalt. Iris befürchtete das Schlimmste. »Sykes, komm her! Komm sofort her!«

Der Hund dachte nicht daran. Im Gegenteil, er stand hechelnd über der Leiter und senkte den Kopf. Gleich würde er dem Einbrecher an die Kehle gehen.

Iris löste sich aus ihrer Erstarrung und rannte so schnell sie konnte zu Leiter, Gestalt und Hund. Nufer kam etwas langsamer hinterher. »Sykes, aus! Lass los!«

Der Hund hielt den Kopf gesenkt. Iris wusste sich nicht anders zu helfen und schoss in die Luft. »Sykes! Aus! Platz!«

Wieder keine Reaktion.

»Was machte der da?«, keuchte Nufer hinter ihr. »Der knurrt nicht. Oder hören Sie ein Knurren?«

Nein, sie hörte kein Knurren. Dafür bemerkte Iris jetzt etwas sehr Merkwürdiges. Sykes wedelte mit dem Schwanz. Er ging der reglosen Gestalt auch nicht an die Kehle, sondern leckte über die Skimütze, die das Gesicht des Einbrechers verbarg.

Iris war fassungslos. Einen Moment später war sie zur Stelle und zog den widerstrebenden Hund von der Gestalt weg. Sie leinte Sykes an und band ihn am Türknauf des Museumseingangs fest. Dann ging sie zurück, zog erst die Leiter weg und dann der Gestalt die Mütze vom Gesicht. Es war Betty Bider, bewusstlos.

»Rufen Sie einen Krankenwagen«, instruierte sie Nufer, zückte ihr Handy und wählte ihrerseits die Drei, die Kurzwahl des Glücklichen. Es ging nur der Anrufbeantworter dran. »Kommen Sie sofort her. Wir sind beim Wildlife-Museum und haben einen Einbruchsversuch verhindert«, sprach sie auf den AB.

Da schlug Betty Bider die Augen auf. Ihr Blick fiel auf den Hund. »Hi, Jerry«, sagte sie leise.

Sykes zog und zerrte, fiepte und heulte. Er wollte zu ihr. Es war wie vermutet: Die beiden kannten sich. Auch wenn das heute Vormittag nicht zu bemerken gewesen war. Betty Bider war eine gute Schauspielerin. Und nicht auf Betty Bider hatte Sykes es bei S & S abgesehen gehabt. Sondern auf Daniel Herder. Ziemlich sicher war sie auch nicht die Person gewesen, die Sykes hatte vergiften wollen. Dafür hatte ihr »Hi, Jerry« zu liebevoll geklungen.

Betty Bider hielt sich den Kopf und stöhnte. Schwerfällig setzte sie sich auf. »Ich dachte mir schon, dass Sie keine Kundin sind, als ich Jerry sah«, bestätigte sie Iris' Vermutung.

»Sie konnten sich also ausrechnen, dass wir Ihnen auf die Schliche gekommen sind. Warum sind Sie dann trotzdem hier eingebrochen?«

»Es musste ja schnell gehen, Order von …« Sie unterbrach sich. »Wie hätte ich wissen sollen, dass Sie Dr. Nufer vorschicken? Die Geschichte mit dem Abtransport der Artefakte war eine Lüge, oder? Sie wollten mich ködern.«

Nufer nickte, er strahlte. »Sie und Ihre Helfershelfer. Hat ja auch geklappt, zumindest bei Ihnen.«

Betty Biders Gesicht hatte sich bei der Erwähnung der Helfershelfer leicht verzogen. Das war die Bestätigung, dass es welche gab, ebenso wie das Wort »Order«, das ihr vorhin aus Versehen rausgerutscht war. Es gab also jemanden, der im Hintergrund die Fäden zog. Iris musterte die Sekretärin scharf.

»Nein, Sie versuchen jetzt besser nicht, abzuhauen«, warnte Nufer. »Frau Terheyde hat eine Waffe. Und ihre Kollegen sind ebenfalls hier, Sie sind umzingelt.« Er hielt inne, lauschte, runzelte die Stirn, begriff. In seinen Augen standen Fragezeichen. »Sie haben doch eine richtige Waffe dabei und keine von diesen Kinderknallpistolen?«

Iris nickte. Das reichte, um Betty Bider einzuschüchtern.

Iris wusste, dass sie Nufer einiges zu erklären hatte. Zum Beispiel, warum sie beide allein, warum keine Kollegen hier waren. Doch das hatte Zeit. Denn zunächst mussten die Kollegen her. Doch auf ihre Stimme auf dem AB oder ihre Telefonnummer reagierte Felix vielleicht nicht mehr. »Sie müssen noch mal telefonieren. Ich tippe die Nummer ein. Geben Sie mal her.«

Erstaunlicherweise reichte er ihr ohne Widerspruch das Telefon.

Iris tippte die Nummer ein und gab das Handy dann Nufer zurück. »Sagen Sie dem Kollegen, dass wir ihn hier dringend brauchen. Aber nicht mehr.«

Nufer schaute irritiert, tat aber erneut, was Iris wollte. »Der Typ will wissen, warum.«

»Sagen Sie einfach, Frau Terheyde braucht Unterstützung. Dringend.«

Er tat auch das, hörte einige Momente zu. Dann lachte er. »Allerdings.«

»Was ist los?«

»Der Herr, wer auch immer er ist, hat gesagt, dass er kommt. Dass er wütend auf Sie ist. Er bringt jemanden namens Schott mit. Den Rest erzähle ich Ihnen später, wenn Sie mich zu einem Bier einladen, nachdem Ihre Kollegen diese Frau abgeführt haben. Nein, eher zu einem Glas Champagner, wenn ich es mir recht überlege. Das sind Sie mir schuldig. Ebenso wie eine Erklärung.«

Eine Viertelstunde später waren die beiden jungen Kollegen

von neulich da, die zur Einsatzgruppe Einbruch gehörten. Sie schauten finster und erklärten, sie hätten den Befehl, hier zu warten. Keiner der Beteiligten dürfe sich entfernen. Eine weitere Viertelstunde später trafen die Herren Felix und Schott ein. Sie hatten die Leitende Oberstaatsanwältin Susanne Venlo im Schlepptau.

Die Handschellen klickten.

»Wir sprechen uns morgen um neun Uhr in meinem Büro. Bis dahin halten Sie die Füße still, wenn Ihnen noch etwas an Ihrem Job liegt«, sagte Susanne Venlo, ehe das Trio mit Betty Bider im Gewahrsam abrauschte. Iris' Einwand, dass morgen Sonntag sei, hörte sie schon nicht mehr.

Nach dem zweiten Glas Champagner oben im Hotel auf dem Hügel über der Driving Range zeigte Dr. Nufer Verständnis für Iris' komplizierte Lage. Nach dem dritten Glas war er voller Abenteuerlust und Feuer und Flamme für Iris' Vorschlag, wie sie vielleicht an die Hinterleute kommen konnten, die Betty Bider geschickt hatten. Nach dem vierten hatten sie einen Plan ausgeheckt.

Iris schlief in dieser Nacht zum ersten Mal, seit Trautmann in Haft war, wieder einigermaßen ruhig. Obwohl sie wusste, dass es jetzt eng für sie wurde. Die Leitende Oberstaatsanwältin war eine Frau, die auf die Einhaltung der Regeln besonderen Wert legte. Dass sie ihr im Vorfeld auf den AB gesprochen hatte, würde sie als Ausrede für ihren Alleingang nicht akzeptieren. Kein Mensch, auch nicht Susanne Venlo, hörte nach Dienstschluss das Diensthandy ab. Es sei denn, es war vorher so abgesprochen. Dass sie am Sonntagmorgen ins Büro zitiert worden war, sprach zudem Bände. Auch, was die Stimmung unter den Kollegen betraf.

Aber zumindest gab es da diesen neuen Plan. Ihr letzter Strohhalm.

SIEBZEHN

Iris brachte Sykes zu Eddi und tauchte pünktlich um neun im Büro der Staatsanwältin auf. Nach dem »Herein« sah sie sich einer Art Tribunal gegenüber. Schütte vom Verfassungsschutz, Schott, Felix und Susanne Venlo musterten sie mit düsteren Mienen. Die Leitende saß auf einem bequem wirkenden Bürostuhl, allerdings nicht angelehnt, sondern hoch aufgerichtet auf der Kante. Der Stuhl bebte etwas. Iris vermutete, dass sie ein Bein über das andere geschlagen hatte und Ersteres heftig wippte. Die Männer hatten sich drei weniger bequem wirkende Stühle vom kleinen Besprechungstisch an den Schreibtisch gezogen. Einen weiteren Stuhl gab es nicht. Diese Anordnung war sicherlich kein Zufall.

Niemand sagte etwas, als sie eintrat und eine Begrüßung murmelte. Iris schloss die Tür, ging einige Schritte in den Raum hinein, holte tief Atem und beeilte sich, zu versichern, dass sie sich ihrer Regelverstöße sehr wohl bewusst sei. Und dass etwas Derartiges nie wieder vorkommen werde. Sie versuchte, so selbstsicher wie möglich zu klingen.

Die Mienen veränderten sich von düster zu skeptisch-düster.

Stille. Niemand ergriff das Wort. Alle starrten sie nur an. Iris atmete tief durch. Ihr war schlecht. Was sollte sie noch sagen?

»Ich habe einen Plan«, brach es aus ihr heraus.

Es herrschte weiterhin Stille im Raum. Schließlich ergriff die Leitende das Wort. »Sie haben Glück.«

Iris schaute fragend.

»Andernfalls würde ich Ihnen jetzt die Entlassungsurkunde auf den Tisch legen.«

»Oh.« Was sollte sie sonst auch sagen? Iris hatte ja damit gerechnet, dass sie sofort hochkant rausfliegen würde. Endgültig. »Wieso habe ich Glück? Hat Betty Bider gestanden?«

Karl Schott nickte bedächtig. »Ja, gestern noch. Sie ist bereit, mit uns zusammenzuarbeiten. Sie ist wirklich sehr kooperativ.

Was uns entgegenkommt. Sie ist nämlich irische Staatsbürgerin. So haben wir keine Komplikationen zu befürchten. Aber das nur nebenbei. Wir konnten uns mit ihr einigen. Sie liefert uns die Hintermänner, und Frau Bider kommt glimpflich davon. Das bedeutet, wir kennen jetzt die Namen der anderen Einbrecher. Sie wurden von den Toomsdale Tinkers geschickt, die Frau Bider auch die Anweisung für den neuerlichen Einbruch gegeben haben. Allerdings war Frau Bider selbst nicht dabei, nur ihr Bruder und zwei Komplizen. Zwei Bekannte jener Polen, die 2012 für diesen anderen irischen Clan, die Rathkeale Rovers, die Nashorn-Hörner gestohlen haben. Wer ihren Bruder ermordet hat, kann sie sich jedoch nicht erklären. Daniel Herder habe nichts damit zu tun. Was wir wissen, denn der hat ein Alibi, der Wirt seiner Stammkneipe hat bestätigt, dass er zur fraglichen Zeit da war. Eddi Köster sei ebenfalls unschuldig. Beide hätten nicht gewusst, dass Tom O'Toole und sie Geschwister seien und vom Clan den Befehl erhalten hatten, bei S & S undercover herauszufinden, wo es in der Gegend was zu stehlen gibt. Also von den Tinkers. Nicht von ihren Konkurrenten, den Rovers. Betty Bider hatte den Einbruch letzte Woche mit den anderen geplant und alles für ihre Flucht vorbereitet.«

»Die Fähre nach Irland war schon gebucht«, ergänzte Felix.

Schott ließ sich nicht ablenken. »So wissen wir jetzt zumindest ungefähr, was die noch vorhaben. Nämlich – ähnlich wie bei den Rovers mit den Nashorndiebstählen – weltweit Artefakte zu stehlen. Wir haben eine Warnung an Interpol herausgegeben.«

»Ach, das passt«, warf Iris spontan ein, dann machte sie den Mund wieder zu. Es war wohl besser, sie verkniff sich eine Bemerkung wie: Habe ich mir doch gleich gedacht. Ihr Magenkrampf löste sich etwas. »Das ist gut«, schob sie vorsichtig nach und versuchte, nicht allzu selbstzufrieden auszusehen. »Und was ist mit Max Trautmann? Wird er jetzt aus der Haft entlassen?«

»Sie können es nicht lassen, was? Er ist keineswegs entlastet. Und Frau Bider kann es nicht gewesen sein.«

»Ich weiß, Müller glaubt, dass es ein Mann gewesen sein muss. Aber Trautmann war es nicht.«

»Und wieso sind Sie sich da so sicher?«, wollte die Leitende wissen.

»Ich kenne ihn.«

»Das ist keine Begründung«, meinte Susanne Venlo lapidar. »Betty Bider scheidet damit als Täterin aus. Übrig bleiben mögliche Komplizen. Andererseits passt diese Form der Gewalt weder zu den Rovers noch zu den Tinkers. Die Clans stehen in engem Konkurrenzkampf, und zu Hause in Irland mag es dabei heftig zugehen, doch ihre Aktionen sind stets professionell vorbereitet und werden ohne den Gebrauch von Waffen durchgeführt. Es kann also sehr wohl Max Trautmann gewesen sein. Auch deshalb sind wir mehr als skeptisch, ob seine Einlassungen stimmen.«

»Er kann sich wirklich nicht erinnern. Ich glaube ihm. Und er hat den Rothaarigen nicht getötet. Außerdem ist doch nun klar, dass er *nicht* mit den Einbrechern unter einer Decke steckt. Sonst hätte Betty Bider das doch gesagt. Und ich kann es Ihnen sogar beweisen.« Iris wusste, dass sie sich ziemlich vollmundig gab. »Ich sagte doch, ich habe einen Plan. Ich glaube zu wissen, wer es war. Oder besser: Sykes, mein Hund, weiß, wer es war. Wenn es nicht stimmt, können Sie mich gern entlassen.« Sie schaute die Mitglieder ihres Tribunals herausfordernd an. »Aber es geht nicht ohne die Mitarbeit von Frau Bider.«

Schott seufzte abgrundtief. »Wie ich Sie kenne, werden Sie weitermachen, egal, ob wir Ihnen zuhören. Es sei denn, wir sperren Sie ein. Wegen Behinderung der Justiz.«

Iris schaute auf den Boden und kaute dabei am Nagel ihres linken kleinen Fingers.

»Wird sie«, bestätigte Felix.

Schütte nickte.

Die Leitende Oberstaatsanwältin schaute von einem zum anderen. »Also gut, dann erklären Sie uns Ihren Plan«, meinte sie schließlich. »Entlassen können wir Sie danach immer noch.«

Iris witterte Morgenluft. »Es müsste vor allem schnell gehen. Jetzt, nach der Verhaftung von Frau Bider, könnte der eigentliche Täter Angst bekommen und abhauen, sobald er davon erfährt.

Und wie gesagt, wir brauchen dafür ihre Mithilfe. Ist sie greifbar?«

Susanne Venlo nickte. »Ist sie.«

»Bitte fragen Sie sie, ob der Inhaber, Daniel Herder, WhatsApp nutzt, und lassen Sie sich die Nummer geben.«

»Wieso Herder? Wer ist denn nun der eigentliche Täter? Machen Sie es nicht so spannend!« Der Glückliche klang genervt.

Iris' Angstknoten im Magen löste sich noch ein weiteres Stück. Jetzt hatte sie sie. »Wir müssen ihm eine Falle stellen.«

»Wem? Wer ist es denn?«

»Na, das ist doch sonnenklar: Daniel Herder.«

»Nie und nimmer«, behauptete Schott. »Wir haben ihn wirklich gründlich durchleuchtet. Der Mann ist sauber. Betty und er hatten zwar tatsächlich ein Verhältnis, er wollte sie heiraten, allerdings nicht ahnend, dass da eine kriminelle Organisation eine Spionin in seine Firma eingeschleust hatte.«

»Sauber? Vielleicht. Vielleicht auch nicht. Er wäre nicht der Erste, der jemanden dazu gebracht hat, ihm ein falsches Alibi zu geben. Womöglich war der Wirt seiner Stammkneipe an dem Abend so besoffen wie seine Gäste. Das Alibi ist wachsweich. Aber ich weiß einen Weg, wie wir uns ganz sicher sein können.«

Stille. Iris interpretierte das als Aufforderung, ihren Plan darzulegen. »Ich werde eine Erpressernachricht schreiben, über WhatsApp. Da sehen wir dann auch gleich, ob er sie gelesen hat. Ich behaupte einfach, ich hätte den Mord beobachtet, und bitte ihn zur Kasse. Was meinen Sie, zweihundertfünfzigtausend, wäre das eine gute Summe? Heute nach Einbruch der Dunkelheit zu übergeben an der Stelle, an der Tom O'Toole verscharrt wurde. Wenn er weiß, wo das ist, haben wir ihn. Oder ist die genaue Stelle bekannt? Stand was davon in der Presse? Weiß Herder, dass wir Betty gestern beim Einbruch erwischt haben?«

Allgemeines Kopfschütteln.

»Gut. Wenn er die richtige Stelle findet, handelt es sich um Täterwissen. Ich könnte die Nachricht in Trautmanns Namen schicken. Betty muss Herder gegenüber behaupten, dass er aus der Haft entlassen wurde. Trautmann war vor Ort und könnte durchaus beobachtet haben, wie der Rothaarige starb. Wenn Herder zur Polizei geht und die Erpressung meldet, war er es nicht. Kommt er dagegen zum Fundort der Leiche, sind wir sicher. Herder kommt übrigens auch für den Einbruch bei mir in Frage, hat denn schon jemand sein Alibi für diese Zeit überprüft? Aha, ich sehe schon, das ist nicht der Fall. Objekt- und Personenschützer kennen sich jedenfalls mit Einbrüchen aus, es würde mich also nicht wundern, wenn er entgegen Betty Biders Beteuerungen mit drinhängt. Und ich glaube ja, dass er von dem Hund wusste und sich davor gefürchtet hat, dass Sykes ihn als Mörder seines Herrchens outen könnte. Deswegen wollte er ihn umbringen.

»Woher soll Herder denn gewusst haben, dass der Hund bei Ihnen ist?«

»Da fallen mir auf Anhieb zwei Möglichkeiten ein. Von Betty Bider, die es von Eddi Köster wusste und es ihm weitererzählt hat. Eddi war oder ist ja ziemlich in Betty verschossen. Oder von Trautmann. Wäre ja denkbar, dass Herder sich erkundigt hat, wie es ihm geht, als er im Krankenhaus lag. Würde man doch eigentlich erwarten, dass ein Chef so was tut, oder? Trautmann wird sich nichts dabei gedacht haben, ihm von meiner unverhofften Begegnung mit dem Hund zu erzählen, wieso sollte er? Jedenfalls wird Herder uns von ganz allein in die Arme laufen. Sykes und ich müssen nur vor Ort auf ihn warten. Wenn er Tom O'Toole umgebracht hat, wird Sykes es uns durch sein Verhalten bestätigen.«

Susanne Venlo schaute skeptisch. »Ich weiß nicht, ein Hund als Zeuge, womöglich sogar vor Gericht? Ich habe noch nie von einem vergleichbaren Fall gehört.«

»Das gab es vor ein paar Jahren in Frankreich, da hat ein Hund namens Scoopy den Mörder seines Frauchens durch lautes Bellen identifiziert. Ich kann Ihnen den Fall raussuchen, wenn Sie wollen. Und einen Versuch ist es wert. Danach werde ich mich nie mehr irgendwo einmischen. Versprochen.«

»Dieses Versprechen wäre ebenfalls einen Versuch wert«, sagte der Glückliche.

Iris lächelte ihm zu, aber verhalten, damit er nicht in den Verdacht der Komplizenschaft geriet.

Das Handy der Leitenden klingelte. Susanne Venlo meldete sich und murmelte etwas Entschuldigendes.

Ihre Miene hellte sich nach und nach auf, während sie zuhörte. »So schnell?«

Wieder hörte sie zu. Die anderen im Raum begriffen: Da tat sich etwas Wichtiges.

»Wo?«, fragte sie schließlich. Und schloss mit den Worten: »Gratulation, Kollegen. So etwas nenne ich gute Zusammenarbeit auf internationaler Ebene. Ich denke, das wird von den Kriminellen im Allgemeinen unterschätzt, bei den ganzen Unkenrufen über unzureichende Vernetzung. Die Systeme mögen es vielleicht sein, die Menschen sind es nicht. – Ja, das denke ich auch. Danke noch mal. Und wenn Sie Probleme haben: immer wieder gern.«

Das Handy gab den beim Auflegen üblichen Pieps von sich, und Susanne Venlo schaute mit zufriedener Miene vom einen zum anderen. Ihr Blick blieb an Iris hängen. »Sie haben wirklich Glück. Wie ich schon sagte.«

Aller Augen hingen an der Leitenden. Sie lächelte. »Wie die Herren im Raum ja wissen, haben wir die Namen der Einbrecher, die uns die Bider gegeben hat, sofort an Europol und Interpol weitergegeben und eine internationale Fahndung eingeleitet …« Sie machte eine Kunstpause, die ihre spannungserhöhende Wirkung nicht verfehlte.

Iris war die Erste, die es nicht mehr aushielt. »Und wieso habe ich nun Glück?«

»Weil die Nachricht, die ich soeben erhalten habe, meine zu Beginn des Treffens ziemlich schlechte Laune über Ihr eigenmächtiges Vorgehen sehr aufhellt.«

»Was ist? Haben Sie die Typen?« Schott war die Ungeduld anzusehen.

»Spielverderber. Ja, wir haben sie. Die Kerle sind an der italienisch-schweizerischen Grenze gefasst worden. Und nicht nur das. In ihrem Kofferraum lagen Kunstschätze aus verschiedenen

Schweizer Museen. Anscheinend sitzen die Hehler in Italien. Ich vermute, wir können ihnen noch weitere Einbrüche nachweisen, wenn die Kollegen sie in die Mangel genommen haben. Das ist ein schöner Erfolg.«

»Den wir auch Frau Terheyde zu verdanken haben«, erklärte der Glückliche. Iris war ihm dankbar.

»Schon möglich. Trotzdem. Sie können sagen, was Sie wollen, Frau Terheyde, Max Trautmann ist dadurch bezüglich des Tötungsdelikts nicht entlastet.«

»Geben Sie mir eine Chance, meine Theorie zu beweisen.« Iris ließ nicht locker.

Susanne Venlo schaute erst zu Schott, der zum Einverständnis nickte, dann zu Iris. Schließlich nickte auch sie. »Also gut. Wir haben ja nichts zu verlieren. Und wie gesagt, ich bin jetzt deutlich besserer Laune als zu Beginn des Treffens.«

ACHTZEHN

Iris hatte alle Mühe, Sykes ruhig zu halten. Der Wolfshund begriff nicht, warum er Ruhe geben sollte, ausgerechnet dort, wo sein Herrchen vergraben worden war. Er fiepte und winselte in einem fort. Iris hoffte inbrünstig, dass das nicht die ganze Aktion torpedierte. Und dass Daniel Herder tatsächlich der Mann war, für den sie ihn hielt.

Es war eine frühsommerlich laue Nacht. Immer wieder schoben sich Wolken vor den Mond, gaben dann wieder den Blick auf einen herrlichen Sternenhimmel frei. Iris kannte keine Sternbilder, höchstens noch den Großen Wagen. Trotzdem genoss sie den Blick in die unendlichen Weiten, fragte sich, welcher der glitzernden Punkte, die sie sah, schon verloschen war, weil sein Licht Jahre, möglicherweise Jahrzehnte gebraucht hatte, um sie zu erreichen. Sie fühlte sich klein, unwichtig angesichts dieses Zaubers, der alle Probleme bedeutungslos erscheinen ließ. Ob es irgendwo da draußen noch anderes Leben mit Bewusstsein gab?

Sykes winselte noch etwas lauter und holte sie so auf die Erde zurück.

»Psst. Jetzt gib schon Ruhe. Platz.«

Sykes tat überraschenderweise, was er sollte. Iris hoffte, dass es dabei blieb.

Ein Zitat fiel ihr ein, es wurde Einstein zugeschrieben: »Zwei Dinge sind unendlich, das Universum und die menschliche Dummheit, aber beim Universum bin ich mir noch nicht ganz sicher.« Sie schmunzelte in sich hinein. Sie war wohl nicht zur Romantikerin geboren. Andererseits, wie hatte Sir Francis Bacon, ein englischer Philosoph, Essayist und Staatsmann, irgendwann so um die Wende vom 16. zum 17. Jahrhundert gesagt? »Wir dürfen das Weltall nicht einengen, um es den Grenzen unseres Vorstellungsvermögens anzupassen, wie der Mensch es bisher zu tun pflegte. Wir müssen vielmehr unser Wissen ausdehnen, sodass es das Bild des Weltalls zu fassen vermag.« Tja.

Es war so friedlich. Iris war kurz davor, wegzusacken. Dabei war es noch nicht einmal spät. Doch seit Sykes jeden Morgen spätestens um sieben Uhr aufs Gassigehen bestand, war sie nur noch müde. Sie konnte sich einfach nicht an das frühe Aufstehen gewöhnen. Zudem wirkte die Gewissheit, dass dieses Mal wirklich Kollegen in der Nähe waren, beruhigend.

Der Wind strich durch die Büsche, es raschelte. War da jemand? In Sykes' mächtiger Brust bildete sich ein tiefes Grollen. Von einem Augenblick auf den anderen war Iris hellwach. Schritte, ein Ast, der unter einem Tritt brach. Sykes stand jetzt. Das Grollen wurde immer lauter. Da tauchte eine dunkle Silhouette auf. »Wo sind Sie?«, raunte eine Männerstimme.

»Hier, fast direkt vor –«, hob Iris in normaler Lautstärke an, doch weiter kam sie nicht. Sykes machte einen Satz und überschlug sich fast in der Luft, weil Iris ihn an der Leine hielt. Im nächsten Moment stürzte sie, stachelige Ranken streiften ihr Gesicht, und sie landete inmitten von Brennnesseln auf dem Boden und bekam Erde in den Mund.

Sykes tobte. Die Schlaufe der Leine hatte sich um Iris' Handgelenk verheddert, doch für den Hund gab es kein Halten. Er schleifte sie mit sich, als wäre sie eine Feder. Sie hatte keine Chance, ihn zur Ordnung zu rufen, zu versuchen, ihn aufzuhalten, sondern war nur noch damit beschäftigt, sich irgendwo festzukrallen, um wieder auf die Beine zu kommen. Ihre Schulter erinnerte sich an vergangene Schmerzen und schrie auf. »Sykes …« Wieder bekam sie Erde in den Mund.

Ein Schuss fiel. Der Wolfshund jaulte auf, schleppte sich und Iris aber weiter.

»Hände hoch, Waffe weg, Polizei!«

Sie hörte einen weiteren Schuss, Sykes jaulte erneut auf. Jetzt bekam Iris einen Ast zu fassen, der Zug der Leine wurde schwächer. Sie rappelte sich hoch – und sah sich umringt von Kollegen. Der Glückliche griff nach der Leine. Doch Sykes zog ohnehin nicht mehr. Er lag am Boden, sein blaues Auge schaute anklagend in den Sternenhimmel.

»Waffe weg, sofort.«

»Ist ja schon gut«, antwortete Daniel Herder. »Ich musste mich doch gegen dieses Mistvieh verteidigen.« Er bückte sich und legte die Waffe auf den Erdboden.

»Wegschieben.«

Herder gehorchte.

»Sie sind verhaftet. Wir lasten Ihnen den Tod von Tom O'Toole an«, stellte Schott nüchtern fest.

»Das war ich nicht!«

»Woher wissen Sie dann, wo seine Leiche verscharrt wurde? Und wieso sind Sie dann überhaupt hier?«

Herder runzelte die Stirn. »Betty, ich … also, sie hat es mir gesagt. Sie wusste es von diesem Köster. Ich bin erpresst worden. Vermutlich vom Täter. Darum dachte ich, ich komme hierher, schnappe mir den Erpresser und übergebe ihn der Polizei. Aber es gab keinen Erpresser, oder? Das war eine Falle.«

Iris hörte nur mit halbem Ohr zu. Sie angelte in der Jackentasche nach ihrem Handy und wählte mit zitternden Fingern die Nummer der Laufenburger Tierarztpraxis. Niemand ging ran. Sie beschloss, es mit der Privatnummer von Marion Engel zu versuchen. Nach dem zehnten Läuten hob sie endlich ab. »Der Hund, Sykes, er wurde angeschossen. Schnell, kommen Sie bitte schnell, ich glaube, er verblutet.«

Sykes wurde in die Tierarztpraxis geschafft und sofort operiert. Iris wartete dort, bis die Operation vorbei war. Es war keine leichte OP, das hatte die Tierärztin ihr gleich klargemacht. Es war nicht sicher, ob der Hund die beiden Schüsse überleben würde.

Als alles vorüber war, drückte Marion Engel ihr die Patronen in die Hand, die sie aus dem Hundekörper geholt hatte. »So weit, so gut. Der Hund hat eine Pferdenatur. Aber über den Berg ist er noch nicht. Eine der Kugeln war dicht neben dem Herzen stecken geblieben. Die andere im Bauchraum, sie hatte die Magenwand durchschlagen. Die nächsten Stunden werden zeigen, ob Sykes überlebt. Aber die Chancen stehen nicht schlecht. Gehen Sie jetzt heim. Sie können nichts tun.«

Iris ließ den Hund nur ungern zurück. Doch sie sah ein, dass sie nicht in der Praxis übernachten konnte. Eine Helferin würde bei Sykes bleiben. Das beruhigte sie etwas. Daheim angekommen, tigerte sie in ihrer Wohnung auf und ab, kam einfach nicht zur Ruhe. Sie vermisste das Kalb. Dort, wo er sonst an ihrer Seite durch die Gegend tappte, war jetzt eine leere Stelle. Sie konnte sich kaum vorstellen, einzuschlafen, ohne dass sie den schweren Kopf auf ihren Beinen fühlte. Auch wenn die Aussicht, mal nicht im Frühtau Gassi gehen zu müssen, durchaus etwas für sich hatte, der Preis, den Sykes für ihre Ermittlungsarbeit hatte zahlen müssen, war hoch.

Zum ersten Mal seit langer Zeit bemühte sie jenes höhere Wesen, das sich Gott nannte, obwohl sie nicht glaubte, dass es den Mann mit dem weißen Bart gab. Und wenn, dann war er eine Frau. Oder ein Zwitter. Oder Transgender. Egal, schaden konnte so ein kleines Gebet ja nicht. Darüber glitt sie in einen leichten Schlaf.

Der Morgen graute, als sie hochschreckte und auf die Uhr sah. Obwohl sie sich unendlich müde fühlte, stand sie auf, konnte sowieso nicht mehr schlafen. Wieder begann das Gedankenkarussell.

Was sollte sie mit den Patronen machen? Na, der Anruf der Kollegen, mit dem ihr mitgeteilt werden würde, dass sie Max Trautmann aus der Untersuchungshaft entließen, musste ja bald kommen. Dann würde sie ihnen sagen, dass sie sie hatte.

Und endlich, gegen acht Uhr dreißig, kam auch eine Nachricht, per SMS, von Felix: »Die Soko Rover hat in Absprache mit den leitenden Ermittlungsbehörden entschieden, die Ermittlungen für abgeschlossen zu erklären. Herder ist nicht der Täter, seine Einlassungen sind schlüssig. Trautmann bleibt in Haft.«

Iris starrte fassungslos auf die Buchstaben. Das durfte doch nicht wahr sein! Was war da geschehen? Sie hatte alle Mühe, einen klaren Gedanken zu fassen. Wieso waren Herders Einlassungen schlüssig? Glaubten die etwa ernsthaft, dass er nur auf die Erpressung reagiert hatte, um den wahren Täter zu schnappen? Das war eine Schutzbehauptung, eine faule Ausrede! Wieso hätte der sonst so liebesbedürftige Wolfshund derart aggressiv auf Herder reagieren sollen? Und was war mit der Waffe, die er zu dem Treffen mitgebracht hatte? Unschuldig klang das für sie nicht. Iris' Blick wanderte zu den Patronen, die auf ihrem Wohnzimmertisch lagen. Sie musste mit Felix reden. Oder mit Schott. Oder mit allen.

Sie wählte Felix' Handynummer. Niemand antwortete. Schott nahm ebenfalls nicht ab. Auch nicht nach dem zweiten und dritten Versuch. Bei Susanne Venlo meldete sich nur der AB. Sie sprach drauf. »Bitte um Rückruf, es ist dringend!«

Doch kein Rückruf kam. Der Nägel ihres rechten Mittelfingers und ihres linken Zeigefingers hatten nach einer Stunde heftig gelitten. Die dritte Tasse Kaffee half nicht, ihre innere Unruhe zu dämpfen. Der Verzehr einer ganzen Tüte Chips ebenfalls nicht.

Iris hielt es in ihrer Wohnung nicht mehr aus. Sie brauchte mal wieder einen Plan. Musste irgendetwas finden, das Trautmann entlastete. Also Bewegung. Ein Spaziergang. Auf dem Rückweg konnte sie ja dann bei der Tierarztpraxis vorbeischauen, sich erkundigen, wie es Sykes ging.

Was konnte sie tun, um Trautmann zu helfen, welche Spuren würden Herder womöglich belasten? Wenn sie nur wüsste, was genau er ausgesagt hatte. Dann hätte sie mehr Möglichkeiten, dagegenzuhalten. Doch die Kollegen ließen sich verleugnen, so viel war klar. Also musste sie allein klarkommen. Iris griff nach der Jacke, zog sie vom Bügel, trabte die Treppe hinunter, ließ die Haustür hinter sich zufallen, hielt unter den Arkaden kurz inne, nahm den Weg die Hauptstraße hinab zur alten Rheinbrücke und dann den Rheinuferweg entlang in Richtung Neue Rheinbrücke.

Gut, da gab es die Waffe, mit der Herder auf den Hund geschossen hatte. Sie hatte die Patronen, mit denen Sykes verletzt worden war. Die konnte sie den Kollegen von der Ballistik geben. Vielleicht hatten sie ja Glück, und es fand sich im Zusammenhang mit der Waffe ein ungelöster Fall in der Datenbank.

Was hatte sie sonst noch gegen Herder in der Hand? Die Karte Sykes war ausgespielt, sie hatte offensichtlich nicht gestochen. Doch Moment mal … Iris stockte mitten im Schritt. Der Fetzen! Das Stück Stoff, dass Sykes dem Mann bei seinem Angriff in den Räumen von S & S aus dem Ärmel gerissen hatte! Na ja, das nutzte ihr auch nichts. Es sei denn … Hatte Andreas Müller nicht gesagt, unter den Fingern des Toten seien Hautreste gefunden worden? Es musste also einen Kampf gegeben haben, in dessen Verlauf Herder den Rothaarigen niedergeschlagen hatte. Mit dem Golfschläger, den er Trautmann dann hinterhältigerweise in den Wagen gelegt hatte. Wenn die DNA der Hautreste und die DNA auf dem Stoff nun dieselbe war? Dann könnte Herder sich nicht mehr herausreden. Dann wäre der Beweis geführt, dass Trautmann unschuldig war. Also musste der Stofffetzen zur Kriminaltechnik. Wo war der überhaupt?

Ihr wurde siedend heiß. Wo war der nur, wo hatte sie den hingetan? Ach ja, sie hatte ihn in die Jacke gesteckt. Hoffentlich war er da noch. Sie kramte in den Taschen. Zunächst fand sie nichts. Doch dann, zu ihrer unendlichen Erleichterung, ertastete ihre Hand in der rechten Jackentasche etwas Weiches. Sie zog es hervor. Tatsächlich, das Stück Stoff. Also auf zur Kriminaltechnik.

Nein, besser nicht. Das würde Fragen nach sich ziehen. Unangenehme Fragen. Warum sie den Fetzen nicht schon früher abgegeben hatte. Es würde den Verdacht, dass sie Trautmann wider besseres Wissen schützte, noch weiter schüren. Sie wusste ja selbst nicht, warum sie dieses dämliche Stück Stoff ganz in Gedanken eingesteckt und dann völlig vergessen hatte. An wen konnte sie sich aber wenden, wenn nicht an die eigenen Kollegen? Sie schaute auf den Rhein, der dahinfloss, als gäbe es keine Probleme zu lösen. Die Schweiz! Natürlich! Da waren die Einbrecher auch aktiv gewesen. Was war eigentlich aus Viktor geworden? Ihrem Freund bei der Kantonspolizei Aarau, mit dem sie für so manchen Fall prima zusammengearbeitet hatte? Viktor. Sie würde ihn gleich anrufen.

Viktor meldete sich erst nach längerem Tuten. »Ha, mini Schöne. Treulose Tomate. Hesch di nie g'meldet. Dabi han ich no meh als es Bier guet bi dir! Wa wodsch?«

Viktors unverblümte Nachfrage nach ihrem Anliegen brachte Iris etwas aus dem Konzept. Sie hatte sich vorgenommen, etwas zu säuseln, Small Talk zu machen, in der Hoffnung, dass er sich daran erinnerte, dass er sie einmal ziemlich angebaggert hatte. Früher. Vor einigen Jahren. Jetzt offenbar nicht mehr. Nun gut, Viktor kannte sie inzwischen besser.

»Kannst du bei euch einen Menschen von der Kriminaltechnik aktivieren? Ich hätte da ein Stück Stoff von einem Hemd und bräuchte die DNA des Trägers.«

»Zum Vergleich?« Wenn er wollte, sprach Viktor auch Hochdeutsch. In Iris keimte Hoffnung. Er hatte immerhin nicht Nein gesagt.

»Ja, zum Vergleich.«

Pause. Iris wurde unruhig. »Viktor, bist du noch da?«

»Ja, scho.« Er klang zögernd. »Gibt es eine Referenzprobe?«

»Ja, die gibt es, aber …«

»Aber, aha, jetzt lass mich raten. Mini Schöne isch wieder im Alleingang. Isch doch so, oder? Ich frag besser nicht, warum du mit deinem Anliegen nicht zu deinen Leuten gehst. Aber ich brauch auch einen Grund, um unsere zu aktivieren. Hast du einen?«

Nun herrschte Schweigen auf Iris' Seite der Leitung. Sie kaute am Daumennagel.

»Halloohooo? Isch do wer?«

»Ja, ähäm. Ja, also … es ist ein Fall im Zusammenhang mit dem Diebstahl chinesischer Artefakte aus verschiedenen Museen, auch in der Schweiz. Die Diebe sind gerade an der italienisch-schweizerischen Grenze gefasst worden.«

»Ah, ich erinnere mich. Artefakte. Und der Mensch, dem der Fetzen Stoff mal gehört hat, könnte darin verwickelt sein?«

»So in etwa.«

»Es eilt also.«

»Ja, es eilt.«

»Und warum gehst du damit nicht zu deinen Kollegen?«

Wieder zögerte Iris. Ihr war nicht wohl dabei, Viktors Freundschaft so auszunutzen. Andererseits hatte sie ja auch eine Freundespflicht Trautmann gegenüber zu erfüllen. »Viktor, bitte glaube mir, ich habe meine Gründe. Wie gesagt, ich hab das Stück

Stoff. Die Referenzprobe hat die Rechtsmedizin in Freiburg. Und zwar in Zusammenhang mit einem ziemlich gewaltsamen Todesfall. Es geht um Hautpartikel. Da wurde sicherlich inzwischen ein DNA-Profil erstellt. Doch wenn ich jetzt da anrufe, dann werden die mich abwimmeln, weil –«

»Stopp, nüt. Sag nüt. Ich will's nicht wissen. 's isch dir mengisch arg wichtig, mini Schöne?«

»Jo, arg.«

Stille.

»Viktor?«

»Moment, ich denk.«

Iris schwieg brav.

Nach einer gefühlten Ewigkeit kam schließlich die erlösende Nachricht.

»Also gut. Ich denk, das kriegen wir hin. Wo ist denn das Stück Stoff?«

»Ich kann es dir bringen. Könnte ich dann bitte auch bei der Auswertung mit dazukommen? Ich glaub, ich sagte es schon, es eilt. Sonst kommen am Ende noch die Falschen ins Gefängnis.«

»Nein, es ist besser, du tauchst nicht mit im Labor auf. Kenne ich den Mann?«

»Jahaa, aber das erzähle ich dir lieber persönlich. Kann ich dann bei dir warten? Bitte.«

»Die ganze G'schicht?«

»Ja, die ganze. Versprochen. Wo soll ich hinkommen, wo treffen wir uns? Ich war noch nie bei dir.«

Viktor erklärte es ihr.

Iris war noch nie so schnell nach Aarau gefahren. Auch die horrenden Gebühren der Schweizer bei Geschwindigkeitsüberschreitungen schreckten sie nicht. Sie musste einfach wissen, was Sache war. Sonst platzte sie noch.

Viele Stunden schrecklichen Wartens später war sie wieder daheim. Es dauerte nun mal, ein DNA-Profil zu erstellen. Sie hatte die meiste Zeit davon auf Viktors Sofa verbracht, war trotz ihrer Anspannung sogar kurz weggenickt.

Dann war Viktor heimgekommen. Iris jubelte innerlich. Er

hatte nämlich noch ein Übriges getan und Andreas Müller kontaktiert, ihn sogar dazu bewogen, ihm das Ergebnis der DNA-Untersuchung der Hautspuren unter den Fingernägeln des Toten zu mailen. So hatte er die beiden Profile vergleichen können. Volltreffer! Der Täter war Herder. Musste Herder sein.

Iris ging erneut die Handynummern der Kollegen durch, sprach auf alle ABs, um die gute Nachricht zu verbreiten, und bat dringend um Rückruf. Nachdem das erledigt war, meldete sich die Tierarztpraxis. Sykes war auf dem Weg der Besserung. Er war dem Tod noch einmal von der Schippe gesprungen. »Ich komme vorbei«, sagte Iris sofort. »Bin in etwa einer Stunde da.«

Und da war er wieder, dieser blaue Blick, bei dem ihr Herz dahinschmolz. Am liebsten hätte sie den Hund mit heimgenommen. Doch er musste eine weitere Nacht zur Überwachung in der Praxis bleiben. Iris ließ ihn sehr ungern zurück und nicht, ohne alle in der Praxis eindringlich darauf hinzuweisen, dass Sykes es hasste, allein gelassen zu werden. Dass er dann dazu tendierte, zu randalieren. Und dass das in seinem jetzigen geschwächten Zustand doch sehr kontraproduktiv sein könnte.

NEUNZEHN

Allein mit sich in der Wohnung spürte Iris, wie etwas in ihr zerriss. Ein Band, das sie bisher an ihre Arbeit, die Kollegen, gebunden hatte. Es war gleichgültig, was sie sagte, wie sie argumentierte, sie musste immer mehr und noch mehr Beweise liefern, damit ihre Thesen bezüglich Ermittlungen und Täter auf Resonanz stießen. Irgendwie gehörte sie nicht mehr dazu. Sie gehörte nirgendwo mehr dazu. Zorn wallte in ihr auf. Dann Trauer, das Bewusstsein, dass sie ungerecht war. Doch das Gefühl, nicht mehr dazuzugehören, wurde immer stärker. Gut. Dann war das eben so. Dann konnte sie auch gehen.

Und danach? Keine Ahnung. Wovon sollte sie leben? Keine Ahnung. Wohin würde sie künftig gehören? Keine Ahnung. Der, mit dem sie zurzeit das größte Zusammengehörigkeitsgefühl verband, war ein tapsiger, liebenswerter Wolfshund mit einer Angstneurose. Und der gehörte auch nicht wirklich zu ihr. Er gehörte eigentlich nach Irland.

Sie beschloss, mit den Barnacles zu reden. Und eine Viertelstunde später war klar, sie hatte sehr wohl Pläne.

Die Barnacles hatten sich sehr über ihren Anruf gefreut, auch wenn sie traurig über den Tod von Tom O'Toole und die schweren Verletzungen waren, die Sykes erlitten hatte. Doch ja, sie hätten den Hund noch immer gern bei sich.

Iris lächelte vor sich hin. Ja, sie hatte sehr wohl Pläne. Sie würde kündigen und Sykes nach Irland bringen, sobald er in der Lage war, zu reisen. Am besten mit dem Twingo, auf der Fähre, verbunden mit einer gemütlichen Fahrt über die Insel, bis hin nach Limerick. Dann könnte sie auch mal in Rathkeale vorbeischauen, dem Dorf, in dem die gleichnamigen Rovers offenbar viele Häuser besaßen. Das hatte sie auf Wikipedia gelesen. Aber jetzt würde sie erst mal Sykes aufpäppeln und mit Trautmanns Anwältin dessen Verteidigung im Prozess vorbereiten. Falls sie ihn nicht doch endlich freiließen. Was sie jetzt eigentlich müssten. Gemeinsam würden sie der Staatsanwaltschaft die Ermittlungen um die Ohren hauen. Ja, das würden sie. Und dann käme Trautmann frei. Mit diesem Gedanken schlief sie auf dem Sofa ein.

Der Wecker war so groß wie die Laufenburger Versöhnungskirche. Seltsamerweise hatte er ein Gesicht. Iris hatte zwar keine Angst vor Weckern, dennoch rannte sie, so schnell sie konnte. Gleichzeitig hatte sie das Gefühl, stecken zu bleiben, während der Wecker immer näher kam. Dann stellte sie fest, dass der Wecker ein Scheinriese sein musste, was sie einigermaßen erstaunte. So einer, wie er Jim Knopf und Lukas dem Lokomotivführer in Michael Endes gleichnamigem Kinderbuch begegnet war. Einem Buch, das Iris liebte. Von Weitem wirkte Herr Turtur sehr groß. Doch je mehr er sich näherte, desto kleiner wurde er.

Und dann kam der Moment, in dem Iris das Läuten nicht länger verdrängen konnte. Sie wachte auf und stellte fest, es war kein Wecker, sondern die Türklingel, die sie da vor sich hergetrieben hatte. Verschlafen stand sie auf, marschierte in die Küche und streckte ihren Kopf weit aus dem Fenster über den Arkaden. Sie konnte zwar niemanden sehen, denn wer immer da unten stand und ohne Unterlass schellte, stand nun mal *unter* den Arkaden. Also rief sie, so laut es ihr in ihrem verschlafenen Zustand möglich war: »Lassen Sie mich in Ruhe. Hören Sie auf, meine Klingel zu malträtieren.«

Als sie gerade das Fenster zuschlagen wollte, weil sie fand, das sei klar genug, vernahm sie eine bekannte Stimme. »Kommen Sie endlich runter! Dann höre ich auf.«

Iris öffnete das Fenster wieder. »Felix, was wollen Sie? Mit Ihnen rede ich nicht mehr!«

Das Läuten hörte auf, und die Gestalt des Glücklichen erschien in Iris' Sichtfeld, sprich, er begab sich in die Mitte der Hauptstraße, wo er stehen blieb und nach oben schaute. »Ich habe den Auftrag, Sie abzuholen.«

»Mit Ihnen gehe ich nirgendwohin.«

»Wir werden in einer Viertelstunde mit der erneuten Vernehmung eines gewissen Herrn H. beginnen. Die Kollegen und die Leitende fanden, Sie sollten dabei sein. Aber wenn Sie nicht wollen …« Der Glückliche bewegte sich in Richtung Stadttor.

»Halt, ich komme!«

»Gut. Beeilen Sie sich. Mein Wagen steht direkt hinter dem Stadttor auf dem Parkplatz bei der Unterführung. Kommen Sie dahin. Sofort. Ich warte nicht ewig.« Damit machte er sich auf den Weg.

Exakt zehn Minuten später war sie bei Felix.

»Wie komme ich plötzlich zu der Ehre? Ich habe dauernd versucht, Sie zu erreichen?«, fragte sie so nonchalant wie möglich, während sie zu ihm ins Auto stieg.

Der Glückliche schaute sie von der Seite an. »Ein gewisser Viktor von der Aargauer Kantonspolizei hat bei mir angerufen und mich gebeten, Ihnen zu helfen, damit Sie keine allzu großen Schwierigkeiten bekommen. Er macht sich Sorgen um Sie.«

»Stimmt, Viktor und Sie kennen sich ja von früheren Ermittlungen. Ist ein guter Freund.«

»Den Eindruck habe ich auch.«

»Und?« Iris bemühte sich um einen harmlosen Gesichtsausdruck.

»Nun tun Sie nicht so unschuldig. Ich kann mich nämlich gut erinnern, dass Sykes ein Stück Stoff von Daniel Herders Ärmel im Maul hatte.«

»Und?«

»Nun, Viktor bestätigte, was Sie uns allen auf den Anrufbeantworter gesprochen haben. Dass die Hauptpartikel unter den Nägeln des Toten von Herder stammen.«

»Und mir haben Sie das nicht geglaubt?«

Der Glückliche antwortete einige Momente lang nichts. »Wir haben bei der Durchsuchung von Herders Wohnung das kaputte Hemd zutage gefördert, das zu Ihrem Stück Soff passt. Ich habe von Viktor gehört, Sie haben auch die Patronen, die die Tierärztin aus dem Hund geholt hat. Wo sind sie?«

Iris klaubte einen durchsichtigen Beutel aus ihrer Handtasche. »Da drin.«

»Ihnen ist schon klar, dass Ihnen das als Unterschlagung von Beweismitteln ausgelegt werden kann. Sie wissen mindestens so gut wie ich, dass das eine Straftat ist.«

Iris machte den Mund auf, um zu protestieren. Dann besann sie sich anders. Alles Reden hatte doch keinen Zweck, egal, wie sehr sie sich den Mund fusselig redete. Wer hatte denn dauernd versucht, sie von den Ermittlungen fernzuhalten? Wer war denn nicht ans Handy gegangen? Wer hatte sie denn gezwungen, Umwege zu gehen, um Gehör zu finden?

Felix sah sie missbilligend an. »Den Gesichtsausdruck kenne ich. Ich ahne, was Sie sagen wollen. Es sollte Ihnen genügen, dass ich Sie zur Vernehmung von Herder hinzuziehe. Lassen Sie es gut sein.«

Iris hatte nicht die Absicht, es gut sein zu lassen. Höchstens für den Moment. Sie musste unbedingt hören, was Daniel Herder zu sagen hatte. Mit diesen Beweisen würde er das Leugnen aufgeben. Musste er. So hartgesotten war noch nicht einmal er. Und sie wollte dabei sein, wenn sie recht bekam, wenn Trautmann entlastet wurde.

»Übrigens: Sie sind nur Zuhörerin. Sie können keine Fragen stellen. Sind Sie damit einverstanden?«

Iris murmelte etwas.

Der Daniel Herder, den Iris im benachbarten Raum hinter dem venezianischen Spiegel sah, ähnelte nur noch entfernt dem Mann, den Sykes angegriffen hatte. Er wirkte müde. Selbst die Armmuskeln sahen weniger rund aus. Der Glückliche blieb bei ihr. Vermutlich, um zu verhindern, dass sie den Nebenraum stürmte. Susanne Venlo und Schott waren nebenan, um Herder zu vernehmen, sie hörten alles durchs Mikrofon.

»Ich habe ein Gespräch belauscht«, sagte Herder gerade.

»Welches Gespräch?«, fragte Schott.

»Frau Bider, also sie und ich, wir waren verlobt.«

»Das wissen wir. Was für ein Gespräch?«

Daniel Herder stockte. Die Erinnerung wühlte ihn sichtlich auf. Und nicht lange danach war klar: Vor ihnen saß ein Mann, der sich aufs Übelste hintergangen fühlte. Einige Tage vor dem Einbruch hatte er ein Gespräch zwischen Betty und Fred Bider mitgehört. Die beiden unterhielten sich darüber, dass sie bisher nur wenige lohnende Informationen für weitere Raubzüge erhalten hätten. Betty weigerte sich zudem, noch länger in Deutschland zu bleiben. Sie wollte schnellstens weg, heim nach Irland. Da hatte er begriffen: Die Frau, die er liebte, hatte ihn nur ausgenutzt. Und Fred Bider hieß in Wirklichkeit ebenso wenig Bider wie Betty. Beide hatten sich in seinen Gefühlen und in der Firma eingenistet, um ihn besser aushorchen zu können.«

An diesem Punkt unterbrach Herder seine Erzählung.

»Und weiter? Was geschah dann?«, hakte Schott nach.

Daniel Herder schüttelte den Kopf. »Nichts.«

Jetzt wurde Schott theatralisch. Das konnte er. Er plusterte sich auf, wirkte dadurch fast einen Kopf größer und gefährlich, während seine Stimme leiser wurde, fast flüsternd, was dem Gesagten eine ganz besondere Dringlichkeit verlieh. Herder, der starke Mann, sank weiter in sich zusammen. Iris zollte den Kollegen fast widerstrebend Anerkennung.

»Sie haben ihn schon seit Stunden in der Mangel«, flüsterte Felix.

Iris nickte, das erklärte einiges. Sie bemühten sich, den Mann nach und nach in die Enge zu treiben. Schade, sie wäre gern schon früher dabei gewesen. Aber das ließ sich nun mal nicht ändern.

»Ich glaube Ihnen kein Wort«, flüsterte Schott. Dann donnerte er los: »Jetzt reden Sie endlich! Gestehen Sie, dass Sie Tom O'Toole erschlagen haben.«

Herder schwieg verstockt.

Nun mischte sich die Leitende ein, Besorgnis in der Stimme. »Kollege Schott. Wirklich. Sehen Sie nicht, dass der Mann mit seinen Nerven am Ende ist? Wahrscheinlich war es ein Unfall. Es war doch ein Unfall, oder? Herr Herder, Leugnen nützt nichts. Wir haben Ihre DNA unter den Nägeln des Toten gefunden. Sie erinnern sich, der Hund? Er hatte Ihnen ein Stück Stoff aus dem Ärmel gerissen, damit konnten wir sie vergleichen. Übrigens, waren Sie es, der bei unserer Kollegin eingebrochen ist und versucht hat, ihn umzubringen?«

Das Entsetzen war Herder anzusehen. »Ihre Kollegin?«

»Ja, Frau Terheyde ist eine Kollegin. Also reden Sie endlich. Wenn Sie mit uns zusammenarbeiten, könnte sich das auf das Strafmaß auswirken. Woher wussten Sie eigentlich, wo der Hund war?«

Herder fiel in sich zusammen. Mit den Schultern senkte er auch den Kopf. »Von Trautmann. Als ich ihn im Krankenhaus anrief, hat er mir erzählt, dass der Köter die Leiche gefunden hatte. Ich wollte das alles nicht. Wirklich. Ich … also, Fred, ich meine, Tom O'Toole, er hatte die Töle immer dabei …«

»Wie, immer? Wann, immer? Woher wissen Sie das?« Schott klang noch immer bedrohlich. Er hatte sich aggressiv nach vorn gebeugt, sein Oberkörper ragte inzwischen weit über den Tisch, der zwischen Herder und ihm stand, er rückte Herder damit auch körperlich weiter auf die Pelle.

Herder zuckte hilflos mit den Schultern. »Was hätte ich denn tun sollen? Der Hund hat einen Knall. Kann nicht allein sein. Deswegen hatte Fred ihn sogar zum Einbruch mitgenommen. Vor dem Museum sind einzementierte Fahrradständer. Daran war er festgebunden.«

»Herr Herder, jetzt lassen Sie sich doch nicht jeden Wurm einzeln aus der Nase ziehen. Ich wiederhole: Es kann sich zu Ihren Gunsten auf das Strafmaß auswirken, wenn Sie kooperativ sind. Sie wissen hoffentlich, dass Ihnen eine lange Haftstrafe droht. Denken Sie gut über meine Worte nach.«

An diesem Punkt verstummte Herder völlig und schaute sekundenlang vor sich hin. Er runzelte die Stirn, kniff die Lippen zusammen. Dann hob er mit einem Ruck den Kopf und drückte die Brust heraus. Sein Nachdenken hatte offensichtlich zu einem Ergebnis geführt, aber zu einem anderen als erwartet. »Ich will einen Anwalt«, erklärte er und verschränkte die Arme vor der Brust.

Warum ließen sie den Mann vom Kanthaken? Kooperativ, lange Haftstrafe! Beinahe hätten sie ihn gehabt. Iris stöhnte auf.

Der Mann war härter als gedacht. Das konnte dauern. Weitere Stunden, wenn nicht Tage, die Trautmann im Gefängnis verbringen musste. Das konnte sie nicht hinnehmen. Und dann tat sie das, woran Felix sie hätte hindern sollen, sie stürmte das Vernehmungszimmer wie eine der Erinnyen, der Rachegöttinnen aus der griechischen Mythologie.

»Wenn Sie den Raum nicht sofort verlassen, war's das für Sie«, erklärte die Leitende brüsk. Ihre Fingerknöchel wurden ganz weiß, so sehr ballte sie die Hände zur Faust, um nicht die Beherrschung zu verlieren. Schott starrte sie mit offenem Mund an, als könnte er nicht glauben, was sie da tat.

Iris dachte jedoch nicht daran, zu verschwinden. Sie würde den Typ zum Reden bringen, koste es, was es wolle.

Und Herder redete. Als bräche ein Damm, sprudelte alles aus ihm heraus.

ZWANZIG

Max Trautmann schaute in seine Tasse Kaffee, dann zum Schnapsglas, das danebenstand, und schüttete den Schlegel in einem Zug hinunter. »Das hast du tatsächlich getan?«

Iris nickte. »Ja. Und Herder war so perplex, mich zu sehen, dass er geredet hat wie ein Buch. Auch ohne Anwalt.«

»Was hat er gesagt?«

»Die Kurzfassung?«

»Die Kurzfassung.«

»Nachdem er begriffen hatte, dass die Geschwister ihn nur ausnutzen wollten, fürchtete er natürlich um den guten Ruf seines Unternehmens.«

»Klar, das hätte ich an seiner Stelle auch getan. – Bedienung! Noch einen Schnaps bitte.«

»Trink nicht so viel, Trautmann. Und unterbrich mich nicht ständig.«

»Ist ja schon gut.«

»Jedenfalls hat er Tom O'Toole beschattet. Auch am Abend des Einbruchs. Er hat beobachtet, wie dieser seine Kumpane traf und mit ihnen ins Museum einstieg. Seinen Hund hatte er vor dem Museum an einem der Fahrradständer angebunden.«

»Und? Ah, der Schnaps, danke.« Trautmann kippte auch diesen Kurzen in einem Zug herunter.

»Wie gesagt: Trink nicht so viel, sonst muss ich dich noch heimtragen.«

»Keine Bange. Mach es nicht so spannend!«

»Dann unterbrich mich nicht dauernd. Das ist mühsam, dann verliere ich den Faden.«

Trautmann verschloss mit einer Geste symbolisch die Lippen.

»Gut. Also, wo war ich? Na ja, Herder beschloss, sich Tom beziehungsweise Fred zu schnappen, im Zweifel mit Waffengewalt, um einen nicht wiedergutzumachenden Imageschaden von seiner Firma abzuwenden, wie er sagte. Er wusste natürlich, dass er seine eigene Waffe nicht benutzen durfte, wenn er sich nicht verraten wollte. Also besorgte er sich aus dem Aufbewahrungsraum des Golfcenters einen Schläger – um Fred Bider und seine Helfershelfer zu stellen und außer Gefecht zu setzen. Als Chef des Sicherheitsunternehmens hat er für alles einen Schlüssel.«

»Dieser Saftsack, den bring ich um!«

»Nix, hier wird niemand mehr umgebracht. Halt jetzt einfach mal die Klappe, Trautmann. Jedenfalls, es lief für Herder etwas anders als gedacht. Es stand immerhin drei zu eins.«

Trautmann grinste schief. »Ich mag energische Frauen.« Seine Stimme klang schon leicht schlurfig, der Schnaps entfaltete seine Wirkung. »Noch einen bitte!«, rief er durch den Wirtsraum. »Aller guten Dinge sind drei, nicht wahr? Und wenn ich schon niemanden umbringen darf …«

Iris entschied, lieber etwas schneller zu erzählen, zumal ihre Mahnungen ohnehin ihre Wirkung verfehlten. »Als er mit dem Golfschläger zurückkam, hörte Herder einen Knall. Das muss der Schuss gewesen sein, den du abgegeben hast. Und dann sah Herder, dass zwei der drei Einbrecher aus dem Museum flüchteten. Er ging hinein und fand Fred Bider alias Tom O'Toole, der sich über dich beugte – du warst da gerade bewusstlos –, mit einer Pistole in der Hand. Deine, wie sich später herausstellte.«

»Ich bringe ihn –«

»Ruhe jetzt. Als der Typ ihn sah, also Fred den Herder, gab er Fersengeld. Doch Daniel Herder folgte ihm und schaffte es, ihn auf der Driving Range zu stellen. Zwischen den beiden Männern entbrannte ein wütendes Handgemenge. Als Tom O'Toole erneut flüchten wollte, schlug Daniel Herder ihm mit dem Golfschläger von hinten mit einer solchen Wucht den Schädel ein, dass O'Toole die Waffe aus der Hand geschleudert wurde und er tot im Gras landete. War demnach wohl eher Totschlag im Affekt als ein geplanter Mord. Obwohl, wenn man bedenkt, dass er sich ja extra mit einem Golfschläger ausgerüstet hat, kann man das auch anders sehen. Nun, das soll der Richter entscheiden. Ob so oder so, er wird jetzt eine ganze Weile gesiebte Luft atmen.«

»Geschieht ihm recht. Lumpenpack.«

»Trautmann! Ich stehe gleich auf und gehe, wenn du jetzt nicht Ruhe gibst.«

»Ischtjaschongut.«

»Jedenfalls kam Herder auf die Idee, dir die Tat anzuhängen. Es war ja deine Waffe, und du lagst bewusstlos im Museum, warst also der ideale Sündenbock. Er versteckte den Toten samt deiner Waffe zunächst in den Büschen und deponierte den Golfschläger in deinem Auto. Er nannte es eine glückliche Fügung, dass der Kofferraumdeckel deines Autos nicht mehr richtig schließt, denn er hatte schon damit gerechnet, das Schloss aufbrechen zu müssen. Dann nahm er dein Handy und drapierte es unter dem Toten, ehe er ihn notdürftig verscharrte. Das Handy hattest du anscheinend bei S&S liegen lassen, er fand es bei der Durchsuchung von Bettys Schreibtisch und nahm es mit, um es dir zu geben, wenn er dich das nächste Mal sah. Dass es schon in der Nacht so weit sein würde, wusste er da natürlich nicht. Aber auch das hielt er für einen Wink des Schicksals, denn nun hatte er dadurch einen weiteren Hinweis, der auf dich deutete. Ja, und dann hat er noch private Aufzeichnungen frisiert, die er sich über ein Gespräch mit dir gemacht hatte, um ein Mordmotiv zu konstruieren. Als ehemaliger Frontex-Mann wusste er genau, worauf es ankam. Ganz der kooperative Daniel Herder, hat er diese Aufzeichnungen der Polizei übergeben, als bei ihm der Eindruck entstand, dass du vielleicht doch noch davonkommen könntest. Ein äußerst raffinierter Plan. Aber am Ende ist er trotzdem nicht aufgegangen.«

»Boah. Waschfür eine Geschichte!« Da waren sie wieder, Trautmanns staunende Kinderaugen hinter der runden, dickglasigen Brille. Sie lächelte ihm zu. Trautmann lächelte zurück.

»Also gut, dann weiter im Text. Während Herder im Dunkeln zwischen den Büschen nach deiner Waffe suchte, um sie wieder mitzunehmen, als Faustpfand sozusagen, falls er weitere Spuren zu dir würde legen müssen, fing Sykes an, laut zu jaulen. Herder wusste, dass er ihn schnellstens zum Schweigen bringen musste, sonst würde er noch geschnappt werden. Er gab die Suche nach der Waffe auf, die ihm ohnehin keine große Sorge bereitete, denn Fingerabdrücke von ihm konnten nicht drauf sein, er trug Handschuhe. Als Hundefreund konnte er sich aber nicht dazu durchringen, den Hund zu erschießen.« Iris seufzte. »Die Menschen sind doch manchmal komisch. Da hat er gerade einen Mann erschlagen, aber ein Tier kann er nicht töten. Na ja. Deshalb zog er Sykes eins über, aber nur so, dass der nicht daran starb, und verfrachtete den wehrlosen Hund in den Kofferraum seines Autos. Danach fuhr er mit ihm ungeschoren über die Bad Säckinger Steinbrücke, also über den Zoll in die Schweiz und bei Eiken auf die Autobahn, wo er ihn an einem Rastplatz an einen Baum anband. Nach seiner Rückkehr fand er die Waffe dann doch noch, während im Museum bereits der Sicherheitsdienst und die Polizei im Einsatz waren und du ins Krankenhaus gebracht wurdest.«

»Oh. Warum war ich nur so lange ohnmächtig? Und krank? Ich hatte ja keine Ahnung …«

Iris' Miene wurde grimmig. »Es ist ihm am Ende nicht gut bekommen. Als Herder den Hund auf dem Rastplatz aussetzte, war Sykes wieder halbwegs bei Bewusstsein und heulte ebenso wütend wie lauthals. Damit hörte er auch unter Garantie nicht auf, bis es ihm gelang, sich loszureißen. Er fand irgendwie zur Driving Range zurück. Ist ja nicht allzu weit. Nur ein paar Kilometer. Und rannte mir prompt in den Golfschläger.«

»Genial. DiescherHundischeinHeld.«

»Das ist er.«

»UndSchieduschindaucheinHeld.«

»Trautmann, du bist betrunken!«

»Binich nicht.«

»Jetzt brauche ich auch einen Schlegel«, befand Iris.

»Und woischder Held?«

Iris schoss in die Höhe. »Herrje, noch in der Tierarztpraxis, ich hatte versprochen, ihn abzuholen. Kommst du mit?«

»Aberklar.« Trautmann stand auf und schwankte.

»Setz dich. Trink einen Kaffee, damit du wieder nüchtern wirst. Nein, am besten zwei. Ich bringe den Hund auch irgendwie allein heim. In einer Dreiviertelstunde treffen wir uns bei mir und besprechen das weitere Vorgehen. Und wehe, du kippst noch einen Schnaps, dann lasse ich dich nicht rein.«

»Nie und nimmer.«

»Trink deinen Kaffee. Ich kann keine zwei Kranken betreuen.« Damit war Iris auch schon aufgestanden und gegangen.

Trautmann sah ihr nach. Sein Herz klopfte bis zum Hals. Er war zwar beduselt von den ganzen Schlegeln, aber eines war ihm dennoch klar: Sie hatte nicht groß darüber gesprochen, was sie alles hatte tun müssen, um die Kollegen dazu zu bringen, die Akte nicht zu schließen. Doch seine Anwältin hatte ihm genug erzählt. Sie hatte Kopf und Kragen für ihn riskiert. Und ihren Job noch dazu.

»Ich liebe dich, Iris Terheyde«, murmelte er leise vor sich hin.

»Was sagten Sie?«, fragte die Bedienung hinter ihm.

»Bitte die Rechnung.«

»Zusammen oder getrennt?«

»Zusammen«, antwortete Trautmann, und dieses Wort kam ganz tief aus ihm heraus, aus dieser unbenennbaren Region, die sich so schwer orten ließ. Da, wo Kopf und Herz zusammenklangen. Er lauschte dem Wort nach und lächelte. Es hörte sich gut an. Verdammt gut.

Irgendwann würde er sich hemmungslos besaufen und ihr sagen, was er für sie fühlte. In nüchternem Zustand traute er sich das nicht. Er hatte viel zu viel Angst, dass sie ihn abweisen könnte, dass dann womöglich alles kaputt wäre und sie ihn künftig mied. Das würde er nicht aushalten.

EINUNDZWANZIG

Zwei Wochen später

Der rote Ford Transit mit Hubdach, Baujahr 1983, schnurrte vor sich hin, trotz der knapp zweihundertfünfzigtausend Kilometer, die er schon auf dem Buckel hatte. »Geliehen. Ein Garagenwagen«, hatte Trautmann behauptet, als er damit aufgekreuzt war. »Aber so sind wir unabhängig und müssen nicht immer ins Hotel. Meinst du, du könntest mal ein, zwei Nächte mit mir zusammen im Wagen übernachten? Wie gesagt, nur im Notfall.«

»Schnarchst du?«

»Manchmal.«

»Sykes schnarcht. Laut. Lauter, als ein Mensch das könnte, glaube ich.«

Trautmann lachte. Er wirkte glücklich, gelöst. Zufriedener, als Iris ihn je erlebt hatte. Kein Wunder, nach den nun endlich überstandenen Tagen im Gefängnis.

Der Wagen gehörte einem Freund von Trautmann, den Iris nicht kannte. Er hatte ihn nicht gern verliehen, doch Max konnte sehr überzeugend sein. Es war ein Transit-Clubmobil, die Version mit hochflorigem Teppich und drehbaren Sitzen sowie Bullaugen für die hintere und tief heruntergezogenen großen Fenstern für die mittlere Sitzgruppe. Da hatte es sich Sykes gemütlich gemacht. Die Schusswunden waren gut abgeheilt. Er war schon fast wieder der Alte. Ob er sich freute, dass er nach Hause kam? Die Barnacles jedenfalls schienen glücklich, ihn wieder bei sich zu haben. Es ist auf jeden Fall besser so, sagte sich Iris jedes Mal, wenn sie bei dem Gedanken, dass er nun nicht mehr an ihrer Seite durch die Welt tappen würde, traurig wurde. Bei den Barnacles, die mit Kindern und Enkelkindern in ihrem Haus in Limerick wohnten, hatte er es sicher gut. Dort würde er ein stabiles Zuhause haben. Anders als bei ihr. Und so hatte sie sich mit Trautmann und Sykes, Letzterer neu gechippt, geimpft und mit Hundepass und allem versehen, was man für einen Grenzübertritt so benötigte, auf den Weg nach Irland gemacht.

Iris und Trautmann mieden die Autobahnen. Sie hatten bei Irish Ferries eine Überfahrt von Cherbourg nach Rosslare gebucht. Die Fähre fuhr zweimal die Woche. Iris freute sich darauf, zumal sie nach der Überfahrt auch noch Irland erkunden wollten. »Kannst du links fahren? Du weißt schon, dass die Iren links fahren?«, hatte sie sich vorsorglich erkundigt, als Trautmann das mit dem Wohnmobil vorgeschlagen hatte.

Er hatte gelacht. So ganz tief aus dem Bauch heraus. Und geantwortet: »Kein Problem. Ich war schon immer links.«

Jetzt saß er hinter dem Lenkrad. Sie schaute zu, zumindest meistens. Bewunderte die Schönheit dieses Deutschland, durch das sie fuhren und das sie unbedingt besser kennenlernen wollte. Jetzt, wo sie die Möglichkeit dazu hatte.

Vor drei Tagen hatte sie die Kündigung in den Briefkasten geworfen. Und nun fühlte sie sich so leicht wie schon lange nicht mehr. Wie eigentlich noch nie. Sie hatte keine Ahnung, wie es beruflich weitergehen würde, wie sie leben würde, wenn sie wieder zurück waren. In einem Monat, vielleicht aber auch erst in zwei. Oder drei. Nichts war mehr wichtig. Bis auf den Moment. Und die Tatsache, dass sie neben Trautmann in diesem Auto saß, dass sie gemeinsam unterwegs sein würden. Völlig egal, wohin.

»Ich wollte, wir könnten ewig so weiterfahren«, rutschte es ihr heraus, da waren sie schon in Frankreich, irgendwo bei Auxerre.

Er fuhr an den Straßenrand, mitten in der Pampa, Iris war verblüfft. Gleichzeitig hatte sie das Gefühl, etwas Falsches gesagt zu haben. »Was ist jetzt?«, erkundigte sie sich, ruppiger als beabsichtigt.

»Ich muss dich etwas fragen.«

»Frag.«

»Wieso hast du plötzlich so viel Zeit? Hast du deinen Job verloren? Meinetwegen, weil du mir geholfen hast?«

Sie lachte. Lauthals. »Ja, ich habe meinen Job verloren. Und weißt du was, Trautmann? Es ist einfach ein herrliches Gefühl.«

Sein Gesicht wurde womöglich noch ernster. »Meinetwegen? Das wäre, also, das wäre schrecklich.«

»Schrecklich? Keineswegs. Aber ich kann dich beruhigen. Es ist meinetwegen. Weil ich nun mal so bin, wie ich bin. Und das war ich noch nie so sehr wie in diesem Moment, auf dieser Reise mit dir. Ich bin auch nicht gekündigt worden. Ich habe gekündigt.«

»Du bist also jetzt frei?«

»Ja«, sagte sie. »Ich bin jetzt frei.« In Gedanken fügte sie hinzu: frei für dich, für ein Leben mit dir, ohne das Trennende, ohne mir weiter Gedanken machen zu müssen, ob du nun einen Menschen erschlagen hast oder nicht. Denn eigentlich, so als Mensch, hätte ich dich sogar verstanden. Immerhin hat Satorius deine große Liebe missbraucht und kaputtgemacht, sodass sie sich eines Tages umbrachte. Weil sie sich alleingelassen fühlte. Von dir. Eine solche Schuld wiegt schwer. Stattdessen wiederholte sie: »Ich bin keine Polizistin mehr.« Und noch einmal: »Ja, ich bin frei. Niemandem mehr verpflichtet.« Sie hoffte, er begriff, worauf sie hinauswollte.

Er nickte. »Verstehe«, sagte er nach einer Weile, sah dabei aber stier nach vorn durch die Windschutzscheibe. Als wagte er nicht, daran zu glauben, was das implizierte. Nämlich dass die Vergangenheit vergangen war, dass sie sie zurückließen, mit jedem Tag, den diese Reise dauerte, ein Stück mehr. Inklusive all der ungeklärten Fragen, die zwischen ihnen standen. »Das müssen wir feiern.« Erst dann sah er sie an.

Iris legte ihre Hand auf seine, die wiederum auf dem Schaltknüppel lag. Das war so eine Angewohnheit von ihm. »Was hältst du von einem Haus am Meer in Irland? Also, in der Republik. Die bleiben ja in der EU.«

Er schaute zu ihr, erst ungläubig, dann legte sich ein Strahlen über sein Gesicht, als er erkannte, dass es ihr durchaus ernst war. »Viel. Ja. Warum eigentlich nicht?«

Etwa zur selben Zeit, als Iris diese Frage stellte, fuhr ein Teertransporter über den Schotter des Parkplatzes beim Bad Säckinger Wildlife-Museum. Er hatte ein irisches Kennzeichen. Ein Mann stieg aus. Eddi Köster ging ihm entgegen. »Wir haben noch Teer von einer anderen Baumaßnahme übrig«, sagte der Mann. »Wir könnten Ihnen günstig den Parkplatz teeren.«

»Machen Sie sich vom Acker«, schnauzte Eddi. »Ich rufe die Polizei.«

»Ist ja schon gut«, sagte der Mann. War nur ein Angebot, nichts für ungut.« Er stieg ein, und der Teerlaster fuhr vom Hof.

Eddi zückte sein Handy, tippte die Autonummer in die Memo-App und wählte anschließend die 110. Er glaubte, im Mann hinter dem Steuer den Hotelgast erkannt zu haben, den die Polizei bisher nicht hatte auftreiben können, den angeblichen Vertreter aus Salzwedel.

Im Büro der Leitenden Oberstaatsanwältin gab es unterdessen einen Systemabsturz. Susanne Venlo, die gerade ihren Schreibtisch aufräumte, rief den Administrator und packte den Stapel Papiere, die wegkonnten. Irgendwie war Iris' Kündigung daruntergeraten. Aus Versehen schredderte sie diese gleich mit.

Dank

Es gehört Mut dazu, in einem Kriminalroman unter dem wirklichen Namen »mitzuspielen«. Dr. Günther Nufer, ehemaliger Bürgermeister von Bad Säckingen, hatte diesen Mut. Mehr noch: Er hat mir mit seinen Informationen und Unterlagen das Schreiben dieser Geschichte überhaupt erst möglich gemacht. Danke dafür.

Petra Gabriel

Petra Gabriel
TOD AM HOCHRHEIN
Broschur, 256 Seiten
ISBN 978-3-89705-489-9

»Petra Gabriel versteht es, ihren Figuren zunehmend Profil zu verschaffen und die einzelnen Stränge geschickt miteinander zu verweben.« Südkurier

»Ein spannend und souverän erzählter Kriminalroman, der den Schauplatz Dreiländereck gekonnt in die Handlung einbindet.«
Hochrhein-Zeitung

Petra Gabriel
ALEMANNISCHER TOTENTANZ
Broschur, 272 Seiten
ISBN 978-3-89705-640-4

»Als glänzende Erzählerin weiß Petra Gabriel bestens zu unterhalten und auch die Spannung geschickt aufzubauen.«
Badische Zeitung Rheinfelden

»Vergnügen bereitet dem hiesigen Leser natürlich das üppige Lokalkolorit des Buchs.« Oberbadisches Volksblatt